Arnd Fede

Bei Hitze

Arnd Federspiel, 1966 in Oberhausen geboren, studierte Jura und Anglistik in Gießen sowie Schauspiel in London. Seit 2002 arbeitet er als Schauspieler und Übersetzer. Er lebt mit seiner Frau und seinen beiden Kindern im Ruhrgebiet. Bisher sind zwei Erzählbände mit Krimikurzgeschichten von ihm erschienen. *Bei Hitze Mord* ist sein erster Roman.

Arnd Federspiel

Bei Hitze Mord

Kriminalroman

Droste Verlag

Der Autor versichert, dass die dargestellte Geschichte und die handelnden Figuren frei erfunden sind. Eventuelle Ähnlichkeiten mit real existierenden Personen sind zufällig und nicht beabsichtigt.

Bibliografische Information der Deutschen Nationalbibliothek
Die Deutsche Nationalbibliothek verzeichnet diese Publikation in der Deutschen Nationalbibliografie; detaillierte bibliografische Daten sind im Internet über http://dnb.d-nb.de abrufbar.

Umschlaggestaltung: Helge Jepsen, Essen
Druck und Bindung: CPI – Clausen & Bosse, Leck
ISBN 978-3-7700-1432-3

www.drosteverlag.de

Für meine Eltern

PROLOG

Gut 40 Minuten bevor der Schuss die Nacht zerriss und ihm der blutende junge Mann vor die Füße kugelte, wurde Friedhelm von ein paar anderen Geräuschen geweckt.

Noch vom Schlaf benebelt setzte er sich auf seiner aus einem alten Umzugskarton bestehenden Matratze auf.

„Wat is dat denn?", knurrte er und schaute sich missmutig in seinem Domizil um. Unter dem Bogen der Brücke, die sich über die Ruhr und ihre Auen zwischen der Autobahn und den ersten zu Duisburg gehörenden Häusern erstreckte, sah alles aus wie immer. Der Einkaufswagen, der einige seiner Habseligkeiten enthielt, stand am gleichen Platz wie zuvor, und auch sein treuer alter Rucksack, den er als Kopfkissen benutzt hatte, war noch da.

„Also waren dat schomma keine Einbrecher", murmelte er.

Friedhelm räusperte sich und schüttelte den Kopf, um den Nebel ganz aus seinem Gehirn zu verscheuchen.

In diesem Moment hörte er die Stimmen. Zwei Stimmen. Ein Mann und eine Frau. Die beiden standen vielleicht 50 Meter von ihm entfernt auf der Straße, die oberhalb seines Schlafplatzes parallel zur Autobahn verlief.

„Schon wieder en Liebespaar?", knurrte er. „Ham die kein Zuhause, oder wat?"

Ein Hund bellte.

Also kein Liebespaar. Das hätte ihn auch wirklich gewundert. Bei der Bullenhitze konnte doch kein Mensch Lust auf körperliche Betätigung, egal welcher Art, haben. Außerdem wären die beiden wohl kaum ausgestiegen, um zu ... na egal, ausgestiegen wären sie dafür jedenfalls nicht – und wenn doch, dann hätten sie sich sicher ein lauschigeres Plätzchen gesucht als eines direkt neben der Autobahn.

Obwohl er persönlich hier ja sehr gut pennen konnte. Wenn einen keine rücksichtslosen Typen durch das Knallen ihrer Autotüren weckten.

Vor sich hin brummend zog Friedhelm eine Taschenuhr aus seiner weiten Hose. Er ließ den Deckel aufschnappen, kniff die Augen zusammen und versuchte in der Dunkelheit unter der Brücke etwas auf dem Ziffernblatt zu erkennen. Es gelang ihm nicht. Was eigentlich auch egal war, denn die Uhr stand seit ein paar Jahren, und Friedhelm wusste auch so, welche Zeit sie anzeigte. 3.55 Uhr. Und damit ging sie, einem alten philosophischen Grundsatz folgend, ja auch wenigstens zweimal am Tag richtig.

Nicht, dass ihm das viel genützt hätte.

Ein schneller Blick zum Himmel half ihm auch nicht weiter, denn das Firmament wurde vom Schein der Lichter der Metropole Ruhr, wie sie seit Neuestem gerne genannt wurde, dermaßen erhellt, dass Friedhelm nur ein oder zwei mickrige Sterne ausmachen konnte. Definitiv nicht genug, um die Uhrzeit schätzen zu können.

„Na, wat soll et. Dem Glücklichen schlächt keine Stunde. Sagen wir also, et is Mitternacht."

Was nicht richtig war. Tatsächlich war es kurz vor 2.30 Uhr, doch darauf kam es nicht an. Worauf es ankam, war nur eines.

„Zeit für einen kleinen Mitternachtssnack."

Zielstrebig langte Friedhelm nach der Flasche Wodka, die neben seinem Bett stand. Genussvoll ließ er seine Hand über den Verschluss der Flasche gleiten und spürte die vertrauten Rillen des metallenen Schraubverschlusses unter seinen Fingerspitzen.

Dann drehte er seinem Freund entschlossen den Hals um.

Wieder ertönte Hundegebell. Dem Klang nach musste es ein junger Hund sein, und er hatte offensichtlich die Kaninchen entdeckt, die sich auf dem buschbewachsenen Hang unterhalb der Straße herumtrieben. Jemand rief ihn zur Ordnung, doch das interessierte den Kleinen anscheinend nicht.

Friedhelm grinste und nahm einen herzhaften Schluck aus seiner Flasche. Ein Lächeln breitete sich auf seinem Gesicht aus. Sein weißer Bart klaffte auseinander, und die Lachfalten um seine Augen vertieften sich.

„Ahhh … wenn ich so liege, Herr Doktor, dann geht et."

Etwas rumpelte über seine Brücke. Ein weiteres Auto.

Was war denn heute Nacht los? Er war doch extra hierher gezogen, um ein wenig Ruhe zu haben. Was nützte einem schließlich ein Sommerwohnsitz auf dem Land, wenn dann doch dauernd jemand kam, der Krach machte.

Friedhelm stellte den Wodka zur Seite und stand auf.

Oben am Hang huschten Scheinwerfer über die Büsche neben der Straße, als der neu angekommene Wagen wendete. Wieder klappte eine Autotür auf und zu, und eine zweite männliche Stimme gesellte sich zu den ersten beiden. Dann begannen die drei Störenfriede, sich zu unterhalten. Mal ruhiger, mal aufgeregter.

Sie redeten …

… und redeten …

… und redeten.

Nach Friedhelms Schätzung tickerten wohl an die 20 Minuten ins Land, und die drei quatschten noch immer.

„Dat scheint ja verdammt interessant zu sein, wat die sich da zu erzählen ham", flüsterte Friedhelm in seinen Bart und beschloss, nach dem Rechten zu sehen. Mittlerweile war er nämlich wirklich neugierig geworden, was sich zwischen den dreien dort oben abspielte, denn die Anspannung in den Stimmen war selbst auf die Entfernung nicht zu überhören, wenn Friedhelm auch keine einzelnen Worte verstehen konnte.

Ohne noch länger zu warten, verließ er daher den Schutz seiner Brücke und schlich am Hang entlang, bis er unterhalb der Stelle angelangte, an der die drei Leute miteinander sprachen. Oben knackte es in den Büschen, und der Hund kläffte aufgeregt. Anscheinend hatte einer der drei den Köter von den anderen weggeführt, und der hatte sich daran erinnert, dass es hier ja Karnickel gab.

Friedhelm wollte sich gerade so leise wie möglich auf allen vieren den Hang hinaufschieben, um dem Geschehen und damit der eigenen Erleuchtung ein wenig näher zu kommen, als die Frau aufschrie. Es klang wie eine Warnung. Gefolgt von einer zweiten.

Im nächsten Augenblick erfüllte ein scharfer Knall die Nacht.

Friedhelm warf sich flach auf die Erde, das Gesicht instinktiv nach unten gewandt, damit es sich nicht aus der Dunkelheit abheben konnte. Staub drang ihm in die Nase, doch das kümmerte ihn nicht. Über ihm schlug etwas Schweres auf dem Boden auf, brach sich krachend seine Bahn durch das trockene Gebüsch und rollte direkt auf Friedhelm zu. Dem Krachen und Bersten folgte ein erschrecktes Jaulen, das sich ebenfalls Friedhelms Versteck näherte.

Schließlich kam der sich überschlagende Körper nur ein paar Schritte von Friedhelm entfernt in einem dicht belaubten Busch zur Ruhe. Sekundenbruchteile später schlitterte ein kleines schwarzes Knäuel in den regungslosen Körper hinein.

Entsetzt starrte Friedhelm auf das, was ihm da so unvermutet vor die Füße gerollt war. Ein junger Mann, tot oder besinnungslos, und neben ihm ein junger Hund.

Schnell blickte Friedhelm nach oben.

Dort, am Rande der Straße, gerade noch in seinem Sichtfeld, tauchte der dunkle Umriss eines Mannes auf. Viel konnte Friedhelm in dem schwachen Licht nicht erkennen. Nur dass dieser gut gekleidet war und eine Pistole in seiner rechten Hand hielt.

Was nach Friedhelms Ansicht durchaus Information genug war. Verzweifelt versuchte er sich, so gut es ging, unsichtbar zu machen, während der Bewaffnete nach unten in die Dunkelheit starrte.

Dabei raste Friedhelm immer wieder nur ein einziger Gedanke durch den Kopf:

„Ach du Kacke, ach du Kacke …“

1.
22.40–23.13 Uhr

Eine Hitzewelle von seit Ewigkeiten nicht da gewesenen Ausmaßen spülte über Europa hinweg und schien sich so bald nicht wieder verabschieden zu wollen. Täglich erklomm die Quecksilbersäule immer neue Rekordhöhen. In Spanien, Portugal und Frankreich vernichteten Brände riesige Waldgebiete, und in Nordrhein-Westfalen war die letzte gleichzeitig auch die heißeste Nacht seit Anbeginn der amtlichen Temperaturaufzeichnungen gewesen. Und heute war es ebenfalls nicht viel besser.

Ich konnte nicht einschlafen.

Das Schlafzimmerfenster sperrangelweit geöffnet, um nur ja jeden noch so kleinen Hauch eines Lüftchens an meinen verschwitzten Körper kommen zu lassen, diskutierte ich mit mir selbst das Für und Wider einer weiteren kalten Dusche. Schließlich entschied ich mich dagegen. Wenn ich mich noch einmal unter den Wasserstrahl stellte, bekäme ich Schwimmhäute. Garantiert.

Und der Trick mit dem Handtuch auf dem Bett, auf das man seinen noch vom Badewasser feuchten Körper betten sollte, um sanft einzuschlummern, während einen die Brise kühlte, funktionierte auch nicht. Ich hatte ihn einem Rhodos-Reiseführer entnommen, den ich in einer Wühlkiste gefunden und für drei Euro erstanden hatte und der mir den unerschwinglichen Sommerurlaub ersetzen sollte. Angeblich hielten es die Bewohner von Rhodos schon von alters her so und schliefen daher auch bei der größten Hitze wie die Lämmchen. Aber hier, in der rauen Wirklichkeit des so gar nicht mediterranen Ruhrgebiets, versagte das alte Hausmittel der erfindungsreichen Griechen.

Was will man für drei Euro auch erwarten?

Stöhnend warf ich mich zum wiederholten Male auf der heißen Matratze herum, kniff die Augen fest zusammen und dachte an Packeis, Fräulein Smilla und Roald Amundsen.

Es half nichts. Der Schlaf wollte einfach nicht kommen.

Wenn ich wenigstens eine Klimaanlage im Auto gehabt hätte. Dann hätte ich mich in den Wagen setzen und die Aircondition anwerfen können, um mich auf einer Fahrt durch die nächtlichen Straßen abkühlen zu lassen. Aber nein, mein Auto war zu alt, um solch ein Gottesgeschenk serienmäßig zu enthalten, und so war die Idee von vornherein zum Scheitern verurteilt.

Obwohl ...

Ein Schiebedach hatte ich ja. Und wenn ich dann noch zusätzlich das Seitenfenster herunterkurbelte, würde der Fahrtwind schon ausreichen, um meine Körpertemperatur auf ein einigermaßen erträgliches Maß abzusenken, sodass ich vielleicht endlich schlafen konnte. Tagsüber wäre die Idee nicht durchführbar gewesen, denn da war der Fahrtwind etwa so kühl wie der Atem eines Drachen, doch nachts ...

Ja, das hörte sich recht vielversprechend an!

Und selbst ein erbärmlicher Plan ist besser als gar keiner.

Ich zog mir also eine leichte Baumwollhose und ein dünnes, ehemals dunkelgrünes Hemd an, rollte die Ärmel auf, schnappte mir die Autoschlüssel und verließ meine Wohnung.

Aufstöhnend, aber entschlossen nahm ich hinter dem Lenkrad Platz, denn noch herrschte eine Affenhitze im Wageninneren. So schnell ich konnte, öffnete ich das Schiebedach und kurbelte das Seitenfenster herunter, dessen Glas von den Linden, unter denen der Wagen parkte, so verklebt war, dass es sich nur mit einem leise quietschenden Geräusch vom Dichtungsgummi löste und, immer noch quietschend, ins Innere der Tür glitt.

Sogleich wurde die Temperatur erträglicher.

„Na dann los", murmelte ich, ließ den Wagen an und lenkte ihn aus der Parklücke.

Ich nahm die Straße ins Tal hinunter, an der alten Abtei von Werden vorbei, überquerte die Ruhr und fuhr den Berg Richtung Essen wieder hinauf. Bis jetzt konnte ich keine wesentliche Besserung der Klimazustände in meinem Auto feststellen. Der Fahrtwind, der mich traf, während er durch den Wagen wirbelte, hatte immer noch mehr Ähnlichkeit mit einem Heißluftföhn als mit einem arktischen Sturm.

„Scheißplan", knurrte ich.

Nicht zu langsam, um den Fahrtwind weiter zu optimieren, schoss ich über die Kuppe des Berges, und von nun an würde es, mit graduellen Unterschieden, fast kontinuierlich bergab gehen, bis ich die Essener City erreichte. Das würde vielleicht helfen. Weiter unten wäre die Luft eventuell etwas erfrischender, denn warme Luft steigt ja bekanntlich nach oben. Doch obwohl dies eine der wenigen Aussagen war, die sich mir aus dem Physikunterricht eingeprägt hatten, konnte ich keinerlei Bestätigung für den allgemein akzeptierten Lehrsatz entdecken. Wahrscheinlich galt er nur für geschlossene Räume und nicht für die freie Wildbahn.

Die vorgeschriebenen 40 Stundenkilometer auf Höhe des türkischen Konsulats verdoppelte ich locker und jagte weiter bergab. Und aus dem Nichts heraus hatte ich eine Inspiration.

Mehr Geschwindigkeit = mehr Fahrtwind; Autobahn = Geschwindigkeit.

Ich muss zugeben, dass ich in Naturwissenschaften nie eine Leuchte gewesen war, aber die Gier nach Frischluft schien meinen Geist zu ungeahnten Höhenflügen anzustacheln – oder doch zumindest zu einigermaßen nachvollziehbaren Milchmädchenrechnungen.

Als daher die Auffahrt auf die A 52 Richtung Dortmund vor mir auftauchte, nahm ich sie kurz entschlossen mit quietschenden Reifen und trat das Gaspedal noch weiter durch, als ich es ohnehin schon getan hatte.

Und diesmal funktionierte mein Plan wirklich. Die Luft, die mich nun durch Seitenfenster und Schiebedach traf, kühlte mich in der Tat so weit ab, dass ich kurz vor Bochum beschloss, langsam wieder den Heimweg anzutreten.

Es war auch an der Zeit, denn ich verbrauchte gerade ein gerüttelt Maß an Benzin. Und meine derzeit etwas angespannte finanzielle Lage kombiniert mit den unverschämten Benzinpreisen legte es nahe, dass ich mich mit dem bereits Erreichten zufriedengab und auf meine innere Stimme hörte, die mir unentwegt wie ein Mantra zuflüsterte: „Du bist fast blank, du bist fast blank."

Schon leicht entnervt von diesem ständigen Gemurmel hielt ich Ausschau nach der nächstbesten Ausfahrt. Die kamen auf dieser Autobahn nämlich am laufenden Meter. Nur jetzt gerade war ich auf ein Autobahnteilstück gestoßen, das mich nicht mehr freigeben zu wollen schien.

„Du bist fast blank, du bist fast blank", sang es in meinen Ohren.

„Ja, ich weiß", schnauzte ich. Und wie ich das wusste. Meine Eltern hatten mich ja gewarnt. „Schauspieler willst du werden? Aber das ist doch nichts. Such dir lieber einen anständigen Job, der auch gut bezahlt wird." Hatte ich ja dann auch getan, aber das hatte ich nicht lange ausgehalten und schließlich doch meinem Wunsch nachgegeben. Und nun war ich schon seit einer gefühlten Ewigkeit mit meiner Ausbildung fertig und hatte außer einigen Zeilen in irgendwelchen unsäglichen Nachmittagsserien oder gänzlich unbezahlten Jobs auf Bühnen, die so klein waren, dass man sie mit der Lupe suchen musste, nicht viel aufzuweisen. Und meine gelegentlichen anderen Jobs machten mich auch nicht gerade zu einem wohlhabenden Mann. So saß ich nun hier in meinem Auto, reicher an einigen Erfahrungen vielleicht, aber das war auch alles. Dumm war bloß, dass ich nicht aus meiner Haut herauskonnte, denn ein anderer Beruf war mir, koste es, was es wolle, einfach unvorstellbar. Und so hielt ich, eingedenk meiner Situation, zunehmend verzweifelt nach einer Ausfahrt Ausschau, um meinen nächsten Tankstopp noch eine Weile hinauszuzögern.

Da tauchte unvermittelt ein Schild am Fahrbahnrand auf, das mir mitteilte, dass die ersehnte Fluchtmöglichkeit sich in 300 Metern bieten würde. Eine Chance, die ich prompt ergriff. Fragen Sie mich nicht, wie die Ausfahrt hieß. Ich weiß es nicht mehr. Ich weiß nur, dass ich mit dem Plan von der Autobahn abfuhr, sie auf einer der vielen Brücken hier in der Gegend zu überqueren, um dann sofort wieder auf sie aufzufahren und den Weg in Richtung heimatliches Bett einzuschlagen.

Nur dass hier keine Brücke war, die die vermaledeite Autobahn überquerte.

„Och nee! Das kann doch jetzt echt nicht wahr sein!"

War es aber.

Fluchend bog ich nach rechts ab, eine Aktion, die mich zwar von der Autobahn wegführte, jedoch die einzig mögliche war, denn links abbiegen konnte man nicht.

„So ein Mist!"

Meine Fahrt führte mich in einen Vorort, in dem die Mietshäuser eindeutig aus den Tagen nach dem Zweiten Weltkrieg stammten, als man funktional und vor allem schnell gebaut hatte – und unbelastet von ästhetischen Gesichtspunkten. Die Straßen waren gesäumt von parkenden Autos und Baumreihen, die die Eintönigkeit wohl etwas lindern sollten, was ihnen jedoch kläglich misslang. Die einförmig grau gestrichenen und von den Industrieabgasen der Region nachgedunkelten kastenartigen Häuser mit ihren satellitenschüsselbewehrten Balkonen machten ihnen ihren Job aber auch wirklich nicht leicht.

Verzweifelt hielt ich Ausschau nach einer Querstraße, die mich zu einer anderen – größeren – Straße führen würde, auf der ich dann, vorzugsweise problemlos, zur Autobahn zurückgeleitet würde. Als ich in der Beziehung nicht fündig wurde, nahm ich einfach entnervt die erstbeste engere Wohnstraße auf der rechten Seite und, siehe da, landete tatsächlich nach kurzem Herumkurven an einer Ampel.

Dahinter lockte, wie gewünscht, eine Hauptverkehrsstraße.

„Na also, geht doch", sagte ich, als die Ampel auf Rot schaltete und ich den Wagen abbremste. Die kurze Wartezeit würde ich jetzt auch noch locker absitzen.

Ich las gerade das Schild über einem türkischen Lebensmittelladen auf der gegenüberliegenden Seite der Hauptstraße, als mich ein Klopfen aus meinen Buchstabierkünsten aufschreckte, mit denen ich der Sammlung von Umlauten im Namen des Inhabers zu Leibe rückte.

Erschreckt blickte ich auf.

Durch mein lindenblütensaftgesprenkeltes Beifahrerfenster konnte ich in der nur mäßigen Straßenbeleuchtung eine junge Frau erkennen, die hektisch gegen die Scheibe klopfte. Hätte ich einen elektrischen Fensterheber gehabt, hätte ich das Seitenfenster lässig heruntersurren lassen können. So war ich gezwungen, mich halb über den Beifahrersitz zu werfen und die Scheibe von Hand herunterzukurbeln.

„Sie müssen mir helfen", sagte sie, bevor ich auch nur ein Wort herausbringen konnte. Ich kam nicht umhin, den drängenden Ton in ihrer Stimme zu bemerken.

„Was ist denn los?", erkundigte ich mich.

„Lassen Sie mich einsteigen. Bitte. Mein Exfreund ist hinter mir her."

Ich sah sie genauer an und konnte den Mann verstehen. Sie war etwa Anfang 30 und hatte dunkle, schulterlange Haare sowie ein herzförmiges Gesicht mit einem Paar Augen und Lippen, die einen sicher umhauten, wenn sie lächelten, was sie jetzt jedoch leider nicht taten. Eine prima Figur schien sie auch zu haben, so viel konnte ich sagen, denn sie zeichnete sich deutlich ab unter ihrem langen …

... Schlaf-T-Shirt?

Mit einem Puuh-der-Bär-Aufdruck?

„Äh ...", sagte ich, „ich weiß ja, dass es nicht sehr kalt ist, aber haben Sie nicht trotzdem ein bisschen wenig an?"

„Das war das Einzige, was zur Hand war. Bitte, lassen Sie mich einsteigen. Er wird gleich hier sein."

Verwirrt stammelte ich etwas Unverständliches, aber irgendein Impuls ließ mich nach dem Türhebel greifen. Die Tür sprang auf und sie in meinen Wagen.

„Und jetzt?"

„Fahren Sie los", drängte sie, dann hörte ich sie erschreckt aufkeuchen und folgte dem Blick, den sie über ihre Schulter warf. Durch die Heckscheibe sah ich einen Mann, der rasch näher kam. Viel konnte ich nicht erkennen, nur dass er sich vom Körperbau her nicht wesentlich von einem Bären unterschied.

„Ist er das?"

„Ja. Nun fahren Sie schon!"

Ich blickte nach vorn.

„Die Ampel ist rot."

Das stimmte. Wahrscheinlich war sie seit dem Auftauchen der jungen Frau bereits einmal grün gewesen, aber jetzt signalisierte sie mir eindeutig, dass der Verkehr auf der Hauptverkehrsstraße vor mir wieder Vorfahrt hatte. Nicht dass um diese Uhrzeit noch allzu viel Verkehr geherrscht hätte.

„Egal. Er ist fast da. Jetzt fahren Sie doch endlich!"

Panik in ihrer Stimme.

„Ich kann doch nicht einfach ..."

Weiter kam ich nicht. Der Bär hatte mein Auto erreicht. Dunkel ragte seine gewaltige Gestalt neben der Beifahrertür auf, und eine haarige Hand langte durch das offene Fenster und griff nach der Frau. Ich sah Muskeln à la Schwarzenegger unter einem zum Zerreißen gespannten T-Shirt-Ärmel auf sie zuschießen und gab Gas.

Bevor die Hand ihr Ziel fand, machte der Wagen einen Satz nach vorn.

Ich hörte einen wütenden Aufschrei, sah den Mann zur Seite taumeln. Dann war ich auch schon auf der Hauptstraße. Nur knapp verfehlte mich ein wütend hupender Kleintransporter, der ausgerechnet in diesem Moment von links heranbrauste. Gefährlich schlingerte er über die Mittellinie, um nicht in mich hineinzuprallen, und vom Beifahrersitz erklang ein unterdrückter Schrei.

Ich brachte nur ein lautes „Scheiße!" zustande, das aber aus vollem Herzen.

Mit Mühe bekam ich das Auto wieder in meine Gewalt und gab erneut Gas. Glücklicherweise war außer dem Kleintransporter kein weiteres Fahrzeug unterwegs, sodass die unmittelbare Gefahr vorüber war.

Dachte ich.

Im gleichen Augenblick hörte ich ein lautes Krachen auf der Beifahrerseite. Mein Kopf fuhr herum. Neben uns und nicht weit vom offenen Fenster entfernt lief der Bär und hämmerte gegen die Seite meines Wagens. Dann versuchte er, seine Pranken erneut ins Innere und um den Hals meiner hübschen Begleiterin zu bekommen, und für einen Moment trafen sich unsere Augen.

„Hau ab!", brüllte ich, während die junge Frau auf alles eintrommelte, was sie vom Bären erwischen konnte – Arme, Brust, Gesicht. Es nützte nicht viel. Wirklich hilfreich war nur eines.

Ich gab mehr Gas.

Wir schossen vorwärts. Kurze Zeit hielt der Bär noch mit uns Schritt, dann fiel er langsam zurück und wurde in meinem Rückspiegel immer kleiner. Ich konnte sehen, wie er auf den Gehweg trabte und sich etwas ans Ohr hielt, vermutlich sein Handy. Dann waren wir zu weit von ihm entfernt, um noch Genaueres erkennen zu können.

2.
23.14–23.39 Uhr

„Danke."

Ich blickte zu meiner Beifahrerin hinüber. Zu meinem Erstaunen sah sie schon wieder recht gefasst aus.

„Nichts zu danken", sagte ich. „Ich hätte uns ja bloß beinahe umgebracht."

„Haben Sie aber nicht", sagte sie. „Im Gegenteil."

Ihr Lächeln war wirklich umwerfend.

„Was heißt hier im Gegenteil?", erkundigte ich mich. „Ihr Ex hätte uns ja wohl kaum kaltgemacht, oder?"

Statt einer Antwort zuckte sie nur mit den Achseln.

„Und jetzt?", fragte ich.

Darüber schien sie einen Moment nachdenken zu müssen. Schließlich sagte sie: „Können Sie mich nach Oberhausen fahren?"

„Was?"

Ich starrte sie an. Ihre grauen Augen blickten bittend zurück, und ich stellte fest, dass nicht nur ihr Lächeln umwerfend war. Ganz, wie ich es mir gedacht hatte.

„Es ist wirklich sehr dringend."

„Und wieso?", fragte ich in einem Versuch, diese Augen zu verdrängen.

„Na ja", sagte sie, und ihre Stimme nahm einen verängstigten Tonfall an. Die Fassung, die ich zuvor noch an ihr beobachtet hatte, schien sie wieder zu verlassen, doch aus irgendeinem Grunde kaufte ich ihr diesen Stimmungswechsel nicht vollständig ab. Sicher, da war ein gewisser Grad an Angst, aber ich spürte, dass er nicht ganz so groß war, wie sie mich glauben lassen wollte.

„Also?", fragte ich daher ein wenig barscher als beabsichtigt. Vermutlich versuchte sie bloß mich weich zu kochen, was in ihrer Situation durchaus verständlich war. Zu meinem Ärger merkte ich, dass sie auch noch Erfolg damit hatte.

„So, wie die Dinge liegen, traue ich mich nicht in meine Wohnung zurück“, sagte sie. „Wie ich ihn kenne, ist mein Ex wahrscheinlich immer noch in der Gegend. Und selbst wenn er sich in sein Auto gesetzt hat und von dort verschwunden ist, kann er jederzeit wiederkommen. Und es ist ihm heute Abend schon einmal gelungen, in meine Wohnung reinzukommen, obwohl er keinen Schlüssel hat. Ich habe einfach Angst, dass er es ein weiteres Mal versuchen könnte.“

Im Stillen musste ich ihr zustimmen.

„Und was wollen Sie in Oberhausen?“

„Da wohnt mein neuer Freund. Wenn ich bei ihm wäre, würde ich mich sicherer fühlen. Außerdem könnte es sein, dass mein Ex die Adresse meines neuen Freundes kennt. Und wenn er immer noch so verrückt ist wie eben, dann ist es ihm durchaus zuzutrauen, dass er dort vorbeifährt und ihn zusammenschlägt oder so was.“

„Oder so was? Was meinen Sie mit ‚oder so was‘?“

Wieder bekam ich keine Antwort.

Schweigend fuhren wir weiter. Schließlich sagte sie: „Bitte.“

Einfach nur: „Bitte.“

Ich warf einen schnellen Seitenblick zu ihr hinüber. Sie sah mich mit einem flehenden Ausdruck an, und ihr dünnes Schlaf-T-Shirt ließ sie sehr verletzlich wirken. Sogar Puuh der Bär guckte irgendwie Hilfe suchend.

Sie war wirklich gut, das musste der Neid ihr lassen. Fast verspürte ich so etwas wie professionelle Anerkennung, als ich merkte, wie ich immer weicher wurde. Wieso klappte das, obwohl ich mir sicher war, dass sie zu einem gewissen Teil bloß schauspielerte?

Mit einer letzten Anstrengung nahm ich meinen verbliebenen freien Willen zusammen und sagte: „Können Sie da nicht anders hinkommen?“

Sie sah an sich herunter. „Wie denn? Mit der Bahn? Um diese Zeit? In diesem Aufzug?“

Ich stöhnte resigniert auf. Sie hatte ja recht. Sie spielte ihre Rolle nicht nur gut, sie hatte auch die Vernunftgründe auf ihrer Seite. Und dann kam ein weiterer Grund dazu. Ein verdammt guter.

„Ich zahle für die Fahrt“, sagte sie. „Und für die Zeit, die Sie verlieren.“

„Und den Schlaf“, murmelte ich.

„Bitte?“

„Nichts“, sagte ich.

Schweigen.

„Du bist fast blank“, sagte mein Hirn.

Und gab mir den letzten, kleinen Stoß.

Also gut, zugegeben, die Entscheidung, die ich in diesem Moment traf, war nicht frei von Berechnung. Aber wenn ich schon einen Umweg machte, dann konnte ich auch ein paar Euro dafür annehmen. Mein Bankkonto war einfach zu stark auf dem absteigenden Ast. Sie hatte mir ein Angebot gemacht, das ich nicht ablehnen konnte. Don Corleone hätte das verstanden. Und außerdem, sagte ich mir, kann man den ganzen uneigennützigen Heldenscheiß auch übertreiben.

Im nächsten Augenblick überquerten wir endlich eine der Autobahnbrücken, die ich vorhin gesucht hatte, und erspähten die dazugehörige Auffahrt. Ohne ein weiteres Wort setzte ich den Blinker.

„Was genau ist eigentlich passiert?“, fragte ich nach einer Weile.

„Das ist eine lange Geschichte“, erwiderte sie.

„Erzählen Sie sie mir.“ Ich sah auf die Uhr an meinem Armaturenbrett. 11.19 Uhr. Abends! „Kommen Sie schon. Ich hatte einen langen Tag, es ist spät, ich werde langsam müde, und bis wir in Oberhausen sind, dauert es bestimmt noch an die 20 Minuten.“

Sie zuckte die Achseln. „Also gut.“

Eine Weile starrte sie schweigend aus dem Seitenfenster, und ich dachte schon, ich würde um meine Geschichte gebracht, doch dann begann sie plötzlich ohne weitere Einleitung zu sprechen.

„Mein Ex und ich haben uns vor ein paar Monaten getrennt, aber er kam damit nicht klar. Ständig verfolgte er mich mit Anrufen, versuchte, sich mit mir zu verabreden, lauerte mir auf der Straße auf und erklärte dann, er sei nur zufällig in der Nähe gewesen und ob wir nicht mal wieder was zusammen unternehmen könnten. Blablabla. Ich hatte aber in der Zwischenzeit meinen jetzigen Freund kennengelernt, und auch wenn das nicht so gewesen wäre, hätte ich absolut kein Interesse mehr an meinem Ex gehabt."

„Haben Sie ihm das auch so gesagt?"

„Was denken Sie denn? Ein bisschen vorsichtiger natürlich. Sie haben ihn ja gesehen."

„Kräftig", sagte ich.

„Ja."

„Und nicht sehr beherrscht."

„Allerdings."

„Und heute Nacht?", fragte ich.

„Ich lag schon im Bett, konnte aber nicht schlafen. Es war zu heiß."

Ich lächelte.

„Ich lag also im Bett und versuchte einzuschlafen, als ich an der Wohnungstür komische Geräusche hörte. Erst dachte ich, ich hätte mich verhört, aber dann wurde ich doch stutzig. Ich zog mir mein T-Shirt an ..."

Ich warf ihr einen schnellen Blick zu und versuchte die Bilder zu verdrängen, die an dieser Stelle ungebeten vor meinem inneren Auge aufblitzten. Gleichzeitig wurde mir wieder bewusst, wie heiß es noch immer im Wagen war.

„Und dann?", fragte ich und räusperte mich.

„Dann", fuhr sie fort, „schlich ich in den Flur. Und richtig – von der Eingangstür her kamen eindeutig Geräusche, als ob jemand am Schloss herumfummeln würde. Ich hatte gerade noch Zeit, mich im Bad zu verstecken und die Tür zu schließen. Dann hörte ich, wie die Haustür aufging und jemand durch den Flur schlich. Der Eindringling kam am Badezimmer vorbei, beachtete es jedoch nicht. Vermutlich nahm er an, dass ich im Bett lag, und ging daher zielstrebig auf das Schlafzimmer zu. Als ich glaubte, dass er dort angekommen war, schlüpfte ich auf den Flur hinaus und lief so leise ich konnte auf die Eingangstür zu. Da hörte ich Schritte hinter mir, drehte mich um und sah meinen Ex auf mich zustürzen. Er sah verdammt wütend aus, und ich rannte einfach nur los. Die Treppe hinunter, aus dem Haus heraus und Richtung Straße. Und da habe ich Ihren Wagen gesehen. Den Rest kennen Sie."

„Ja", sagte ich. „Den Rest kenne ich."

Den nächsten Kilometer legten wir schweigend zurück. Dann sagte sie plötzlich: „Und was ist mit Ihnen? Was haben Sie in meiner Gegend getrieben? Ich habe gesehen, dass Sie ein Essener Kennzeichen haben."

„Das ist Ihnen in all dem Chaos aufgefallen?"

„Sie wissen doch, wie man manchmal in Extremsituationen die anscheinend unwichtigsten Details bemerkt."

„Ja, ja." Ich nickte wissend, hatte aber in Wirklichkeit keine Ahnung, was sie meinte. Ich war noch nicht in vielen Situationen gewesen, die mit Recht die Bezeichnung „extrem" verdient hatten. Bevor die Nacht vorüber war, würde ich genau verstanden haben, wovon sie sprach, doch das wusste ich zu diesem Zeitpunkt noch nicht. Glücklicherweise, denn sonst hätte ich mir wahrscheinlich in die Hose gemacht.

„Und?"

Ich zuckte mit den Schultern. „Ich konnte nicht schlafen. Mir war auch zu heiß."

„Und da haben Sie gedacht, in Bochum ist es kühler als in Essen." Sie grinste mich an, und ich musste lachen.

„Nein", sagte ich. Dann erklärte ich ihr meinen Plan und wie ich schließlich in ihrer Straße gelandet war.

„Verstehe."

„Wirklich?"

„Wirklich. Guter Plan."

„Sie finden ihn nicht vielleicht ein bisschen übertrieben?"

„Ein klein wenig vielleicht", sagte sie und zwinkerte mir zu. „Aber ich bin die Letzte, die sich darüber beschweren sollte, dass Sie in der Nähe waren."

Wieder lächelte sie mich an, und diesmal konnte ich keine Spur von Koketterie oder Spiel darin entdecken. Alles, was ich sah, war ein ehrliches Lächeln. Und aus irgendeinem Grunde freute mich das.

„Sollten wir nicht aufhören, uns zu siezen,“, fragte sie plötzlich. „Ich komme mir nämlich etwas blöd vor, hier nur in meinem Nachtzeug zu sitzen und gleichzeitig förmliche Konversation zu betreiben.“

„Das ist wahr“, stimmte ich ihr zu. „Ist wirklich zu skurril, das Ganze.“

„Ich heiße Lena“, sagte sie.

„Tom“, sagte ich.

„Freut mich.“

Sie streckte mir ihre Hand hin, und ich ergriff sie. Ihr Händedruck war warm und fest.

„Mich auch.“

Danach gab es erst mal nichts mehr zu sagen, und so saßen wir einfach nur da, während Essen an uns vorbeischrammte.

„Jetzt dauert es nicht mehr lange“, sagte ich. „Zehn Minuten, Viertelstunde.“

„Ich weiß.“

„Wo musst du hin?“

„Fahr an der Mülheimer Straße raus, und ich erklär's dir.“

„Okay.“

Nach einiger Zeit fragte sie: „Was machst du eigentlich so? Ich meine, wenn du nicht nachts durch die Gegend fährst.“

„Ich bin Schauspieler“, sagte ich.

„Echt?“

„Echt.“

„Habe ich dich schon mal in irgendwas gesehen?“

Ich lachte. „Keine Ahnung, aber ich kann es mir nicht vorstellen.“

„In etwas Größerem hast du also noch nicht mitgespielt?“, erkundigte sie sich.

Ich zuckte die Achseln. „Um besser durch die Vorsprechen dafür zu kommen, muss ich wohl noch etwas abgebrühter werden.“

„Aha. Und was würdest du gerne spielen? Wenn du es dir aussuchen dürftest?“

Ein wenig verlegen richtete ich den Blick starr auf die Straße vor uns.

„Jetzt sag schon."

Ich stieß ein abwehrendes Knurren aus, doch da Lena nicht den Eindruck machte, als ob sie lockerlassen würde, dachte ich: Was soll's, und sagte: „Also gut. Wenn ich es mir aussuchen dürfte, würde ich gerne etwas Aufregenderes spielen als bisher. Irgendwas mit ein bisschen Körpereinsatz. Ich habe einfach die Schnauze voll davon, immer als der nette junge Mann von nebenan herhalten zu müssen. Meistens bin ich irgendein Rechtsanwalt, Arzt oder etwas in der Preislage."

„Du siehst halt aus wie der nette junge Mann von nebenan. Und nicht wie Clint Eastwood."

„Klasse", sagte ich und verzog das Gesicht. „Genau das, was ich hören wollte."

„So schlimm finde ich das gar nicht", sagte sie und schenkte mir wieder eines dieser strahlenden Lächeln. Hätte sie mir nicht vor ein paar Minuten erst von ihrem neuen Freund erzählt, hätte ich glatt schwören können, dass besagtes Lächeln ein oder zwei Watt stärker leuchtete, als das unter diesen Umständen der Fall hätte sein dürfen.

Aber so etwas konnte schließlich auch passieren, wenn man einen Freund hatte.

Genau.

Verwirrt rief ich mich zur Ordnung. Bilde dir nichts ein. Es ist spät, und du bist müde, da geht die Fantasie schon mal mit einem durch – oder das Wunschdenken.

Während ich noch mit mir diskutierte, griff sie den Faden von eben schon wieder auf. „Du willst also Aufregung. So wie heute Nacht?"

„Das war doch für den Anfang schon mal nicht schlecht – obwohl ich ja nicht viel mehr getan habe, als Gas zu geben. Aber vom Prinzip her hast du recht."

Vor uns tauchte ein Hinweisschild auf. Wir waren fast da. Kurz darauf fuhren wir von der Autobahn ab und ordneten uns Richtung

Oberhausen ein. Lena beschrieb mir den Weg, und nachdem wir uns zweimal kurz verfahren hatten, was dank der nächtlich leeren Fahrbahnen glücklicherweise nicht weiter schlimm war und nur durch den innovativen Einsatz von Einbahnstraßen durch die Stadtverwaltung etwas verkompliziert wurde, kamen wir in einer ruhigen Nebenstraße nicht weit von der Innenstadt an. Auf ihrer linken Seite erstreckte sich hinter einer Ziegelmauer der Park eines Altenheims, auf der anderen stand eine Reihe zweistöckiger Häuser, die so aussahen, als seien sie zu Beginn des letzten Jahrhunderts erbaut worden. Dafür waren sie aber ziemlich gut in Schuss.

„Da vorn ist eine freie Parklücke", sagte Lena.

Ich zwängte mich zwischen einen alten weißen BMW und einen dunkelblauen Opel und stellte den Motor ab.

„Also dann ..." sagte ich, während sie ihren Sicherheitsgurt löste.

„Du kriegst noch dein Geld", erinnerte sie mich. Ich hatte es nicht vergessen, aber es war mir mittlerweile irgendwie peinlich, danach zu fragen. Die Tatsache, dass wir uns recht gut verstanden hatten, gab dem Ganzen einen komischen Beigeschmack.

„Nee, lass mal", winkte ich daher ab.

„Versprochen ist versprochen", sagte sie.

„Es ist okay, ehrlich."

„Jetzt komm schon." Sie sah mich ernst an. „Du wirst es doch sicher gebrauchen können, oder?"

Das tat weh, sehr sogar. Wahrscheinlich umso mehr, weil es stimmte. Lena musste es auf meinem Gesicht gelesen haben, denn sie sah mich entschuldigend an.

„Tut mir leid. So habe ich es nicht gemeint."

Ich lachte, aber ich fürchte, dass es mir nicht besonders überzeugend geriet. „Ist schon in Ordnung."

„Entschuldige, ich war wirklich nicht sehr ..."

„Schon gut."

Sie schüttelte den Kopf. „Ich bin ein Esel. Na, komm schon mit rauf. Mein Freund wird dir das Geld geben." Sie blickte auf ihr T-

Shirt. „Bei mir ist es leider wie bei den nackten Männern. Mir kann man auch nicht in die Tasche greifen."

Das brach das Eis, und ich nickte.

Nachdem ich den Wagen verschlossen hatte, folgte ich ihr durch einen dunklen, gepflasterten Durchgang hinter einer niedrigen Mauer. Lena suchte das Klingelschild an der Tür ab, wobei sie einige Schwierigkeiten zu haben schien, denn die Namensschilder waren nicht beleuchtet.

„Weißt du nicht, wo dein Freund wohnt?", fragte ich.

„Doch", sagte sie. „Aber ich war noch nicht so oft hier."

Endlich fand sie die richtige Klingel und drückte sie.

3.
23.40–23.56 Uhr

Ihr Freund war ganz anders, als ich ihn mir vorgestellt hatte. Lena wirkte selbst in ihrem Nachthemd noch elegant. Ihre Bewegungen waren fließend und zielbewusst, und man spürte die Kraft, die in ihr steckte. Keine Kraft im rein physischen Sinne, sondern eher von innerer Stärke und Selbstbewusstsein. Carlo, der mit bürgerlichem Namen wahrscheinlich Karl hieß, denn wie der südländische Typ sah er nicht aus, war fast anderthalb Köpfe größer als Lena und überragte mich damit immer noch um mehr als einen Kopf. Er war sehr dünn und sehr schlaksig, und seine Bewegungen erinnerten entfernt an die von Commander Data von der Enterprise. Seine hellen, lockigen Haare hatte er im Nacken mit einem simplen Gummiring zusammengebunden.

Kaum vorstellbar, dass eine Frau wie Lena mit so einer Vogelscheuche zusammen sein sollte, aber vielleicht war ich auch nur ein wenig eifersüchtig, denn ich konnte nicht leugnen, dass sie mir sehr gut gefiel.

Vergiss es, rief ich mich zur Ordnung. Du wirst sie nach heute Nacht sowieso nie wieder sehen. Außerdem schien Carlo, fast schon zu meinem Ärger, auch noch ein verdammt netter Kerl zu sein.

„Auf den Schreck brauche ich erst mal einen kräftigen Schluck", sagte er. „Ihr doch sicher auch, oder?"

Ohne eine Antwort abzuwarten, ging er zu einem niedrigen Beistelltisch, der offensichtlich die Funktion einer Bar erfüllte, und goss drei Gläser Whisky ein.

„Eis?", fragte er.

Lena und ich schüttelten entsetzt den Kopf.

„Na dann." Er reichte jedem von uns ein Glas, und wir tranken.

Lena schilderte weiter, was geschehen war, doch Carlo sagte beruhigend: „Hier wird er dich nicht finden." Trotzdem wirkte er sehr angespannt.

„Hättest du was zum Anziehen für mich?", fragte Lena. „Ich bin es leid, als Einzige hier fast nackt rumzustehen."

Als fast nackt hätte ich sie nun nicht gerade bezeichnet, aber der Gedanke erwärmte mein Herz.

„Da hinten, in meinem Schlafzimmer", sagte Carlo und zeigte in die Richtung. Ich stutzte. Sollten sie etwa noch nie dort gelandet sein? Das fand ich nur schwer vorstellbar. „Such dir was aus meinem Schrank aus. Wenn auch wohl nicht viel in deiner Größe da sein dürfte."

Er grinste mich an und, in Ermangelung einer besseren Idee, grinste ich zurück.

„Bin gleich zurück", sagte Lena an mich gewandt. „Geh nicht weg. Ich will mich noch richtig bedanken."

Ich machte eine wegwerfende Handbewegung. Sie drehte sich um und trabte in Richtung Schlafzimmer.

„Setz dich doch", sagte Carlo und wies auf die freie Couch. „Macht es dir etwas aus, wenn ich dich allein lasse? Ich habe noch was an meinem Computer zu erledigen. Ist ziemlich wichtig. Wenn ich das nicht rechtzeitig fertig kriege ..."

„Kein Problem."

Ich setzte mich, und Carlo verschwand in einem Raum, von dem ich annahm, dass es sich um sein Arbeitszimmer handelte. Kurz darauf hörte ich das Klappern einer Tastatur. Gelangweilt sah ich mich um. Rechts vor mir gab es eine kleine Durchreiche zur Küche. Links von der Küche wiederum befanden sich der Flur, von dem die Wohnungstür und die Tür zu Carlos Arbeitszimmer abgingen, sowie die eigentliche Tür zur Küche, die dem Wohnungseingang genau gegenüberlag. Geradeaus, am Ende des Flurs, war das Schlafzimmer.

Die Möbel des kombinierten Ess- und Wohnzimmers ließen darauf schließen, dass Carlo begeisterter Kunde einer großen skandinavischen Einrichtungshauskette war. Ein Druck an der Wand verlieh dem Raum, der sonst sehr leicht unpersönlich gewirkt hätte, etwas Farbe. Ich wandte meinen Blick nach links, und hier wurde es auf einmal sehr persönlich. Außer dem üblichen Fernseher und der Hi-Fi-Anlage entdeckte ich nämlich eine kleine Sammlung DVDs und Videos sowie einen wackligen CD-Ständer. Neugierig erhob ich mich und hockte mich vor das niedrige Regal, um mir die Privatvideothek von Lenas Freund anzusehen. Neben einigen Kassenschlagern der letzten Jahre entdeckte ich auch eine stattliche Anzahl gekaufter oder selbst aufgenommener Filmklassiker, Sachen, die man ohne Weiteres auch bei mir hätte finden können.

„Cool", murmelte ich. „*Gangster in Key Largo.*" Einer meiner Lieblingsfilme mit Humphrey Bogart und einer, in dem er am Schluss endlich einmal über Edward G. Robinson triumphieren durfte und nicht umgekehrt. Der fehlte mir noch auf DVD. Ich ging die Reihe weiter durch und stellte fest, dass Carlo mir immer sympathischer wurde. *Vera Cruz, Rio Bravo, Des Königs Admiral, Ronin.*

„*Der Mann, der König sein wollte*", las ich weiter. Dann stockte ich. „Ach, sieh an. *Harry und Sally.* Carlo, Carlo." Ich grinste. Na ja, allzu voll durfte ich den Mund nicht nehmen. Harry Burns und Sally Albright standen schließlich auch in meinem Regal.

O Mann! Hier mal ein paar Tage eingeschlossen sein.

In diesem Moment hörte ich ein leises Geräusch neben mir, und etwas Feuchtes berührte meine Hand. Ich zuckte zusammen und blickte nach unten.

Ein kleiner Hund stand neben mir, ein Cocker, nachtschwarz, nicht älter als vier, fünf Monate. Schwanzwedelnd sah er mich an.

„Hallo, was machst denn du hier?", fragte ich, aufrichtig erfreut. Ich bin nun mal ein Hundemensch. Wie zur Antwort schubste er mir mit der Nase einen kleinen blauen Ball zu, der verdächtig glänzte.

Ich fasste ihn an.

Richtig.

„Weißt du was?", sagte ich zu dem Welpen. „Du hast ein Sabberproblem."

Ich nahm den Ball mit zwei Fingern auf und warf ihn ein paar Meter weit fort. Mit den noch etwas ungelenken Schritten, die kleinen Hunden eigen sind, rannte der Welpe hinter ihm her, packte den Ball, knurrte, als habe er gerade ein Gnu gerissen, und kam zu mir zurück.

„Noch mal?“, fragte ich und warf das tropfnasse runde Ding erneut. Der Hund düste los.

Nach drei weiteren Durchgängen wurde der Kleine des Spiels müde und biss mir spielerisch in die Hand. Die winzigen scharfen Zähnchen kratzten über meine Haut, und ich lachte.

„Du magst Hunde?“

Ich sah auf. Lena stand nur ein paar Schritte von mir entfernt und schloss die Knöpfe eines weißen Männerhemdes. Natürlich war es ihr viel zu groß, aber das machte nichts. Meiner Ansicht nach sah sie trotzdem verteufelt gut darin aus. Die Jeans, die sie anhatte, passten erstaunlicherweise wie angegossen.

Sie bemerkte meinen Blick und lächelte verschmitzt. „Die habe ich gerade gefunden. Gehört wahrscheinlich seiner Freundin ... seiner ehemaligen, meine ich. Ich komme mir ja ein bisschen vor wie ein Leichenfledderer, aber wenigstens sitzt sie einigermaßen. Kannst du dir vorstellen, wie ich in einer von Carlos Hosen ausgesehen hätte?“

Ich unterdrückte ein Grinsen. „Lieber nicht.“

„Ganz meine Meinung.“ Über die Schulter hinweg warf sie einen kurzen Blick zum Arbeitszimmer. „Ich muss unbedingt noch ganz schnell ein paar Sachen mit Carlo bereden, dann kriegst du dein Geld und kannst dich wieder auf den Weg machen. Ist das okay, oder stört es dich, zu warten?“

Ich warf einen Blick auf den kleinen Hund, der sich mittlerweile im Saum meiner Hose verbissen hatte und daran zerrte.

„Überhaupt nicht.“

„Gut. Ich beeile mich.“

Sie drehte sich um und verschwand. Ich schnappte mir den kleinen Kerl, hakte seine spitzen Zähne aus dem Stoff meiner Hose aus, hob ihn hoch und setzte mich auf das aus echtem schwedischem Furnier, vermutlich in Taiwan oder Thailand von Kinderhänden gefertigte Sofa. Der Welpe rollte sich auf meinem Schoß zusammen und ließ sich kraulen. Auch ich war zufrieden. Es war lange her, dass ich mit einem Hund gespielt hatte. Unser letzter Familienhund war vor ein paar Jahren gestorben, und seitdem musste ich ohne auskommen. Michael Douglas hatte schon recht gehabt, als er in Wall Street zu Charlie Sheen sagte: „Wenn du einen Freund willst, dann kauf dir ’nen Hund.“ Was mich anging, konnte ich mir eine Menge schlechtere Sachen vorstellen.

Dankbar für die Gelegenheit, die sich mir hier bot, befasste ich mich daher mit dem kleinen Kerl, bis ein paar Minuten später die Tür des Arbeitszimmers aufging und Lena und Carlo heraustraten. Ihre Mienen waren noch ernster als zuvor, aber sie lächelten höflich. Ich beschloss, dass es wohl an der Zeit war, zu gehen, stand auf und setzte den Hund auf dem Boden ab.

„Also dann ...“, sagte ich. Mal wieder.

„Wir haben uns überlegt, was wir dir geben könnten“, begann Carlo. „Du hast Lena da aus einer ziemlich üblen Situation herausgeholfen.“

Ich winkte ab. „Ich habe doch kaum was gemacht.“

„Es war aber trotzdem sehr nett von dir. Die meisten hätten sie wahrscheinlich einfach stehen lassen und wären losgefahren.“

„Das konnte ich doch nicht tun“, sagte ich. „Schließlich war die Ampel rot.“

Lena sah mir in die Augen, und ihre Lippen teilten sich zu einem Lächeln. Ich zwinkerte ihr zu.

„Jedenfalls“, fuhr Carlo fort und griff in seine Hemdtasche, „waren wir der Meinung, dass 200 Euro für deine Mühen durchaus angebracht sind.“

Ich war platt und wusste zunächst nicht, was ich sagen sollte. In der Stille hörte ich, wie unten auf der Straße ein Auto vorbeifuhr. Dann riss ich abwehrend die Hände hoch.

„Das kann ich nicht annehmen“, erklärte ich bestimmt. „Das ist zu viel. Der Sprit, den ich verfahren habe, hat doch höchstens ein paar Euro gekostet.“

„Ist doch egal“, sagte Lena sanft.

„Nein, das geht nicht.“

„Du hast mir wirklich sehr geholfen.“

„Ist mein Job“, erklärte ich. „Ich verbuche es unter Erfahrung. Wenn ich jemals einen Mann spielen muss, dem eine schöne ... ich meine, dem eine junge Frau ins Auto springt, weil sie verfolgt wird, wird mir die heutige Nacht unheimlich helfen, mich richtig auf die Rolle vorzubereiten. Ehrlich.“

Während ich redete, nahm Lena Carlo die Geldscheine, die er aus der Hemdtasche gezogen hatte, aus der Hand und ging auf mich zu. Jetzt trat sie ins Wohnzimmer, während Carlo im Flur stehen blieb, und schob mir das Geld in die Hand. Ich wollte es ihr zurückgeben, aber sie drückte meine Finger um die Scheine zusammen.

„Nimm es“, sagte sie. „Bitte.“

Sie beugte sich vor und gab mir einen Kuss auf die Wange. Ihr Duft stieg mir in die Nase, frisch und süß und ...

... in diesem Moment flog mit einem Krachen die Wohnungstür auf.

In einer blitzartigen Bewegung stieß Carlo die Tür zum Wohnzimmer zu, und bevor sie ins Schloss fiel und den Flur unseren Blicken entzog, meinte ich zu sehen, wie er eine Waffe unter seinem Hemd hervorzauberte, das ihm locker über die Hose hing. Einen Sekundenbruchteil später erklang ein zweimaliges scharfes Ploppen, und durch die Durchreiche sah ich, wie Carlo in die Küche taumelte. Zunächst begriff ich überhaupt nichts. Auf seinem Gesicht lag ein fassungsloser Ausdruck, und seine Hemdbrust färbte in sich urplötzlich rot. Mit einer Bewegung, die die Anstrengung erkennen ließ, die sie ihn kostete, hob er den rechten Arm, und da war wirklich eine Waffe in seiner Hand – eine Glock 9 mm, wie mir mein actionfilmgebildetes Hirn unaufgefordert zurief. In diesem Moment begriff ich, was Lena gemeint hatte, als sie von den Details sprach, die einem in Extremsituationen auffallen. Es ploppte ein weiteres Mal, und die Wucht, mit der die Kugel in seinen Oberkörper einschlug, stieß Carlo noch weiter nach hinten. Dann stürzte er zu Boden und aus meinem Blickfeld.

Ich spürte Lenas Hand auf meinem Arm. Ihre Fingernägel bohrten sich in mein Fleisch und brachten mich wieder zur Besinnung.

„Wir müssen hier raus. Sofort!“, zischte sie.

Ich warf wilde Blicke um mich. Außer einem Fenster in unserem Rücken gab es nicht viele Möglichkeiten, zu verschwinden.

„Da durch!“ Sie zog an meinem Arm, als die Tür zum Wohnzimmer aufflog. In ihr stand der Bär. Er hielt eine Pistole mit Schalldämpfer in seiner Rechten und bleckte die Zähne. Kein schöner Anblick, denn es ließ ihn irgendwie hungrig wirken, und das gefiel mir ganz und gar nicht. Hinter ihm erhaschte ich einen Blick auf einen weiteren Mann, der noch halb im Treppenhaus stand.

Wieso sind die zu zweit?, schoss es mir durch den Kopf. Sind die vom Klub der Exfreunde?

Der Gedanke hatte gar keine Zeit, sich richtig festzusetzen, da stieß mich Lena auch schon in Richtung Durchreiche. Was sie wollte, war klar. Wie im Traum machte ich ein, zwei schnelle Schritte und hechtete durch die Öffnung. Dank meines Unterrichts im Bühnenkampf, in dem uns neben Fechten, echt aussehenden Schlägen und Ähnlichem auch die Kunst beigebracht worden war, richtig zu fallen, landete ich in einer mehr oder minder eleganten, aber nichtsdestoweniger sehr effektiven Rolle, an deren Ende ich wieder auf den Beinen stand, auf den Küchenfliesen. Den Bruchteil einer Sekunde später landete Lena neben mir, warf sich sofort herum und schlug die Tür zum Flur ins Schloss. Ihre Hände schossen zum Schlüsselloch hoch, drehten den Schlüssel um, und dann war sie auch schon wieder neben mir. Mehrere Kugeln schlugen durch die Tür und ließen kleine Holzsplitter durch die Luft sirren, doch mein Blick war gefesselt von Carlo, der in einer Blutlache am Boden lag, die Glock noch in der kraftlosen Hand.

„Keine Zeit“, drängte Lena, die neben dem reglosen Mann auf dem Boden kniete. „Wir müssen hier raus, bevor dem da draußen einfällt, dass er bloß durch die Durchreiche zu schießen braucht.“

Wir stürzten zum Küchenfenster. Meiner Vorstellung des Wohnungsgrundrisses nach musste es auf den Hinterhof hinausgehen. Mit einem schnellen Griff öffnete ich das Fenster, wobei ich es fast aus den Scharnieren riss, und schwang mich aufs Fensterbrett, gefolgt von Lena. Ich schaute nach unten. Wir befanden uns im ersten Stock. Es war nicht so hoch wie der Oberhausener Gasometer, aber abstürzen wollte ich aus dieser Höhe auch nicht, wenn es sich irgendwie vermeiden ließ. Links unter uns konnte ich das Dach eines Anbaus erkennen, das man aber nur nach einem Sprung über den darunter in der Dunkelheit liegenden Hof erreichen konnte.

„Spring!“, drängte Lena.

„Mist.“

„Spring endlich!“

Ich kicherte hysterisch. „Ich kann nicht schwimmen, Butch.“

„Was?“

Aber da stieß ich mich schon vom Fensterbrett ab und flog durch die Luft.

„Schei-ßeee!“

Unsanft schlug ich auf den Dachziegeln des Anbaus auf und begann sofort zu rutschen, denn das Dach hatte eine leichte Neigung. Ein Ziegel, der sich gelöst hatte, schlitterte an mir vorbei und landete splitternd im Hof. Hinter mir spürte ich eine Erschütterung. Lena. Auch sie geriet ins Rutschen, überholte mich, und ich sah sie über die Dachkante verschwinden. Dann erreichte auch ich die Kante und kippte darüber hinweg. Glücklicherweise war ich geistesgegenwärtig genug, mich in die richtige Position zu bringen, und zum zweiten Mal in weniger als ebenso vielen Minuten gelang mir eine verletzungsfreie Landung.

Leicht benommen vom Aufprall wollte ich mich aufrichten, doch da packte mich eine Hand und riss mich um eine Ecke in den Schatten des Anbaus.

„In Deckung bleiben“, zischte Lenas Stimme, deren Gesicht ich aufgrund der Dunkelheit kaum erkennen konnte.

„Was zum Henker ist hier eigentlich los?“, fragte ich. „Der Typ hat Carlo erschossen. Einfach so. Und jetzt versucht er, uns umzulegen. Warum, verdammt noch mal?“

„Jetzt ist keine Zeit für Erklärungen“, erwiderte Lena. „Wir müssen hier weg.“ Sie überlegte kurz. „Zum Auto können wir nicht. Dafür müssten wir an der Haustür vorbei, und da kommen die sicher gleich raus. Wir können also nur nach hinten durch den Garten abhauen."

„Aber ..."

„Keine Zeit!", versetzte Lena heftig.

Wir rannten los.

Als ich einen kurzen Blick zurück zum Haus warf, sah ich die dunkle Silhouette des Bären im beleuchteten Fenster von Carlos Wohnung im zweiten Stock stehen, aber er konnte uns unmöglich entdecken, denn in null Komma nichts hatte uns die Dunkelheit des Gartens verschluckt.

4.
23.57–0.14 Uhr

Wir stürmten über den Rasen vorwärts. Hier, auf der von der Straße abgewandten Seite des Hauses, war es stockdunkel, daher kollidierte ich schon bald unerwartet und schmerzhaft mit etwas, das sich wie das metallene Gestell einer Kinderschaukel anfühlte. Fast gleichzeitig hörte ich Lena straucheln, gefolgt von einem fast unhörbaren Fluch, der sich stark nach „Verdammte Wurzeln“ anhörte.

Schließlich wurde unsere Flucht von einem mehr als mannshohen Maschendrahtzaun unterbrochen. Ohne viel Federlesens kletterten wir darüber und fielen in unserer Eile förmlich auf der anderen Seite herunter.

Wieder auf sicherem Boden verharrten wir und lauschten zurück in den Garten, den wir gerade durchquert hatten.

„Schritte“, flüsterte ich.

Carlos Mörder waren uns eindeutig auf der Spur.

„Weiter“, drängte Lena.

Erneut rannten wir so leise wir konnten los und auf die Rückseite eines Mietshauses zu, das denen in Lenas Straße täuschend ähnlich sah. Es schien, als hätten alle Architekten des Ruhrgebiets ihr Handwerk beim gleichen Lehrmeister erlernt.

„Hier muss es doch irgendwo eine Tür geben“, murmelte Lena. „Die Leute wollen doch sicher auch mal in den Garten.“

Ich schnaufte. Der Sprint durch die Nacht, die immer noch darum zu kämpfen schien, die gestrige in Sachen Rekordtemperaturen zu toppen, war ganz schön schweißtreibend.

Hinter uns klirrte und klapperte der Maschendrahtzaun.

„Mist, die kommen“, stieß ich hervor.

Und da fiel es mir wieder ein. Bei meiner Oma, die in einem ganz ähnlichen Mietshaus gewohnt hatte, war man durch den Keller in den Garten gelangt. Panisch schaute ich in beiden Richtungen an der Hausmauer entlang.

„Da“, zischte ich, ergriff Lenas Hand und zog sie hinter mir her. Nach wenigen Schritten erreichten wir eine Treppe, an deren unterem Ende wir eine Holztür erkennen konnten. Auf Zehenspitzen schlichen wir die Treppe hinunter, und ich langte nach dem Türgriff.

Hinter uns hatte der Zaun aufgehört zu klappern.

Ich drückte den Griff nach unten, sagte ein stummes Gebet und wurde erhört. Jemand hatte die Tür nicht verschlossen, nachdem er oder sie den Garten verlassen hatte. Das stellte zwar mit Sicherheit eine eklatante Verletzung der Hausordnung dar, doch ich würde den Teufel tun und den Übeltäter bei der Hausverwaltung anschwärzen.

Blitzschnell schlüpften wir ins Innere des Gebäudes und schlossen die Tür hinter uns. Ich fummelte ein wenig in der Dunkelheit herum, fand das Schloss und drehte den Schlüssel, der von innen steckte, herum.

Das ohrenbetäubende Klacken, mit dem der alte Bolzen im Türschloss einschnappte, ließ mich zusammenfahren.

Ich fluchte.

„Das haben die garantiert gehört“, sagte Lena.

Um uns herum war es stockfinster. Kunststück, wir befanden uns ja auch in einem Keller.

„Siehst du was?“, fragte sie.

„Machst du Witze?“

Tastend bewegten wir uns ein oder zwei Schritte vorwärts, dann hielt ich inne.

„Wenn die das eben gehört haben, ist es jetzt auch egal, wenn wir Licht anmachen. Was meinst du?“

„Okay, wenn du den Schalter findest.“

„Kein Problem“, verkündete ich. Mit einer Hand an der Wand erfühlte ich meinen Weg zurück zur Gartentür und tastete die danebenliegende Mauer ab. Nach einer Zeit, die mir wie eine Ewigkeit erschien, konnte ich den Lichtschalter unter meinen Fingern spüren. Ich wollte ihn gerade betätigen, als ich draußen auf der Treppe Schritte vernahm.

Mein Magen krampfte sich zusammen bei dem Gedanken, dass

ich nur durch eine Tür von mindestens einem unserer Verfolger getrennt war. Zugegeben, das Holz der Tür war recht massiv, aber das führte nicht dazu, dass ich mich tatsächlich wohler fühlte.

Ich holte tief Luft und knipste das Licht an.

Draußen ertönte ein aufgeregter Schrei, und ich meinte, so etwas wie „Jetzt haben wir sie“ zu hören.

Sie waren uns also alle beide gefolgt.

Ich rannte zu Lena, und gemeinsam hetzten wir den Gang hinunter, vorbei an den in solchen Kellern üblichen Bretterverschlägen, die die Stauräume der einzelnen Mieter voneinander trennten und gegen allzu neugierige Augen und lange Finger schützten.

„Wo zum Geier geht es denn hier raus?“

Ich sparte meinen Atem und ignorierte die Frage. Wir erreichten einen Gang, der den unseren kreuzte und in dem die Deckenbeleuchtung nicht funktionierte. Angestrengt starrte ich in das Dämmerlicht, in das er sich zu beiden Seiten von uns ausdehnte.

„Dort drüben“, keuchte Lena und spurtete nach rechts. Ich hinterher. Wir erreichten die Tür zum Treppenhaus. Sie war verschlossen.

„So eine ...“, begann ich. „Wieso lassen die die Gartentür auf und schließen die hier innen ab? Das ist doch schwachsinnig.“ Im Geiste beschloss ich, mir die Sache mit dem Anschwärzen bei der Hausverwaltung doch noch einmal zu überlegen. „Was machen wir denn jetzt?“

„Ich habe keine Ahnung“, flüsterte Lena. Sie griff unter ihr weites Herrenhemd und zog eine Pistole hervor. Als sie den erstaunten Ausdruck auf meinem Gesicht bemerkte, sagte sie: „Carlos Waffe. Ich habe sie aufgehoben, bevor wir aus dem Fenster raus sind.“

„Und was soll das?“, flüsterte ich drängend. „Willst du es jetzt mit denen ausschießen, oder was?“

Sie sah mich ernst an. „Hast du eine bessere Idee? Du warst es doch, der eben, als wir auf der Fensterbank standen, aus *Butch Cassidy und Sundance Kid* zitiert hat.“

Ich hatte keine Zeit, mich darüber zu wundern, dass sie das Zitat so ohne Weiteres erkannt hatte.

„Ja, schon", erwiderte ich. „Aber an dieser Stelle im Film überleben sie die Gefahr, in der sie schweben. In dem großen Feuergefecht am Schluss, das du jetzt planst, werden sie erschossen. Und darauf habe ich nun mal überhaupt keine Lust."

Aus dem Gang zum Garten war ein Krachen zu hören. Unsere Verfolger kämpften anscheinend noch immer mit der Tür. Wir hatten also noch etwas Zeit.

Allerdings bezweifelte ich, dass es viel sein würde.

„Wer sagt dir denn, dass ich eine so schlechte Schützin bin, dass ich die beiden da draußen im Gang nicht erledigen kann?"

„Hey", – ich hob die Hände – „Es kann ja durchaus sein, dass du die Calamity Jane von Bochum bist, aber wenn es dir nichts ausmacht, dann möchte ich das jetzt nicht herausfinden. Komm mit."

Noch ehe sie antworten konnte, lief ich den Gang in die andere Richtung hinunter und hetzte dabei an jenem vorbei, aus dem wir gekommen waren und von dessen anderem Ende wir immer noch ein dumpfes Dröhnen hörten. Unsere Verfolger schienen sich jetzt gegen die Tür zu werfen, und bei der Statur des Bären nahm ich an, dass sie bald durchbrechen würden. Links von uns erstreckten sich noch mehr Kellerabteile, und ich versuchte, im Vorbeilaufen zu erkennen, ob bei einem von ihnen das übliche Vorhängeschloss offen stand. Leider wurde meine Suche nicht belohnt. Am Ende des Ganges angekommen, drehte ich mich um und ging etwas langsamer zurück. Zwischen den Brettern der Verschläge spähte ich in die Keller, bis ich einen fand, in den etwas Licht durch ein kleines Fenster zum Garten fiel.

„Gib mir deine Waffe", sagte ich.

„Willst du das Schloss aufschießen?", fragte sie spöttisch.

„Gib schon her. Die brauchen sicher nicht mehr lange für die Tür."

Immer noch drang der dumpfe Krach, den der Bär und sein Kumpan verursachten, zu uns herüber.

Es war Lena anzusehen, dass ihr die Entscheidung, mir die Waffe zu überlassen, nicht leichtfiel. Für irgendwelche Bedenken hatten wir jetzt allerdings wirklich keine Zeit.

Ich machte eine ungeduldige Handbewegung.

Einen Augenblick zögerte Lena noch, dann reichte sie mir sichtlich widerwillig die Glock. Ich warf einen kurzen Blick darauf, ließ das Magazin aus dem Griff gleiten und gab es ihr. Dann zog ich den Schlitten zurück, sodass die im Lauf steckende Patrone ausgeworfen wurde, und fing sie mit einem schnellen Griff aus der Luft. Auch sie wechselte den Besitzer.

„Okay", murmelte ich, hob die Waffe am Lauf an, zielte kurz und hieb mit dem Griff auf das Vorhängeschloss des Kellers. Ich brauchte vier kräftige Schläge, um es aufzubrechen, doch endlich gelang es mir.

„Hier." Mit einer sparsamen Bewegung drückte ich Lena die Waffe wieder in die Hand. Dann schlüpften wir in den Verschlag und zogen die Tür hinter uns zu.

Keine Sekunde zu früh, denn die Geräusche von der Gartentür hatten aufgehört, und stattdessen hörten wir nun schnelle Schritte im Gang. Unseren Verfolgern war es endlich gelungen, das Hindernis zu überwinden.

Glücklicherweise war es in unserem Keller bis auf das durch das kleine Fenster einfallende Licht dunkel. Das würde uns ein paar zusätzliche Sekunden lang Deckung geben. Vorsichtig tasteten wir uns zwischen Kisten, einer alten Spüle und ein paar Fahrrädern hindurch und auf die Außenwand zu. Ich griff zum Fenster hoch, ertastete den Riegel und zog ihn abwärts. Der Rost, der sich im Laufe der Jahre darauf gebildet hatte, hielt ihn zunächst noch an Ort und Stelle fest, doch dann gab er langsam, aber sicher nach, glücklicherweise ohne ein verdächtiges Geräusch zu erzeugen.

Als ich den Riegel gelöst hatte, hielt ich die Luft an und zog das Fenster langsam und vorsichtig auf. Der Schweiß brach mir aus, was aber nicht an der Hitze lag, sondern an der Angst, ich könnte unsere Verfolger durch ein verräterisches Geräusch auf unsere Fährte locken. Die Zeit tröpfelte zäh dahin, dann endlich war das Fenster offen.

„Schnell", sagte ich und winkte Lena heran. Ich drückte meinen Rücken gegen die Wand, machte eine Räuberleiter, und ohne zu zögern stellte Lena einen Fuß in meine verschränkten Hände und schob sich aus der Öffnung. Ich spürte, dass sie oben kurz innehielt, um sich zu vergewissern, dass keiner der beiden Männer draußen im Hof geblieben war, dann verschwand ihr Gewicht, und sie war draußen.

Ich ergriff eine der herumstehenden Kisten, stellte sie gegen die Wand, kletterte hinauf und schob mich zu Lena ins Freie.

„Wir müssen zum Auto zurück", flüsterte sie.

„Ist gut."

Auf dem Bauch krochen wir von der Hauswand fort, richteten uns nach ein paar Metern auf und rannten zum Maschendrahtzaun zurück. In Windeseile – mittlerweile hatten wir ja Übung darin – waren wir auf der anderen Seite und eilten wieder auf Carlos Haus zu, aus dem wir vor wenigen Minuten erst geflüchtet waren.

Ich warf einen Blick zu dem hellen Rechteck von Carlos Fenster hinauf und fühlte mich elend bei dem Gedanken an den armen Kerl, der dort oben in seiner Küche lag. Vor ein paar Minuten hatten wir uns noch unterhalten, und nun war er tot.

Wir hetzten über den Rasen, fanden den gepflasterten Weg zur Haustür und rannten gerade an ihr vorbei, als mir etwas einfiel.

Ich blieb stehen. Gleichzeitig tat Lena dasselbe.

Erstaunt sahen wir uns an.

„Der Hund", beantwortete ich Lenas unausgesprochene Frage.

Sie nickte. „Ich muss auch noch mal hoch." Ich nahm an, sie wollte ganz sichergehen, dass für Carlo wirklich keine Hoffnung mehr bestand.

„Also gut", sagte ich. „Aber was ist, wenn die Killer zurückkommen? Das kann nicht mehr lange dauern."

„Glaube ich auch nicht", sagte Lena.

„Dann also schnell!"

Ich sah zur Tür hinüber. Sie stand offen. Der Bär und sein Kumpan hatten sich nicht die Mühe gemacht, sie hinter sich ins Schloss zu ziehen, als sie uns gefolgt waren. Das zeugte zwar nicht gerade von guter Kinderstube, aber dafür war ich im Augenblick ausnahmsweise einmal dankbar. Ohne ein weiteres Wort zu sagen, stieß ich die Haustür ganz auf und trat ins Treppenhaus, Lena dicht auf den Fersen.

Im Dunkeln eilten wir die Treppe hinauf in den ersten Stock.

Die Eingangstür zu Carlos Wohnung war ebenfalls nicht geschlossen, und auf der gegenüberliegenden Seite des Flurs konnte ich Carlo in einer Pfütze aus Blut auf dem Küchenfußboden liegen sehen.

Eine Welle der Übelkeit erfasste mich, und trotz der Hitze lief mir ein eisiger Schauer über den Rücken.

„Was ist?“, flüsterte Lena, die sich hinter mir an die Wand des Treppenhauses drückte. Ich hörte das Wispern von Stoff und wandte mich um. Mit einem Griff, der auf eine Menge Routine schließen ließ, hielt Lena Carlos Waffe in den Händen.

„Nichts“, antwortete ich, da mir klar wurde, dass mit Warten nichts zu gewinnen war. Und so kratzte ich all meinen Mut zusammen, von dem nicht mehr allzu viel übrig geblieben war, und betrat den Flur. Dabei versuchte ich, Carlo nicht allzu genau anzusehen.

Lena drängte sich an mir vorbei, kniete sich neben Carlo und griff mit einer zielbewussten Handbewegung an seinen Hals, um ihm den Puls zu fühlen. Als sie sich wieder zu mir umwandte, holte sie tief Luft, wie um sich zu sammeln, und schüttelte den Kopf. Dann schob sie sich an mir vorbei in den Flur und verschwand in Carlos Arbeitszimmer.

Für den Bruchteil eines Augenblicks dachte ich irritiert, dass sie sich für jemanden, der gerade einen geliebten Menschen verloren hatte, sehr – um es höflich auszudrücken – geschäftsmäßig verhielt, dann jedoch verdrängte ich den Gedanken wieder und legte ihn zu anderen kleinen Bruchstücken von Informationen, die ich an diesem Abend bereits gesammelt hatte. Gegenwärtig war mein Überlebensdrang einfach stärker als alles andere. Ich hatte nur ein Ziel, nämlich, so schnell wie möglich wieder aus dieser Wohnung zu verschwinden. Vorher musste ich allerdings den Hund finden. Also rief ich so leise ich konnte in die Wohnung hinein: „Hey, Kleiner! Wo steckst du?“

Eine schnelle Durchsuchung des Wohnzimmers zeigte mir, dass er dort nicht war.

Wieder in den Flur zurückgekehrt, machte ich einen großen Schritt über Carlos ausgestreckte Beine und betrat die Küche. Und dort, nicht weit von seinen Fress- und Wassernäpfen, hockte der Welpe in der Dunkelheit unter einem kleinen Beistelltischchen. Ich beugte mich zu ihm und hielt ihm meine ausgestreckte Hand hin.

„Komm her."

Zunächst bewegte der Hund sich nicht, sondern sah mich nur verstört an. Schließlich jedoch erhob er sich, tapste zu Carlo hinüber und hockte sich neben ihn. Ohne einen Laut von sich zu geben, stupste er seine Nase gegen Carlos Hand und leckte über deren Rücken. Oh verdammt!

„Du kannst ihm nicht mehr helfen", sagte ich leise und so ruhig wie möglich, denn ich wollte ihn nicht noch mehr verschrecken. Dann griff ich nach dem Hund. Er gab ein leises und nicht sehr überzeugendes Knurren von sich, doch da hatte ich ihn schon an meine Brust gehoben und mich in Richtung Treppenhaus in Bewegung gesetzt. Im Laufen merkte ich, wie sich der Hund an mich drückte. Er hatte wohl meinen Geruch wiedererkannt und beschlossen, dass von mir nichts zu befürchten war.

„Alles in Ordnung", flüsterte ich ihm zu, wobei ich ihn genauso wie mich selbst zu beruhigen versuchte. „Wir machen jetzt ganz schnell, dass wir von hier wegkommen, mein Freund. Und dann sehen wir weiter."

Im Flur hielt ich kurz an und lauschte ins Treppenhaus hinaus. Alles war still, von unseren Verfolgern nichts zu sehen oder zu hören. Trotzdem wollte ich nicht mehr allzu viel Zeit hier in der Wohnung vertun.

„Lena!", rief ich so leise wie möglich, erhielt jedoch keine Antwort.

Mist!

Eilig lief ich zum Arbeitszimmer und stieß die Tür auf.

In dem Raum sah es aus wie auf einem Schlachtfeld. Papiere und zerbrochene CD-ROMs lagen über den Boden verstreut, dazwischen der Monitor eines Computers mit zersplittertem Glas und die Überreste eines Laptops, die so aussahen, als hätte sich ein Elefant daraufgesetzt. Auf dem Gehäuse des Computers, das halb unter einem Arbeitstisch hervorlugte, lag ein großer dunkler Klumpen Metall, mit dem ich zunächst nichts anzufangen wusste. Dann fiel der Groschen: ein Magnet. Jemand hatte die Festplatte des Computers auf primitive, aber durchschlagende Weise gelöscht. Fast war ich ein bisschen beeindruckt – die Mörder schienen wirklich auf so ziemlich alles vorbereitet gewesen zu sein. Außerdem bedurfte es sicher einer Menge Übung, in solch kurzer Zeit eine derartige Verwüstung anzurichten.

Inmitten des Chaos bewegte sich Lena, den Blick suchend auf den Boden gerichtet. Während ich die Szene in mich aufnahm, hob sie einen Stapel Papiere auf und ließ sie im Schnelldurchgang durch ihre Finger gleiten, wobei sie den Inhalt überflog.

„Lena!", sagte ich drängend. Gehetzt blickte sie zu mir auf. „Wir müssen verschwinden!"

„Aber ich habe noch nicht gefunden, was ich suche."

Ich warf einen vielsagenden Blick durch den Raum. „Was immer es ist, das du hier suchst: Ich wage zu bezweifeln, dass es noch da ist. Und wenn, dann in unbrauchbarem Zustand."

„Aber ..."

Ich schüttelte den Kopf. „Komm jetzt!"

Mit übermenschlich scheinender Anstrengung riss sie sich zusammen und nickte. „Okay."

Gemeinsam verließen wir die Wohnung und rannten, so schnell es die Schwärze der Nacht im Treppenhaus zuließ, auf die Straße hinaus.

Wir hatten uns gerade an dem klapprigen weißen BMW vorbeigedrängt, der vor meinem alten Golf parkte, als wir hinter uns ein leises Geräusch hörten.

Panik ergriff mich.

Der Bär!

Ich wirbelte herum, und meine Gedanken rasten. Was für eine Chance hatten wir schon gegen den bewaffneten Bären? Keine. Das Einzige, was ich seiner Feuerkraft entgegenzusetzen hatte, war der kleine Hund in meinen Armen, und ich wagte zu bezweifeln, dass mich ein Vierbeiner, egal wie gut gezielt geworfen, vor einem mit Sicherheit tödlichen Schuss auf kurze Distanz retten konnte.

Doch schon in der nächsten Sekunde atmete ich erleichtert auf, denn aus Richtung des Gartens tappte nicht der Bär, sondern eine fette getigerte Katze auf die Straße.

Oh Mann!

Neben mir hörte ich, wie Lena die angehaltene Luft ausstieß.

„Mein lieber Scholli!“, stieß sie hervor. „Gib mir den Hund und dann nichts wie los.“

Verdattert reichte ich ihr den Kleinen, schloss den Wagen auf und setzte mich hinein. Ich war so verwirrt von allem, was bisher in dieser Nacht passiert war, dass ich beinahe ohne die beiden losgefahren wäre.

5.
0.27–0.32 Uhr

Wir standen auf einem Parkplatz nicht weit von Schloss Oberhausen am Ufer des Rhein-Herne-Kanals. Lena starrte auf das dunkle Wasser und ich, gegen die Kühlerhaube gelehnt, auf ihren Rücken. Vor uns spiegelten sich die Lichter der Straßenlaternen, die die über den Kanal führende Brücke säumten, im Wasser.

Meine erste Verwirrung war gewichen und mit ihr leider auch das Adrenalin, das mich bisher aufrecht gehalten hatte. Mit einem Mal fühlten sich meine Knie butterweich an, und meine Stimme war so zittrig wie ein Aal. Nichtsdestoweniger legte ich alle Wut in sie hinein, die ich empfand und die mit jedem Kilometer, den wir zwischen uns und unsere Verfolger gelegt hatten, gewachsen war.

„Nun erklär mir endlich, was hier los ist!“, schnauzte ich. Im Garten, mit dem Bären und seinem Helfershelfer im Nacken, hatte ich mich ja noch vertrösten lassen, doch nun lagen die Dinge anders. „Und komm mir nicht wieder mit ‚Dafür ist keine Zeit‘. Die wirst du dir jetzt verdammt noch mal nehmen!“

Mit einer Schnelligkeit, die mich bei ihrer zuvor so starren Körperhaltung überraschte, wirbelte Lena zu mir herum und funkelte mich an, was sogar bei der nur spärlichen Beleuchtung nicht zu übersehen war, doch ich war an einem Punkt angelangt, an dem ein böser Blick allein nicht mehr ausreichte, um mich aus der Ruhe zu bringen.

„Also?“, fragte ich daher einfach und fügte hinzu: „Du kannst ruhig aufhören, so zu gucken. Das zieht nämlich nicht.“

Lena holte tief Luft, antwortete aber nicht.

„Hör zu“, sagte ich. „Von unserem, nennen wir es mal exotischen Treffen ganz abgesehen, habe ich in der letzten halben Stunde erleben müssen, wie ein Mensch getötet wurde. Außerdem haben zwei Typen auf mich geschossen und mich dann gejagt, weil sie es anscheinend darauf angelegt hatten, mir den Garaus zu machen. Dir zwar auch, zugegeben, aber das interessiert mich im Moment ehrlich gesagt weniger, da du mich ganz schön für blöd verkauft hast! Komm mir also bitte nicht mit der rührseligen Geschichte, dass dein Exfreund hinter dir her ist, denn die kaufe ich dir nicht mehr ab."

„Irgendwelche Gründe dafür?", fragte sie mit fast tonloser Stimme.

„Irgendwelche Gründe? Oh, massenhaft! Erstens benutzen die wenigsten Waffenbesitzer Schalldämpfer. Ich kenne jedenfalls keine, die das tun."

„Wie viele Waffenbesitzer kennst du denn so?"

Das war natürlich ein gutes Argument, doch mit solchen Nebensächlichkeiten hielt ich mich nicht auf. „Zweitens", fuhr ich fort, „bin ich mir ziemlich sicher, dass Carlo nicht dein Freund war. Jedenfalls nicht in dem Sinne, den du mir weismachen wolltest." Ich zählte an meinen Fingern ab: „Zunächst mal hattest du keine Ahnung, wo seine Klingel auf dem Klingelschild war."

„Es war dunkel, ich konnte sie nicht sehen. Und ich war noch nicht oft da."

„Geschenkt", winkte ich ab. „Dass du noch nicht oft da warst, glaube ich dir sogar." Ich holte Atem. „Zum anderen schienst du dich nicht besonders gut in seiner Wohnung auszukennen. Gott im Himmel, er musste dir sogar sagen, wo das Schlafzimmer ist. Du verstehst?" Ich zog vielsagend meine Augenbrauen hoch.

„Vielleicht wollten wir uns Zeit lassen mit ..."

Ich unterbrach sie. „Sicher, und vom Küssen wird man schwanger. Was mich zum nächsten Punkt bringt: Ihr habt euch nicht ein einziges Mal geküsst oder sonst irgendwie berührt. Nach dem, was du durchgemacht hattest, hat er dich nicht einmal in den Arm genommen. Nach deiner Aussage war Carlo doch dein neuer Freund, oder? Tut mir leid, aber darunter verstehen ich und schätzungsweise 99,9 Prozent der restlichen Bevölkerung etwas anderes als das, was ich bei euch gesehen habe. Und damit schließe ich meine Beweisführung ab."

Ich starrte sie an, sie starrte zurück.

„Was hast du eigentlich in Carlos Arbeitszimmer gesucht? Das schien dir ja verdammt wichtig zu sein, beinahe wichtiger als Carlos Tod. Den hast du ja auch verdammt schnell zu den Akten gelegt."

„Sei bloß still und rede nicht so eine Scheiße!", fuhr sie mich an. „Du hast doch keine Ahnung!"

„Stimmt", sagte ich ungerührt und fast ebenso wütend wie sie. „Und daher noch mal meine Frage: Was geht hier vor?"

Wenn ich eine Antwort erwartet hatte, so wurde ich enttäuscht. Ich stieß mich von der Kühlerhaube ab. „Okay, fein, dann fahre ich jetzt zur Polizei und melde den Überfall auf Carlos Wohnung. Dann kannst du denen gleich genau dieselben Fragen beantworten, auf die du mir die Antworten schuldig bleibst. Die grünen Jungs sind sowieso die richtige Adresse für dieses ganze Schlamassel."

An diesem Punkt kam plötzlich Leben in sie. „Nicht die Polizei!", sagte sie scharf. „Jedenfalls nicht die, die du meinst."

Mit der Aussage konnte ich ja nun wirklich überhaupt nichts anfangen.

„Was meinst du?"

„Halt", fiel sie mir ins Wort. „Du wolltest eine Erklärung, und die kriegst du. Nach allem, was du bisher erlebt hast, schulde ich sie dir, da gebe ich dir recht. Letztendlich hat die Sache auch Konsequenzen für dich."

Ich stieß ein kurzes und freudloses Lachen aus, doch bevor ich noch einen Kommentar zu ihrer Bemerkung abgeben konnte, der mit Sicherheit mehr als sarkastisch ausgefallen wäre, brachte sie mich mit einer Handbewegung zum Schweigen.

„Eines muss dir aber von vornherein klar sein: Ich erzähle, und das tue ich so, wie ich es für richtig halte. Also halt einfach für ein paar Minuten deine große Klappe, Philip Marlowe, und lass mich reden. Einverstanden?"

So, wie es aussah, hatte ich wohl kaum eine andere Wahl. Daher nickte ich widerwillig. Wenn es mir helfen würde, zu verstehen, in was für eine Räuberpistole ich da hineingeraten war, konnte ich auch mal ein paar Minuten den Mund halten. „Einverstanden."

„In Ordnung." Immer noch zwei, drei Meter von mir entfernt

stehend, begann sie zu erzählen. „Zunächst einmal: Mein voller Name ist Lena Craemer, und ich bin Kriminaloberkommissarin beim Landeskriminalamt in Düsseldorf."

Ich lachte laut auf. Es ließ sich einfach nicht verhindern.

„Du wolltest doch die Klappe halten."

„Okay", sagte ich. „Schon gut. Ich bin ganz still und höre einfach nur zu. Lass dich nicht stören." Sie öffnete ihren Mund, doch da unterbrach ich sie schon wieder. „Bloß eine Sache noch. Du kannst dich nicht zufällig ausweisen, oder?"

Sie verzog ihr Gesicht. „Du hast mich doch gesehen, als ich in dein Auto stieg. Wo bitte schön hätte ich denn deiner Meinung nach einen Ausweis unterbringen sollen?"

Ich sparte mir eine Erwiderung und zuckte stattdessen die Achseln.

„Nimm für den Moment einfach mal an, dass ich die Wahrheit sage und dass das, was ich dir erzählen werde, ebenfalls die Wahrheit ist."

„So wie das mit deinem Exfreund?"

„Tom!", fauchte sie. „Halt die Schnauze! Ich hatte einen richtig miesen Tag. Carlo war zwar nicht mein Freund im engeren Sinne, da hast du recht, aber das ändert nichts an der Tatsache, dass er trotzdem ein Freund war. Und nun ist er tot. Du magst ja unheimlich geschockt sein von dem, was dir heute Nacht passiert ist, aber glaub mir, das ist nichts verglichen mit dem, was ich im Moment empfinde."

Trotz der Dunkelheit konnte ich ein Glitzern in ihren Augen sehen, das nur eine Ursache haben konnte. Aufgrund der Entfernung zwischen uns war ich mir zwar nicht hundertprozentig sicher, aber alles an ihr – Haltung, Gesichtsausdruck und Stimme – wirkte aufrichtig, und ich beschloss, die Frage nach ihrer Identität zunächst auf später zu verschieben.

„In Ordnung", sagte ich. „Erzähl weiter. Über den Rest machen wir uns nachher Gedanken."

Einen Moment noch zögerte sie, mit einem Ausdruck auf dem Gesicht, der alles andere als glücklich wirkte. Dann holte sie tief Luft und sagte zum zweiten Mal in dieser Nacht: „Das ist eine ziemlich lange Geschichte."

6.
0.32–0.33 Uhr

Es war in der Tat eine lange Geschichte.

Begonnen hatte sie vor etwas weniger als acht Monaten, als Lenas Chef, Kriminaloberrat Scheffler, sie zu sich rufen ließ. Das LKA hatte im Laufe der vergangenen Jahre immer wieder Hinweise darauf erhalten, dass eine Duisburger Firma, die BImEx GmbH, Waffen und deren Komponenten in Länder exportierte, die einem Waffenembargo unterlagen. Die bisherigen Ermittlungen hatten jedoch nichts Greifbares zutage gefördert.

Dies endgültig zu bewerkstelligen wurde nun Lenas Job.

„Finden Sie etwas, womit wir dem oder den Drahtziehern bei der BImEx das Handwerk legen können", sagte Scheffler, als er ihr den Auftrag erteilte. „Die Anweisung kommt von ganz oben. Anscheinend haben die hohen Herren keine Lust mehr, wie Volltrottel dazustehen, weil wir der BImEx nichts nachweisen können. Ich persönlich übrigens auch nicht."

Lena, die seit einiger Zeit mit dem Fall befasst war, wenn auch lediglich als Schreibtischtäterin, verzog das Gesicht.

„Es ist nach wie vor verteufelt schwer, an die entsprechenden Beweise zu kommen – um nicht zu sagen unmöglich. Anhaltspunkte für die illegale Tätigkeit der BImEx gibt es immer wieder, aber wenn wir tatsächlich eine Lieferung untersuchen oder eine Prüfung der Konten oder Geschäftsunterlagen vornehmen, ist alles in bester Ordnung. Wir haben nichts in der Hand. Und wer bei der ganzen Aktion im Hintergrund die Fäden zieht, ist nicht klar. Wir wissen nicht einmal, ob der Eigentümer des Unternehmens, Karl-Heinz Brüggemann, seine Finger im Spiel hat. Vielleicht ist es auch einer seiner leitenden Angestellten, der die Firma für seine Zwecke missbraucht. Das Einzige, das wir mit Bestimmtheit sagen können, ist, dass bestimmte Länder plötzlich über moderne Waffen oder Waffensysteme verfügen, kurz nachdem Warenlieferungen der BImEx eingetroffen sind."

Lena hielt in ihrem Ausbruch inne und holte Luft.

„Wir sprechen hier unter anderem von Simbabwe, Ruanda, Darfur und auch einigen Staaten in Mittelamerika. Sogar der Iran zählt zu den vermutlichen Empfängern."

„Das ist mir nicht ganz unbekannt, Frau Craemer."

„Ich weiß, aber von Zeit zu Zeit muss ich das alles immer mal wieder laut hören, um es zu glauben. Außerdem frustriert mich diese ganze BImEx-Geschichte!"

Scheffler lehnte sich in seinem Schreibtischsessel zurück und grinste sie schief an.

„Na, dann wird es aber wirklich höchste Zeit, das zu ändern. Ziehen wir also andere Saiten auf."

Damit gingen sie daran, einen Einsatzplan auszuarbeiten.

Lena, deren Gesicht bei der BImEx nicht bekannt war, sollte in die Firma eingeschleust werden, um direkt vor Ort Nachforschungen anstellen zu können. Ihr Job würde es sein, herauszufinden, wo und wie die BImEx belastendes Material verbarg. Wäre das erst einmal geschehen, würde man eine offizielle Untersuchung durchführen, in deren Verlauf man dank Lenas Informationen direkt auf besagtes Material zurückgreifen konnte.

„Im Klartext", sagte Scheffler, „wenn Sie, Frau Craemer, wissen, in welchem Keller die BImEx ihre Leichen liegen hat, werden wir ohne Umweg in den richtigen Keller hineinmarschieren und dem oder den Hintermännern die Einzelteile um die Ohren schlagen."

Carlo wurde ihr als Verbindungsmann zugeteilt. Damit aber niemand entdeckte, dass sie zusammenarbeiteten, trennte man sie räumlich voneinander. Carlo bekam eine Wohnung in Oberhausen zugewiesen, Lena eine in Bochum. Treffen zwischen beiden sollten an ständig wechselnden Orten und zu unterschiedlichen Zeiten erfolgen, wobei Carlo jeweils die Rolle des Kuriers übernehmen würde, damit Lena keinerlei direkten Kontakt zum LKA aufnehmen musste.

„Hoffen wir mal, dass diese Sicherheitsmaßnahmen ausreichen", sagte Carlo, als sie ihre Überlegungen beendet hatten. Sein zuversichtliches Grinsen ließ jedoch keinen Zweifel daran, dass er das Arrangement für mehr als befriedigend hielt.

Eine falsche Annahme, wie sich heute Nacht herausgestellt hatte.

In einem letzten Schritt wurde Lena schließlich unter ihrem Decknamen und mit falschen Referenzen versehen bei der Zeitarbeitsfirma untergebracht, deren Dienste die BImEx bei der Besetzung von Vakanzen regelmäßig in Anspruch nahm.

Von da an hieß es: warten.

Lange mussten sie sich nicht gedulden. Bereits gut anderthalb Monate nachdem Lena bei der Zeitarbeitsfirma „begonnen" hatte, stellte die BImEx eine Anfrage nach einer Abteilungssekretärin für den Exportbereich. Die Zeitarbeitsfirma schickte, angespornt durch ein wenig sanften Druck aus Düsseldorf, ihre neue Mitarbeiterin.

Und so ging es an einem Montagmorgen vor viereinhalb Monaten, an dem Lena Craemer unter dem Namen Marlen Gärtner ihren neuen Job bei der BImEx GmbH antrat, richtig los.

Einer der ersten Mitarbeiter der BImEx, den Lena sah, als sie das lichtdurchflutete und mit viel Glas, Chrom und Echtholz ausgestattete Foyer der Firma betrat, war Wollinski – der Mann, der sich an ihre Fersen geheftet hatte. Der Mann, den sie Tom gegenüber als ihren Exfreund ausgegeben hatte, um den unbeteiligten jungen Mann nicht in die ganze Angelegenheit hineinzuziehen.

Noch so etwas, das gründlich schiefgegangen war.

In einen schwarzen Anzug gekleidet, lehnte Wollinski am Empfangstresen. Die Empfangsdame wirkte neben ihm wie ein kleines Kind. Eindringlich musterte er Lena, während sie die Halle durchquerte. Normalerweise hätte sie ihm direkt in die Augen gesehen, um keinen Zweifel daran aufkommen zu lassen, dass sie sein Alphamännchengehabe nicht schreckte. In diesem Fall jedoch hielt sie es für klüger, ihn in dem Glauben zu lassen, dass die schüchterne Neue es nicht schaffte, seinem Blick standzuhalten. Das kaum wahrnehmbare selbstgefällige Grinsen, das um Wollinskis Mundwinkel zuckte, entging ihr trotzdem nicht.

Pass bloß auf, dass du nicht irgendwie in der Geschichte drinhängst, dann werden wir nämlich eines Tages sehen, wer von uns mehr Grund zum Feixen hat, schoss es ihr durch den Kopf – ein Gedanke, für dessen Unprofessionalität sie sich sofort selbst schalt.

Aber trotzdem – zunächst einmal war hier bei der BImEx jeder verdächtig. Und das schloss definitiv bedrohlich wirkende Männer ein, die sie mit kühlem Blick zu scannen schienen wie Arnold Schwarzeneggers Terminator.

Als Lena am Empfangstresen ankam und die dahintersitzende junge Frau nach dem Weg zu ihrem neuen Arbeitsplatz fragte, überraschte Wollinski sie dann aber doch. Noch bevor die Rezeptionistin antworten konnte, lächelte der große Mann unerwartet freundlich und sagte: „Wissen Sie was? Ich bringe Sie hin. Muss sowieso in die gleiche Ecke."

Er streckte eine Hand aus, mit der man sicher prächtig Schnitzel weich klopfen konnte, und Lena schüttelte sie.

„Wollinski", sagte er. „Ich leite die Sicherheitsabteilung. Es kann Ihnen auf dem Weg also nichts passieren."

Gespielt schüchtern erwiderte Lena Wollinskis Grinsen.

„Da bin ich aber beruhigt."

Gemeinsam gingen sie zu den Aufzügen.

Ob Wollinskis Angebot, sie in ihre neue Abteilung zu begleiten, aus reiner Nächstenliebe erfolgte oder weil er sie im Rahmen seines Jobs näher in Augenschein nehmen wollte, war Lena nicht klar. Gleichzeitig rief sie sich jedoch zur Ordnung und ermahnte sich, fortan nicht hinter jeder Aktion eines BImEx-Angestellten einen feindlichen Akt zu sehen. Wenn sie so an die Sache heranging, könnte sie ihren Undercovereinsatz auch gleich abblasen.

Nur die Ruhe, sagte sie sich. Geh die ganze Sache etwas entspannter an und warte ab, was passiert.

Ein guter Plan, wie sie zugeben musste. Daran, ihre berechtigte Nervosität wegen des Auftrags besser in den Griff zu bekommen, musste sie allerdings noch ein wenig arbeiten.

Die nächsten paar Minuten verbrachte sie jedenfalls gemeinsam mit Wollinski und machte Small Talk. Was sie bisher beruflich gemacht und wie es sie zur BImEx verschlagen habe. Und so weiter und so fort.

Wenn du wüsstest, dass das meiste von dem, was ich dir erzähle, sowieso erstunken und erlogen ist, dachte Lena und merkte, wie der Gedanke den Druck, den sie bisher verspürt hatte, von ihr zu nehmen begann.

Perfekt, stellte sie fest. Du bist auf dem richtigen Weg. Mach einfach so weiter.

Und das tat sie.

Über die kommenden Wochen und Monate arbeitete sie sich ein, lernte die Abläufe des Geschäftsbetriebs und vor allem eine Unzahl Leute kennen.

„Und, hast du schon einen Verdächtigen im Auge?", fragte Carlo eines Spätnachmittags, an dem sie sich in der versteckten Ecke eines Biergartens am Baldeneysee gegenübersaßen.

Statt einer Antwort schnaubte Lena nur.

„Okay. Hast du wenigstens eine Ahnung, *wie* sie es machen, *wenn* sie es machen?"

„Nein, nichts. Für den normalen Angestellten sieht die BImEx nicht nur sauber, sondern rein aus."

„Na, das läuft ja prima", stellte Carlo fest.

„Ganz super", bestätigte Lena.

„Da ist wirklich keiner, der dir ins Auge fällt?" Carlo trank einen Schluck Bier aus seinem Glas. „Keiner, der in einen schwarzen Umhang gehüllt in einem geheimnisvollen Raum im Keller verschwindet, weil er dort das versteckte Geld zählen muss, das die BImEx mit ihren illegalen Transaktionen erwirtschaftet hat?"

„Dazu muss ich jetzt nichts sagen, oder?"

Carlo zuckte die Achseln. „War nur so eine Idee."

Eine Weile schwiegen sie.

„Was ist eigentlich …?", begann Carlo.

„Ja?"

„Was ist, wenn die BImEx keinen Dreck am Stecken hat? Wenn wir etwas suchen, das gar nicht da ist? Ich meine" – er zog eine Grimasse – „vielleicht ist genau das der Grund, aus dem wir – und jetzt du – nie fündig werden: weil es einfach nichts zu finden gibt."

„Nach all den Verdachtsmomenten, die sich über die Jahre ergeben haben? All den plötzlich auftauchenden neuen Waffen und militärisch nutzbaren Geräten in Ländern, in die die BImEx ausgerechnet zu diesem Zeitpunkt gerade verstärkt lieferte? Also ehrlich, Carlo!"

„Man hat schon Pferde kotzen sehen …"

„Vor der Apotheke. Ich weiß."

Lena sah auf den See hinaus. Eine Unzahl Segel- und Ruderboote zerteilte die Wellen, während auf der anderen Seite des Sees die Villa Hügel hinter dunklen, dicht belaubten Bäumen hervorlugte. Menschen in Feierabendlaune und fröhlicher, sommerlicher Kleidung spazierten am Ufer entlang. Darüber brannte die Sonne mit unverminderter Kraft von einem wolkenlosen, tiefblauen Himmel.

Einen Moment genoss sie die friedliche Szenerie, dann sagte sie, ohne den Blick von der vor ihr liegenden Idylle abzuwenden: „Aber bis wir das Pferd kotzen sehen …"

„… bleiben wir ihm an den Hufen kleben, damit wir auch ja nichts verpassen", vollendete Carlo den Satz, bevor er, leise lächelnd, das Glas erneut an seine Lippen hob.

An sich glaubte Carlo nicht ernsthaft, dass die BImEx eine reine Weste hatte, doch irgendjemand musste schließlich von Zeit zu Zeit den Advocatus Diaboli spielen. Selbst Kriminaloberrat Scheffler hatte vor Kurzem dieselben Bedenken geäußert. Er wurde langsam unruhig. Seine Vorgesetzten saßen ihm im Nacken und drängten auf Ergebnisse – ein Zustand, der ihm nicht behagte.

„Außerdem", hatte er bei einem Treffen mit Lena – ihrem einzigen persönlichen Kontakt, seit sie bei der BImEx angefangen hatte – gesagt, „kann ich Sie nicht ewig in diesem Laden lassen. Wenn nichts da ist, ist eben nichts da. Das ist auch ein Ergebnis."

„Aber wir wussten doch alle, dass wir nicht von heute auf morgen mit Ergebnissen rechnen können. Immerhin bin ich erst knapp vier Monate dabei. Und Sie wissen doch, wie lange so etwas dauern kann. Geben Sie mir noch etwas Zeit."

Scheffler sog scharf die Luft ein und ließ sie langsam wieder ausströmen. Das schien ihn ausreichend zu beruhigen.

„Also gut", sagte er. „Sie bekommen insgesamt sechs Monate – ein halbes Jahr! –, danach ziehe ich Sie ab."

„Wie weit bist du eigentlich mittlerweile mit dem Inhalt des Firmenservers gekommen?", erkundigte sich Carlo ein paar Tage später. Diesmal hockten sie nebeneinander auf einer Parkbank in Bottrop – zwei Spaziergänger, die sich nur von ihrem Marsch durch die Hitze auszuruhen schienen, bevor sie wieder getrennter Wege gingen.

„Die Dateien, für deren Benutzung ich autorisiert bin, habe ich komplett durchgehechelt. Hoffentlich schaut da keiner mal zu genau hin, denn ich habe mir eine Menge Sachen angesehen, die mich nichts angehen. Damit bleibt aber immer noch eine Unzahl anderer Möglichkeiten – nämlich der ganze Rest, für den ich keine Berechtigung habe. Bisher hatte ich gehofft, ich würde mich so langsam an eine erweiterte Autorisierung heranarbeiten, wenn man mir mehr und größere Aufgaben überträgt." Sie dachte an das heranrückende Ende ihres Einsatzes. „Aber dafür bleibt uns jetzt wohl keine Zeit mehr."

„Dann müssen wir bei deiner Autorisierung eben ein bisschen nachhelfen", stellte Carlo gleichmütig fest. „Ich habe da auch schon eine Idee. Wer weiß, vielleicht klappt es ja. Krieg doch mal für mich raus, was ihr für einen Firmenserver habt."

Das tat Lena.

Einen Tag später steckte ihr Carlo, während sie in der Duisburger City in dem vor einem Buchladen platzierten Wühltisch kramte, im Vorbeigehen einen Zettel in die aufgeklappte Handtasche. Auf dem Rückweg ins Büro faltete sie ihn auseinander.

Hey,
ich habe mit einem Freund gesprochen, der an die Werkseinstellungen vieler bekannter Servermarken herankommt, und er hat das Master-Log-in für den Typ herausgefunden, den die BImEx benutzt. Probier einfach mal aus, ob du mit dem unten genannten Benutzernamen und Passwort auf den kompletten Inhalt eures Servers zugreifen kannst (das sollte von allen PCs in eurem Hause aus möglich sein). Wenn die BImEx-Leute diese seit Auslieferung nicht abgeändert haben (was viele Firmen vergessen), bist du drin.

Viel Spaß beim Surfen. ☺

C.

Es folgten Benutzername und Passwort. Lena gab sie ein, und die gesamte BImEx-Welt stand ihr offen.

Dachte sie wenigstens. Zunächst sah auch alles danach aus. Mit den Daten vermuteter Waffen- und Komponentenlieferungen im Hinterkopf begab sich Lena erneut in jeder freien Minute auf die Suche nach eventuellen Querverbindungen: unkorrekte Transportbelege; Container, deren Anzahl nicht mit den Liefermengen der Güter übereinstimmte, die exportiert wurden; auffällige Konten oder Buchungen; irgendetwas, das aus dem Rahmen fiel.

Schließlich fand sie eine vielversprechende Spur – in Form eines Dateiordners, der, wie einige andere, trotz Master-Log-ins gegen den uneingeschränkten Zugriff auf die Serverdaten geschützt war. Was Lena bei diesem Ordner, der sich standhaft weigerte, sein Geheimnis preiszugeben, besonders ins Auge fiel, war sein Name.

„‚Maintenance?'", fragte Carlo, als sie sich das nächste Mal trafen. „‚Instandhaltung', ‚Pflege'? Was soll das denn? Mit so etwas befasst sich die BImEx doch gar nicht."

In der Tat bedeutete BImEx GmbH nichts anderes als Brüggemann Im- und Export GmbH, was in heutigen Zeiten allerdings zu verstaubt geklungen hätte, weshalb man die vermeintlich schmissigere Abkürzung als Firmennamen gewählt hatte.

Lena nickte nachdenklich.

„Ja", sagte sie. „‚Instandhaltung' und ‚Pflege'. Aber auch ‚Unterhalt'."

„‚Unterhalt'? Du meinst wie …?"

„Genau, wie die Geschäfte, die den Unterhalt der BImEx oder wenigstens des oder der Waffenhändler sicherstellen."

„Oder deren Konten ‚pflegen'." Carlo stieß einen leisen Pfiff aus. „Heilige Scheiße, Lena. Ich glaube, du hast es gefunden."

Sie nickte strahlend. „Jetzt müssen wir nur noch irgendwie an die Daten herankommen."

„Ja." Auch Carlo strahlte. „Bist du bereit für eine Nachtschicht?"

Die Nachtschicht begann bereits am übernächsten Tag. Unter dem Vorwand, noch dringende Lieferpapiere für die kommende Woche vorbereiten zu wollen, verschanzte sich Lena so lange hinter ihrem Computer, bis sogar ihr Chef das Büro verließ.

„Das können Sie doch auch noch morgen erledigen", sagte er in der Tür zu ihrem Büro stehend. Seine Ärmel hatte er in Erwartung der draußen herrschenden Hitze bereits hochgekrempelt. Bedeutungsvoll blickte er zum Fenster hinaus. „Es ist doch viel zu schön, um Überstunden zu machen."

Lena lächelte ihn an. „Normalerweise würde ich Ihnen zustimmen, Herr Mertz, aber, ehrlich gesagt, ist das genau der Grund, aus dem ich bleibe. In meiner Wohnung ist es zurzeit so heiß, dass ich es dort kaum aushalte. Und hier haben wir eine Klimaanlage."

„Verstehe."

„Außerdem sind die Warenbegleitscheine und Konnossemente so schneller bei der Hand, wenn wir sie brauchen. Auf die Art und Weise wird es vielleicht etwas weniger hektisch als das letzte Mal." Sie blickte ihn vielsagend an.

Mertz stöhnte bei der Erinnerung auf. „Gute Idee. Und wenn Sie so auch noch gleich mehrere Fliegen mit einer Klappe schlagen …"

Er verabschiedete sich und ging.

Wenn du eine Ahnung hättest, um wie viele Fliegen es hier geht, dachte Lena, während sich die Schritte ihres Vorgesetzten den Gang hinab entfernten.

Als sie verklungen waren, arbeitete sie noch eine Zeit lang weiter an den Transportpapieren – so lange, bis sie einigermaßen sicher war, dass sich niemand mehr auf ihrer Etage befand. Um sich jedoch hundertprozentig davon zu überzeugen, dass sie nun ungestört mit ihrer eigentlichen Aufgabe beginnen konnte, machte sie einen Ausflug zur Toilette und in die kleine Küche gegenüber den Aufzügen. Auf dem Weg warf sie kurze Blicke in die Büros, deren Türen zum Flur hin offen standen, um der später eintreffenden Putzkolonne die Arbeit ein wenig zu erleichtern.

Tatsächlich. Alle Büros lagen verlassen da.

Zufrieden kehrte Lena an ihren Arbeitsplatz zurück.

Sie minimierte die Fenster von ein paar Dateien, die sie für ihre vorgebliche Arbeit brauchte. So konnte sie sie schnell wieder öffnen, wenn doch noch unvermutet jemand auftauchte. Dann rief sie die Maske auf, die ihr den Zugang zum Server ermöglichte. Schnell tippte sie den ihr nunmehr vertrauten Benutzernamen und das Passwort des Master-Log-ins ein, und schon war sie auf dem Server.

Ein paar Klicks noch, und ein Ordnername erschien auf ihrem Bildschirm.

Maintenance.

„Na, dann wollen wir mal."

Aus ihrer Tasche nahm sie eine CD-ROM, die sie gestern spätabends noch bei Carlo in Oberhausen abgeholt hatte. Da die Zeit drängte und sie sich einigermaßen sicher waren, dass niemand sie überwachte, waren sie das Risiko eingegangen, die Übergabe in Carlos Wohnung durchzuführen.

„Das ist ein Programm, das ein Bekannter von mir schon diverse Male erfolgreich eingesetzt hat", hatte Carlo ihr erklärt. „Es knackt die Codes geschützter Dateien. Du legst die CD ein, definierst den Pfad zu dem Ordner oder der Datei, die du dir ansehen willst, und den Rest erledigt die Decodierungssoftware."

Lena hatte ihn zweifelnd angesehen. „Dein Bekannter steht nicht zufällig auf unserer Fahndungsliste, oder?"

„Nicht mehr. Er ist jetzt ein ehrlicher Experte für die Sicherheitsüberprüfung von Computern und Netzwerken."

„Weißt du was? Eigentlich will ich das gar nicht wissen."

„Dann sag ich jetzt auch nichts mehr."

Carlo hatte ihr gezeigt, wie sie vorgehen musste, dann hatten sie den Ablauf ein paarmal geübt.

„Die Stunde der Wahrheit", flüsterte Lena, während sie nun die CD-Hülle aufklappte. Sie legte die silberne Scheibe ein und ging genau so vor, wie sie es gestern Abend gelernt hatte. Carlo hatte sie gewarnt, dass der Decodierungsvorgang eine ganze Zeit in Anspruch nehmen konnte, doch als sich auch nach einer Viertelstunde noch kein Erfolg zeigte, begann Lena langsam unruhig zu werden.

Was, wenn doch noch jemand kam?

Blödsinn, rief sie sich zur Ordnung. Du hast doch nachgesehen. Also reiß dich am Riemen.

Trotzdem konnte sie es nicht verhindern, dass sich ihr, Klimaanlage hin oder her, langsam ein dünner Film kalten Schweißes auf die Stirn legte. Irgendwo im Haus hörte sie Geräusche. Leitungen knackten, elektrische Arbeitsgeräte summten im Stand-by. Auf der nahegelegenen Straße fuhren ein paar Autos vorbei.

„Jetzt mach schon", flüsterte sie.

20 Minuten.

Im Stillen verfluchte sie Carlo und seine Schnapsideen.

23 Minuten.

Wenn ich das hier überstehe, nehme ich meine Dienstwaffe, suche deinen Bekannten auf und jage ihm eine Kugel in seinen nutzlosen Schädel, dachte sie.

26 Minuten.

Ihr Computer gab ein leises „Ping" von sich, dann öffnete sich ein Fenster mit einem Smiley.

Na toll, Carlos exkrimineller Hackerfreund war auch noch eine Frohnatur.

Aber er verstand seinen Job.

Vor sich sah Lena den Inhalt des berühmt-berüchtigten Maintenance-Folders. Schnell jedoch verwandelte sich ihre Freude in Enttäuschung, denn die Daten in den ersten Unterdateien, die sie öffnete, waren sämtlich verschlüsselt.

Mist, dachte sie. Oder auch nicht. Wenn nicht nur der Zugang zu diesem Ordner geschützt war, sondern auch dessen Inhalt, konnte das letztendlich nur eines bedeuten: dass nicht jedermann lesen sollte, was darin stand.

Aber zur Entschlüsselung solcher Dinge, dachte sie zufrieden, hat das LKA schließlich seine Fachleute. Und sollten die wider Erwarten nicht weiterkommen, gab es außerdem natürlich immer noch Carlos Hackerkumpel. Nachdem er Carlo schon mit der Software versorgt hatte, konnte sie sich vorstellen, dass er sicher gerne seine Fähigkeiten an den verschlüsselten Informationen erproben würde.

Durch diese Gedanken wieder positiv gestimmt und – zugegebenermaßen – angetrieben von ihrer Neugier, öffnete Lena auch die nächsten Unterdateien. Zwei oder drei Versuche später legte sich ein Lächeln auf ihr Gesicht.

„Sieh da, es geht doch."

Vor ihr öffnete sich eine Liste mit Daten, Waren und Mengen. Sie war noch relativ neu und augenscheinlich unvollständig. Vor ihrer endgültigen Bearbeitung hatte man sich daher wohl noch nicht die Mühe gemacht, sie zu verschlüsseln.

Lena stieß einen lautlosen Pfiff aus.

Bald schon würde die BImEx Baumaschinen in die nach dem Bürgerkrieg immer noch instabile Demokratische Republik Kongo transportieren. In – sie schaute auf den Kalender, der ihr gegenüber an der Wand hing – anderthalb Monaten.

Lena schüttelte den Kopf. Diese Art Baumaschinen kannte sie. Es handelte sich dabei um gepanzerte Fahrzeuge, die man, mit den entsprechenden Komponenten versehen, durchaus zum Bauen verwenden konnte. Versah man sie allerdings stattdessen mit anderen

Vorrichtungen, beispielsweise einem Geschützrohr und den dazugehörigen Abschussvorrichtungen, besaß man einen wunderbaren leichten Panzer. Diese Vorgehensweise bei der Ausfuhr sogenannter Dual-Use-Güter war durchaus legal, solange man sie an unterschiedliche Abnehmer lieferte. Tat man das nicht, sah die Sache schon wieder ein wenig anders aus.

Ihre Augen flitzten die Zeilen hinunter und blieben an einer Lieferung Geschützrohre hängen, die genau zu der oben bereits erwähnten „Baumaschine" gehörten. Bestimmungsort Angola, das seine eigenen Unruhen schon ein paar Jahre hinter sich hatte und deshalb mit diesen Waren beliefert werden durfte. Darüber hinaus grenzte es idealerweise auch noch direkt an die Demokratische Republik Kongo. Und siehe da: Die Geschützrohre gingen doch tatsächlich an die angolanische Niederlassung des Empfängers der Baumaschinen.

Lena lächelte dünn. Wenn das nicht ein und derselbe Abnehmer war, wusste sie es auch nicht.

In Windeseile überflog sie den Rest der Aufstellung und stieß auf vier weitere ähnlich gelagerte Fälle in Afrika, Südamerika und Indonesien. Und auf einen wesentlich einfacher gestrickten: 500 Kalaschnikows, untergebracht in einer Ladung Maschinenteile, für das immer noch unter ethnischen und religiösen Spannungen leidende Nigeria.

In nicht einmal einer Woche.

Mit Mühe unterdrückte Lena einen Aufschrei des Entzückens.

Das war es! Sie hatte ihre Beweise gegen die BImEx gefunden!

Blieb nur zu hoffen, dass die Dateien auch Rückschlüsse auf den oder die Hintermänner der Transaktionen zuließen. Und darauf, wohin die Gelder geflossen waren, die diese über die vergangenen Jahre damit erwirtschaftet hatten.

Schnell ließ Lena die Software-CD auswerfen, steckte einen handlichen kleinen USB-Stick in einen freien Port am Computer und kopierte den Maintenance-Ordner.

Dann schloss sie alle noch geöffneten Dokumente, löschte die

Liste der zuletzt verwendeten Dateien und fuhr den Computer herunter. Sie verstaute die CD und den Stick in ihrer Handtasche und verließ das Büro.

Den Weg ins Foyer legte sie wie in Watte gepackt zurück.

Sie wollte gerade ihren Betriebsausweis durch den Kartenleser ziehen, als sie Schritte hinter sich vernahm. Laut klackten sie auf den marmorierten Fliesen der Empfangshalle.

„n'Abend."

Lena drehte sich um.

Vor ihr stand Geller. Ein dürrer, unangenehmer Typ. Und einer, dem sie ausgerechnet jetzt gar nicht über den Weg laufen wollte, denn er arbeitete, ebenso wie Wollinski, in der Sicherheitsabteilung.

„Oh, guten Abend, Herr Geller." Ihr Ton war kühl, distanziert.

Geller schreckte das nicht. „So spät noch hier, Frau ... äh ... Gärtner?"

Lena zwang sich zu einem verbindlichen Lächeln. „Wir haben gerade viel zu tun, da habe ich ein bisschen vorgearbeitet. Und Sie?"

Geller zuckte mit den schmalen Schultern. „Nachtschicht."

„Na, dann wünsche ich Ihnen eine ruhige Nacht."

„Wünsche ich Ihnen auch."

Geller trat an ihr vorbei, um ihr die Tür zu öffnen und aufzuhalten. Dabei schaffte er es irgendwie, sie mit seinem Körper zu streifen. Lena unterdrückte ein Schaudern.

„Danke", sagte sie stattdessen.

„War mir ein Vergnügen."

Darauf möchte ich wetten, dachte sie und trat in den späten Abend hinaus. Die Luft war heiß und der Himmel erleuchtet von den Abermillionen Lichtern des Ruhrgebiets.

Hinter ihr fiel die Tür zu.

Lena atmete tief durch.

Eine Dreiviertelstunde später übergab sie Carlo den USB-Stick mit den kopierten Dateien.

Eine lange Geschichte, dachte Lena nun, auch wenn die Erinnerung daran nur einige Sekunden gedauert hatte.

Doch diese lange Geschichte erzählte sie Tom nicht, denn letztendlich war er ein Außenstehender, der unglücklicherweise in diese außer Kontrolle geratene Affäre hineingezogen worden war. Trotzdem gingen ihn die Details der Untersuchung und deren Ergebnisse nichts an, ganz egal wie sehr sie ihm vertraute, wie sympathisch er ihr war und wie viel Dankbarkeit sie dafür empfand, dass er jetzt hier neben ihr stand, sodass sie dem Chaos nicht allein die Stirn bieten musste. Selbst unter diesen Umständen jedoch durfte sie ihm nur das Nötigste verraten – genug, um ihn am Leben zu halten, und genug, um vielleicht an einem anderen Abend wieder mit ihm hier zu stehen und auf den Kanal zu blicken, ohne erwarten zu müssen, dabei von Wollinski eine Kugel verpasst zu bekommen.

Statt Tom also die ganze Geschichte zu erzählen, sagte sie lediglich:

7.
0.33–0.48 Uhr

„Wie schon gesagt, arbeite ich für das LKA. Vor etwas über vier Monaten wurde ich als verdeckte Ermittlerin in eine Firma eingeschleust, die im dringenden Verdacht steht, Bauteile, die zur Herstellung von Waffensystemen und Ähnlichem dienen, in Länder zu exportieren, gegen die diesbezüglich Sanktionen bestehen. Klar so weit?“

Ich nickte, peinlich darauf bedacht, darüber hinaus keinen Mucks von mir zu geben.

In knappen Worten schilderte sie mir, wie sie die letzten Monate als Sekretärin in besagter Firma gearbeitet und dabei versucht hatte, an Informationen zu kommen, die den Verdacht entweder untermauern oder entkräften würden – bis sie auf genau die Informationen stieß, die ihn eindeutig bestätigten.

„Eine der Dateien, die ich fand und die nicht verschlüsselt war, listete Lieferzeiten, Lieferumfänge und Abnehmer auf – eben alles, was einen Staatsanwalt in Ekstase geraten lässt. Die meisten anderen Dateien waren verschlüsselt, glichen aber im Hinblick auf ihren Aufbau der nicht-chiffrierten Liste. Es ist also davon auszugehen, dass sie ähnliche Informationen enthalten. Dazu kommt noch ein weiterer Punkt. Die nicht-chiffrierte Datei hat nämlich, außer ihrer Lesbarkeit, einen zusätzlichen Vorteil für uns. Die in ihr aufgeführten Angaben betreffen noch ausstehende Lieferungen in der näheren Zukunft – Lieferungen also, die man noch abfangen kann, wodurch man wiederum im wahrsten Sinne des Wortes greifbare Beweise in die Finger bekäme.“ Sie legte eine kurze, nachdenkliche Pause ein. „Wie auch immer … jedenfalls gelang es mir, das belastende Material zu kopieren und an Carlo zu übergeben.“

Sie musste die unausgesprochene Frage auf meinem Gesicht gelesen haben, denn sie fuhr fort: „Carlo arbeitete für die gleiche Dienststelle wie ich und war mein Verbindungsmann. Ich konnte ja schlecht meine Tarnung riskieren, indem ich selbst Kontakt zu meiner Behörde aufnahm."

Ich nickte verstehend und musste mich beherrschen, ihr keine Fragen zu stellen, denn die Geschichte schrie förmlich nach detaillierteren Ausführungen. Da ich aber befürchtete, dass eine Einmischung meinerseits Lenas Erzähllaune verderben könnte, zwang ich mich, mit tiefer gehenden Fragen noch zu warten und Lena ihren Bericht zunächst einmal beenden zu lassen.

„Irgendwie müssen sie aber darauf gekommen sein, dass ich mir die Informationen beschafft habe." Sie machte eine hilflose Geste. „Vermutlich waren die Dateien, deren Code ich geknackt habe, mit einer weiteren Sicherung versehen, die mir entgangen war. Und die ist mir zum Verhängnis geworden. Und Carlo."

Sie verstummte und ließ erschöpft die Schultern hängen. Für einen Moment stand sie so da, dann hob sie den Kopf und fuhr fort.

„Das war vor drei Tagen. Carlo und ich trafen uns noch in der gleichen Nacht in einem Café in Essen, und ich übergab ihm einen USB-Stick mit den kopierten Dateien. Carlo versprach, die Informationen sofort an unsere Dienststelle und die Fachleute weiterzuleiten, und wir trennten uns. Das war das letzte Mal, dass ich ihn vor heute Abend gesehen habe."

Wieder verstummte sie. Dann wandte sie sich von mir ab und sah in Richtung Kanal.

„Können wir ein paar Schritte gehen?", fragte sie, und fast hätte ich sie nicht verstanden, so leise klang ihre Stimme.

„Klar", sagte ich. „Was dagegen, wenn wir den Hund mitnehmen? Der ist bestimmt noch nicht stubenrein, und ich würde ihn gerne ein bisschen durch die Botanik scheuchen, bevor ihm im Auto ein Malheur passiert. Ist zwar nicht mehr neu, das gute Stück, aber mein einziges."

Ihr Hinterkopf bewegte sich auf und ab, was ich als Zustimmung wertete. Also trat ich hinter den Wagen, öffnete die Heckklappe und entnahm dem Kofferraum ein gelbes Abschleppseil, das ich dem Hund locker um den Hals band, bevor ich zu Lena hinüberging.

Als sie das Riesenseil mit dem wippenden roten Fähnchen zwischen mir und dem zwergigen Hund sah, lächelte sie zum ersten Mal, seit wir vor Carlos Mördern geflohen waren.

„Das nenne ich mit Kanonen auf Spatzen schießen."

Ich zuckte die Achseln. „Was anderes hatte ich nicht."

Wir gingen eine Weile schweigend nebeneinanderher, und ich drängte sie nicht fortzufahren. Sie schien die Ruhe zu brauchen, und ich war bereit, sie ihr zu gewähren, nachdem ein Teil meiner Neugier gestillt worden war. Außerdem brauchte auch ich etwas Zeit, um all das zu verdauen, was ich soeben erfahren hatte. Also fragte ich: „Wie heißt eigentlich der Hund?"

„Keine Ahnung", sagte Lena. „Carlo hat ihn sich erst vor etwa anderthalb Monaten gekauft, weil ihm von der vielen Warterei in seiner Undercover-Wohnung die Decke auf den Kopf fiel."

Womit die etwas unpersönliche Atmosphäre, die Carlos Wohnzimmer ausgestrahlt hatte, erklärt war, dachte ich. Um das Thema jedoch nicht sofort wieder zu vertiefen, sondern Lena noch eine etwas längere Auszeit zu gönnen, sagte ich: „Na, wenn du seinen Namen nicht kennst, sollten wir ihm vielleicht einen neuen geben. Ich rufe ihn ungern nur ‚Hund' oder ‚Du da'. Was hältst du von Watson? Immerhin sollte er Carlo, wenn auch auf bescheidene Weise, bei der Aufklärung eures Falles helfen."

Ein Lächeln huschte über Lenas Gesicht, und sie legte kurz ihre Hand auf meinen Arm. Durch das Hemd spürte ich ihre Wärme. „Ich bin mir sicher, das hätte Carlo gefallen."

„Dann ist es also abgemacht", sagte ich und schaute zu dem frisch getauften Watson, der sich gerade daranmachte, einem vertrockneten Büschel Gras im Kampf gegen die Dürre der letzten Wochen zu helfen.

Ich wischte mir mit dem Ärmel durch das Gesicht, denn es war immer noch höllisch warm.

Als ich wieder zu Lena hinübersah, war sie wieder ernst geworden. Sie begegnete meinem Blick, nickte, und wir setzten unsere Wanderung fort. Der Split auf dem Weg knirschte unter unseren Schuhen.

„Den Rest kennst du eigentlich“, sagte sie. „Was ich dir über den Einbruch in meine Wohnung und meine daran anschließende Flucht erzählt habe, ist wahr. Was natürlich nicht stimmt, ist, dass es sich bei Wollinski – dem Typen, der hinter uns her ist – um meinen Exfreund handelt.“

„Das war mittlerweile selbst mir klar“, sagte ich. „Aber wie passt er ins Bild? Wer ist der Typ?“

„Er ist der Chef der Sicherheitsabteilung in ‚meiner‘ Firma.“

„Aha. Muss ja eine ganz schön große Firma sein, wenn sie sich eine eigene Sicherheitsabteilung leisten kann.“

„Ist sie auch“, sagte Lena. „Die BImEx GmbH.“

„Die kenne ich. Da habe ich mich mal beworben“, erklärte ich. „Als Lagerarbeiter. Zu der Zeit war ich gerade mal wieder zwischen zwei Jobs, wie man so schön sagt.“

„Sagt man das so?“

„Das tut man.“

„So, so.“

Schweigend legten wir ein Stück des Weges zurück, dann fragte ich: „Durftest du mir das mit der BImEx eigentlich verraten? Ich meine, das ist doch bestimmt topsecret, oder?“

Sie sah mich an und lächelte schwach. „Das schon, aber was soll's? Die Abmahnung riskiere ich.“

„Okay.“ Wir gingen weiter. „Und die BImEx zieht wirklich solch schmutzige Deals durch?“, hakte ich nach.

„Daran gib es nach allem, was ich herausgefunden habe, nicht den geringsten Zweifel.“

„Na ja, dieser illegale Handel bringt sicher eine Menge Geld ein.“

„Du kannst dir nicht mal ansatzweise vorstellen, wie viel.“

„Schon lange?“

„Wenn wir mit unseren Vermutungen richtigliegen, läuft das bereits mindestens neun bis zehn Jahre so.“

Ich stieß einen Pfiff aus.

„Bezüglich der genauen Einzelheiten der Geschäfte und Geldtransfers et cetera müssen die Informationen natürlich noch decodiert, überprüft und ausgewertet werden, aber dafür haben wir unsere Experten. Und die sind verdammt gut, das kannst du mir glauben."

„Wenn ich also kurz zusammenfassen darf", unterbrach ich, „dann ist der Embargo-Brecher bei der Firma Brüggemann so gut wie geliefert, wenn ihr die Aufzeichnungen habt. Aber wieso jagen sie dich dann? Carlo hat die kopierten Daten doch sicher schon lange an eure Vorgesetzten weitergeleitet, oder?"

„Ja", sagte Lena.

„Warum also diese Hetzjagd und das Gemetzel in Carlos Wohnung? Rache dafür, dass ihr den Mistkerlen einen Strich durch die Rechnung gemacht habt?"

Lena zuckte die Achseln. „Ich weiß es auch nicht. Viel Zeit war ja vorhin nicht, bis Wollinski und sein Helfer bei Carlo auftauchten. Vorher sagte Carlo aber etwas, das mich darauf schließen ließ, dass unsere Leute in Düsseldorf ein Problem mit der Lesbarkeit der Daten auf dem Stick hatten. Ich kann mir zwar nicht vorstellen, wo das Problem liegen soll, denn der USB-Stick, den ich benutzte, war sonst immer in Ordnung, aber bei diesen Dingen weiß man ja nie. Jedenfalls hatte unser Chef das Carlo so auf seine Nachfrage hin heute ..." – sie sah auf ihre Uhr – „... Pardon ... gestern Morgen mitgeteilt."

„Oh."

Lena winkte ab. „Das sei aber nicht so schlimm, sagte Carlo. Er habe den Stick, als er von unserem Treffen nach Hause kam, überprüft, und da sei alles in Ordnung gewesen. Und von diesen noch einwandfreien Daten habe er, bevor er sie weiterleitete, noch eine ‚altmodische Kopie' gemacht. So jedenfalls drückte er sich aus."

„Und was meinte er damit?"

„Keine Ahnung. Ich nehme an, dass er den ganzen Schwung ausgedruckt hat. Dann sagte er noch, dass er diese Kopie an einem sicheren Ort versteckt habe. Ich fragte, ob das irgendwo in der Wohnung sei, aber er verneinte."

„Aber wo sie ist, hat er auch nicht gesagt?"

„An diesem Punkt unseres Gesprächs beschlossen wir, dir erst mal dein Geld zu geben und uns danach eingehender zu unterhalten, aber wie du weißt, bekamen wir keine weitere Gelegenheit dazu."

„Ja", sagte ich, „die hattet ihr wirklich nicht."

Wir blieben stehen.

„Das war auch der Grund, warum ich noch mal in die Wohnung wollte. Ich hatte gehofft, dass ich doch noch etwas im Arbeitszimmer finden würde. Ein paar ausgedruckte Seiten, die er zu verstecken vergessen hatte, oder eine weitere normale Sicherungskopie auf einem anderen USB-Stick. Irgendetwas in der Art. Aber da war nichts. Wenn je etwas da war, dann haben es Wollinski und sein Kumpel wohl vor uns gefunden. Und den Computer können wir abschreiben."

„Der Magnet." Ich schüttelte den Kopf bei der Erinnerung. „Oh Mann, das war die reinste Hinrichtung. Und der Laptop war fast noch übler dran."

„Kann man wohl sagen."

Sie bückte sich und streichelte Watson, der dankbar um ihre Beine wuselte und es sich gefallen ließ. Ich konnte es ihm nicht verdenken. Tatsächlich beneidete ich ihn.

Während Lena sich aus der behelfsmäßigen Leine befreite, mit der Watson ihre Knöchel umwickelt hatte, ließ ich stumm ein paar Steinchen über das träge Wasser springen und hing meinen Gedanken nach.

Nach allem, was ich gerade erfahren hatte, war das, weiß der Himmel, eine ganz üble Sache, in die ich hier verwickelt worden war, und ich konnte von Glück reden, dass ich die letzten Stunden überlebt hatte. Aber jetzt war es an der Zeit, die Dinge den Profis zu überlassen und meinen Hintern in Sicherheit zu bringen. Ich hatte zwar immer Abenteuer erleben wollen, aber diese Geschichte hier war mir dann doch eine Spur zu real. So viel also zu mir als Dirty Harry, dachte ich spöttisch. Clint Eastwood wäre wahrlich stolz auf mich gewesen. Und den schiefen Seitenblick von John Wayne, Errol Flynn und Bogie mochte ich mir gar nicht erst vorstellen.

Neben mir richtete Lena sich wieder auf.

„Und jetzt", sagte ich, „wäre es sicher am besten, wenn wir die Polizei alarmieren, oder?"

„Das halte ich, wie ich eben schon sagte, für keine gute Idee", entgegnete Lena bestimmt. „Ohne mich ausweisen zu können, wird es eine ganze Zeit dauern, bis die hiesigen Kollegen sicher sein können, dass ich diejenige bin, die ich zu sein vorgebe, und dass meine Geschichte stimmt. Und diese Zeit habe ich nicht."

„Was soll das heißen? Was hast du vor?"

„Das Beste wird sein, ich alarmiere meinen Chef. Seine Telefonnummer habe ich glücklicherweise im Kopf. Für Notfälle."

„Tja", sagte ich, „und wenn das hier kein Notfall ist, weiß ich es auch nicht."

„Eben. Ich rufe also meinen Chef an, und der kann sich dann um die Einleitung der nächsten Schritte kümmern."

„Okay. Dann sollten wir jetzt nach einer Telefonzelle Ausschau halten. Ein Handy hast du ja sicher, genau wie deinen Ausweis, nirgendwo unterbringen können, als du heute Abend aus deiner Wohnung abgehauen bist."

„Gut kombiniert, Sherlock. Warum hast du eigentlich keins bei dir?"

„Weil es gemütlich bei mir zu Hause auf dem Küchentisch liegt. Schließlich wollte ich mich nur mal kurz abkühlen."

„Gutes Argument. Fahren wir also los und machen uns auf die Suche. Ich hoffe, wir schaffen es, irgendwo eine Telefonzelle aufzutreiben. Die sind ja heutzutage fast ausgestorben."

„Stimmt", sagte ich. „Aber zur Not gibt es sicher noch eine letzte ihrer Art am Bahnhof."

„Wahrscheinlich."

Damit setzten wir uns wieder in Bewegung und gingen am Kanal entlang zu meinem Auto zurück.

8.
1.03–1.32 Uhr

Am Bahnhof standen sogar noch vier dieser seltenen Exemplare, daher ließ ich Lena aussteigen und wartete in Sichtweite im Kurzparkerbereich auf ihre Rückkehr.

Ich wusste nicht, was ich von ihrer Geschichte halten sollte. Auf der einen Seite klang sie zwar ziemlich unglaublich, doch wer wollte schon entscheiden, was möglich und was unmöglich war. Wenn man alle irren und irgendwie realitätsfernen Geschichten von vornherein ablehnte, würde kein Mensch mehr ins Theater oder ins Kino gehen, und 90 Prozent aller fiktionalen Bücher würden gar nicht erst gedruckt.

Und ich wäre nicht nur etappenweise, sondern ganzjährig arbeitslos.

Geben wir ihr also eine Chance, dachte ich. Spätestens mit dem Auftauchen oder Nichtauftauchen ihres Bosses würde sich ja herausstellen, ob sie die Wahrheit gesagt oder mich schon wieder an meiner leichtgläubigen Nase herumgeführt hatte.

Im Zweifel für die Angeklagte.

Ich schaute aus dem Beifahrerfenster. Watson, der Lena ebenfalls nicht aus den Augen ließ, hatte sich auf dem Sitz aufgestellt, die Pfoten gegen den unteren Rand des heruntergekurbelten Fensters gestützt, und sah zu der etwa 20 Meter entfernten Telefonzelle hinüber, in der Lena seit ungefähr fünf Minuten telefonierte. Glücklicherweise hatte ich ein paar Münzen in meinem Auto gefunden, die ich sonst für das Ausleihen von Einkaufswagen verwendete. Dank des Nachttarifs der Telekom ließen die ein wesentlich längeres Telefongespräch zu, als das normalerweise bei Tage der Fall gewesen wäre.

Leicht tätschelte ich Watsons Kopf.

„Sie ist bestimmt gleich fertig“, sagte ich.

Und richtig. Kurz darauf legte Lena den Hörer auf und trat zurück ins Freie. Der Hund begann mit dem Schwanz zu wedeln.

„Siehste, habe ich doch gesagt."

Lena kam näher, und der Hund wedelte stärker.

„Mann", sagte ich, „die hat dich aber ganz schön eingewickelt, was?"

Watson strafte mich mit Nichtachtung und wedelte noch etwas schneller. Wahrscheinlich dachte er so was wie: Na, du musst reden.

„Und?", fragte ich, als Lena wieder im Wagen Platz genommen hatte und die freudigen Attacken Watsons über sich ergehen ließ.

„Ich habe mit meinem Chef gesprochen. Wir sollen ihn um halb drei an der Ruhr zwischen Oberhausen und Duisburg treffen, in den Auen in der Nähe des Duisburger Zoos. Keine Angst, ich weiß, wie wir da hinkommen."

Ich stutzte: „Wie? Wir?"

Lena schenkte mir ein breites Eisschmelzlächeln. „Er möchte auch gerne mit dir reden. Darum wirst du wohl kaum herumkommen. Du warst schließlich Zeuge eines Mordes sowie diverser anderer Straftaten."

Das leuchtete mir ein. Etwas anderes weniger.

„Und wieso trifft er uns dann nicht einfach bei den örtlichen Bullen? Äh ...", sagte ich nach einem kurzen Blick zu Lena, „ich meine, bei den hiesigen Ordnungshütern. Wieso sucht er sich irgendeinen Ort in der Pampa aus? Und das erst in anderthalb Stunden?"

„Weil er selber noch etwas Zeit braucht, um von Düsseldorf aus einiges zu organisieren, und es deshalb vor halb drei nicht schafft, hierherzukommen. Wenn wir aber zur örtlichen Polizei gehen, wäre er gern dabei, um von vornherein alles in die richtigen Bahnen zu lenken. Folglich haben wir beschlossen, uns an einem Ort hier in der Gegend zu treffen, der uns beiden bekannt ist. Während meiner Undercoverzeit haben wir uns einmal dort getroffen."

„Verstehe."

Lena schaute zu Watson und streichelte ihm abwesend über den Rücken.

Da war doch noch etwas im Busch. Ich wurde das Gefühl nicht los, dass sie gerade auf Zeit spielte.

Und richtig.

Lena räusperte sich. „Es gibt noch eine Kleinigkeit. Grund Nummer zwei für unser späteres Treffen sozusagen, und dafür, nicht ohne meinen Chef zur Polizei zu gehen."

„Aha." Ich fasste sie scharf ins Auge.

„Nach dem, was Kriminaloberrat Scheffler sagte, gab es tatsächlich Schwierigkeiten mit meinem USB-Stick. Genau erklären konnte er es mir nicht, denn mit Computern hat er es nicht so. Jedenfalls hat er mich beauftragt, nach der von Carlo erwähnten Kopie zu suchen, anstatt nutzlos auf irgendeinem Revier herumzusitzen und zu warten. Und er wäre dir sehr dankbar, wenn du mir dafür deinen Wagen zur Verfügung stellen könntest."

„So? Wäre er das?"

„Ja." Lena sah mich erwartungsvoll an.

„Kriege ich dafür wenigstens einen Orden?"

„Keine Ahnung." Lena grinste. „Soll ich ihn fragen?"

„Nee, lass mal. Aber wie stellst du dir das vor? Was soll ich denn bitte bis zu dem Treffen mit deinem Chef machen?"

„Ich hole dich einfach hier am Bahnhof wieder ab."

Sie warf mir einen Blick zu. Einen weiteren Blick aus diesen verdammten Augen …

Ich stöhnte hilflos auf und schloss die meinen. „Und ich soll hier völlig nutzlos herumsitzen und warten, oder was?"

Langsam wurde ich wirklich müde. Immerhin war es bereits nach eins – schon unter Idealbedingungen nicht meine beste Zeit und erst recht nicht nach den vorhergehenden Erfahrungen. Doch trotz allem, was ich eben am Schloss noch gesagt und gedacht hatte, kam es mir auf einmal eigenartig vor, nun doch vom Spiel ausgeschlossen zu werden. Es war total irrational, ich weiß, aber ich wollte in Lenas Nähe bleiben. Und bei Watson.

Und ich wollte auf keinen Fall mein Auto aus dem Blick verlieren.

Ich öffnete die Augen.

„Okay", sagte ich. „Aber ich fahre."

„Was? Das geht nicht, das ist Polizeiarbeit. Du bleibst hier."

„Vergiss es. Ich meine … hast du dich hier mal umgeschaut?" Ich wies auf das wie ausgestorben daliegende Bahnhofsgelände. „Total tot hier. Da lasse ich ja lieber auf mich schießen."

Ich sah, dass Lena zu einem weiteren Einwand ansetzte, doch ich unterbrach sie.

„Schluss mit der Diskussion. Entweder du nimmst mich mit oder du läufst. Mein Auto fahre ich nämlich nur selbst."

Lena nagte an ihrer Unterlippe, ein sicheres Zeichen dafür, dass ihre Entschlossenheit bereits ins Wanken geraten war. Das musste ich ausnutzen.

„Also", sagte ich daher leichthin, „wo wollen wir denn nun nach den Unterlagen suchen? Hast du irgendeine Ahnung, wo sie sein könnten?"

Lena holte tief Luft. Dann fügte sie sich ins Unvermeidliche – nicht völlig widerstrebend, wie ich zu meiner Freude zu entdecken meinte.

„Ich habe da wirklich so eine Idee", sagte sie. „Es ist zwar möglich, dass ich völlig danebenliege, aber es ist das Einzige, was mir im Moment einfällt. Und schaden kann es nicht, wenn wir der Sache einmal nachgehen."

Dem Ausdruck auf ihrem Gesicht nach zu schließen, war sie sich wirklich nicht allzu sicher, wie gut ihre Idee war, aber ich schätze, sie hatte recht. Alles war besser, als dumm rumzusitzen und untätig auf 2.30 Uhr und das Treffen mit ihrem Boss zu warten.

„Na gut", sagte ich daher. „Aber mir kommt es ein wenig so vor, als wären wir die Jäger des verlorenen Schatzes."

„Fahr trotzdem los, Indiana Jones", sagte Lena, tippte mir auf die Schulter und wies dann nach vorne. „Ich sag dir, wo du hinmusst."

„Als du das das letzte Mal gesagt hast, haben wir kurz danach ziemlich in der Tinte gesessen", erinnerte ich sie.

„Vertrau mir einfach."

Ich verdrehte die Augen. „Ja klar", sagte ich, ließ den Motor an und gab Gas.

Circa 15 Minuten später hatten wir Oberhausen und die Mülheimer Innenstadt hinter uns gelassen und fuhren an der Ruhr entlang in Richtung Saarn, einer der vielen grünen Lungen des Ruhrgebiets.

Ganz in der Nähe, wusste Lena zu berichten, sei Carlo immer zum Rudern gegangen, seit er in Oberhausen eingesetzt worden war.

Die Räder holperten über die schmale Straße, deren Oberfläche die Stadt Mülheim ausgesprochen stiefmütterlich behandelte, wie ich fand. Nach einem weiteren Schlagloch fragte ich: „Und du meinst, er hat die Kopien in seinem neuen Wassersportverein versteckt?"

Mit einem zweifelnden Ausdruck auf dem Gesicht sah Lena mich an, und sagte: „Soviel ich weiß, war das der einzige andere Ort, an dem er sich hier in der Gegend mit einiger Regelmäßigkeit aufhielt. Er war ja ursprünglich nicht von hier. Ich könnte mir also vorstellen, dass er dorthin gegangen ist. Und ein sicherer Platz wäre es auf jeden Fall. Wer würde schon damit rechnen, dass jemand brisante Papiere an solch einem Ort versteckt?"

„Ich jedenfalls nicht."

Rumms machte das nächste Schlagloch.

„Und was ist, wenn Carlo die Papiere in einem hohlen Baum versteckt hat, an dem er immer auf seinem Spaziergang mit Watson vorbeikam?", gab ich zu bedenken. „Nur mal so als Alternative."

„Sehr witzig. Wenn du so an die Sache herangehst, könnte die Kopie tatsächlich überall sein. Ich bin aber davon überzeugt, dass es sich bei dem Versteck um einen Ort handeln muss, auf den jemand, der Carlo kennt, kommen kann. Sonst würde die ganze Aktion doch überhaupt nichts bringen." Sie holte tief Luft. „Wer weiß, vielleicht hast du recht, und wir finden sie wirklich nicht. Das wäre dann aber ein ziemlicher Rückschlag, denn in dem Falle bliebe uns nach dem Verlust von Carlos Rechnern nur der USB-Stick, und ich weiß nicht, wie übel dessen Beschädigung ist. Aber daran will ich überhaupt nicht denken. Also lass uns nicht länger herumzudiskutieren. Viel zu verlieren haben wir dabei schließlich nicht, oder?"

Rumms!

„Nee“, sagte ich. „Höchstens meine Stoßdämpfer.“

Vor uns tauchten am Straßenrand die ersten Häuser auf, deren Bewohner sich an einem traumhaften Blick auf die Ruhr und die gegenüberliegende unbebaute Uferseite erfreuen konnten. Selbstverständlich nicht im Augenblick, denn wenn sie noch alle ihre Sinne beisammenhatten, lagen sie jetzt gerade im Bett und träumten süß. Im Gegensatz zu mir.

Ein Schild kündigte an, dass wir soeben in eine 30er-Zone fuhren, und so nahm ich ein wenig Gas weg und bremste ab, bis ich bei 50 Stundenkilometern angelangt war.

Okay, ich übertreibe ... aber auf 60 ging ich wirklich runter.

„Hier muss es irgendwo sein“, sagte Lena. „Wir haben uns einmal dort getroffen, damit ich ihm einen Lagebericht geben konnte. Das haben wir in der Regel dreimal wöchentlich gemacht und immer an anderen Orten und zu anderen Zeiten, damit eventuelle Beschatter kein Muster erkennen konnten. Man weiß ja nie, ob nicht doch jemand Lunte riecht.“

„Siehe heute Abend“, kommentierte ich.

„Mhm.“

Wir hielten an einer roten Ampel. Rechts von mir, das wusste ich, denn ich kannte die Gegend ein wenig, führte die Saarner Brücke über den Fluss und die ihn umgebenden Wiesen. Geradeaus zog sich die Straße noch etwa einen halben Kilometer bis zum Ortsausgang von Mülheim-Saarn, dann ging es durch Felder und an einzelnen Bauernhöfen vorbei nach Kettwig weiter. In diese Richtung wies ich.

„Da entlang?“

„Ja“, sagte sie. „Irgendwo auf der rechten Seite ist es.“

Ich nickte. Wenn ich das richtig im Kopf hatte, gab es in dem dortigen Wohngebiet wirklich zwei oder drei Vereinshäuser.

Die Ampel sprang auf Grün, und ich fuhr weiter. Fast unmittelbar im Anschluss sahen wir vor uns und etwas von der Straße zurückgesetzt ein größeres Haus mit Flachdach, das gleißend hell erleuchtet war.

„Das ist es“, sagte Lena.

Das Wummern von Bässen drang durch die Nacht zu uns und übertönte sogar das Brummen meines Motors. Anscheinend fand in Carlos Wassersportverein eine Party statt.

„Wow“, sagte ich. „Ich wette, die Nachbarn lieben es.“

„Park hier irgendwo, bitte.“

„Okay“, sagte ich, doch das war einfacher gesagt als getan, denn der Geh- und Radweg war bis zum Anschlag mit Autos zugeparkt. Trotz der späten Stunde schien noch eine Menge los zu sein.

Letztendlich fanden wir aber einen freien Platz, jedoch erst, nachdem wir nach etwa 200 Metern gewendet hatten und auf der anderen Straßenseite wieder ein Stück zurückgefahren waren. Ich öffnete das Schiebedach einen Spalt breit und kurbelte die Scheibe auf meiner Seite ein Stück nach unten.

„Mach du das bitte auch“, forderte ich Lena auf. „Es ist immer noch verdammt heiß, und ich will nicht, dass uns der Hund einläuft.“

„Ist gut.“

Ich lehnte mich über meine Rückenlehne zu Watson, der sich auf dem Rücksitz ausgebreitet hatte und seinen Kopf hob, als er bemerkte, dass wir den Wagen verließen.

„Und du, mein Freund“, sagte ich nachdrücklich, „benimmst dich, kapiert? Du kannst so viel schlafen, wie du willst, aber gepinkelt wird nicht. Von Schlimmerem mal ganz abgesehen.“

Mit diesen Worten stieg ich aus, schlug die Tür zu und schloss ab.

„Ich hoffe, das hat er kapiert“, sagte ich über das Autodach hinweg zu Lena.

„Das hoffe ich auch. Ansonsten wird die Fahrt nach Duisburg verdammt lang.“

Gemeinsam überquerten wir die Straße und machten uns auf den Weg zu dem in das Licht unzähliger Außenlampen und Partyfackeln getauchten Gebäude.

Vor dessen Eingang unterhielten sich lautstark und in den meisten Fällen auch nicht mehr ganz nüchtern mehrere Grüppchen von Gästen. Wir zwängten uns zwischen den Leuten hindurch und gingen über einen mit Platten ausgelegten Pfad auf den seitlich gelegenen Eingang zu.

„Mist", sagte Lena plötzlich. „Da lungert doch tatsächlich immer noch ein Türsteher rum. Der kontrolliert bestimmt, ob wir eingeladen sind."

„Vielleicht will er ja auch nur ein bisschen Eintritt kassieren", beruhigte ich sie. „Was mich wundert, ist, dass er um diese Zeit tatsächlich immer noch auf den Beinen ist. Ich bin zutiefst beeindruckt."

Lächelnd traten wir vor den durchtrainiert wirkenden Vierziger mit der blond gefärbten Föhnwelle eines Surfers und einem angestrengt jugendlichen Aussehen.

„Hallo", begrüßte er uns.

Wir hallo-ten zurück.

„Wollt ihr noch rein?"

„Das wäre prima", erklärte Lena.

„Ist aber nur für Mitglieder."

Ich drehte mich um und blickte auf die Menschenmenge an der Straße. Dann schaute ich an dem Wachhund vorbei ins Innere des Hauses, wo sich in einem großen Raum am Ende eines gedämpft beleuchteten Flurs noch mehr Menschen auf einer Tanzfläche aneinander rieben.

„Ihr habt so viele Mitglieder?", fragte ich. „Hut ab."

„Na ja", sagte Zerberus. „Verwandte und Bekannte dürfen auch rein."

„Das trifft sich ja gut", sagte ich. „Wir sind Freunde von Carlo."

„Carlo?"

„Diefenbach", ergänzte Lena.

Diefenbach?, dachte ich. Carlo Diefenbach? Bei dieser Namenszusammenstellung war wohl davon auszugehen, dass ich mit meiner ursprünglichen Annahme, dass Carlo mit bürgerlichem Namen Karl hieß, goldrichtig gelegen hatte.

„Ach, der Carlo!", rief Zerberus. „Dann geht das natürlich klar."

Er trat zur Seite. „Ist nur wegen der Nachbarn“, flüsterte er in verschwörerischem Tonfall. „Die machen sonst einen Aufstand, wenn sie erfahren, dass hier jeder rein darf.“

„Wir sagen es auch nicht weiter“, sagte ich und zwinkerte ihm zu.

„Find ich gut“, sagte er, wobei er mir freundschaftlich auf die Schulter klopfte. Ich konnte mich des Gefühls nicht erwehren, dass er doch weniger nüchtern war, als ich zunächst angenommen hatte.

Wir hatten gerade erst ein paar Meter zurückgelegt, als uns aus dem Tanzsaal ein Mann mittleren Alters mit teilweise sorgsam über die Glatze gekämmtem und teilweise wild abstehendem Haar entgegenwankte. Normalerweise wahrscheinlich ein Bild der Rechtschaffenheit, hing ihm zu dieser späten Stunde sein kurzärmliges Hawaiihemd, dessen grelle Farben Magnum einen Schauer der Bewunderung über den Rücken gejagt hätten, aus einer Hose, die heute Abend schon mindestens ebenso viel Bier abbekommen hatte wie ihr Träger.

Kurz bevor er mit uns kollidierte, hob der Mann seine Augen, die er bis zu dieser Sekunde voller Konzentration auf seine Füße gerichtet hatte, und stoppte in seinem schlingernden Gang. Seine Eulenaugen sahen uns an, brauchten aber einige Zeit, um die dazugehörige Information ans Gehirn weiterzuleiten. Er blinkerte und hob seinen Zeigefinger, als wolle er uns auf etwas hinweisen, sagte dann jedoch nur mit einem leicht debilen Grinsen: „Hallo.“

„Hallo“, antworteten Lena und ich wie aus einem Munde, und Zerberus hinter uns rief: „Das sind Freunde von Carlo!“

Der Angetrunkene blinkerte noch ein paarmal, raffte alles, was er noch an klarem Verstand besaß, zusammen und sagte: „Toll.“

Lena warf mir einen Blick zu und verdrehte kommentarlos die Augen.

„Netter Kerl“, lallte der Magnum-Verschnitt. „Habe gestern seinen Hund verarztet. Den Cocker. Ich wüsste ja zu gern, wie der Knirps die Spritze vertragen hat.“

„Oh, da kann ich Sie beruhigen“, sagte ich und lächelte ihn an. „Als ich ihn das letzte Mal gesehen habe, war er quietschfidel.“

„Das ist ja toll. Nett, mit euch gesprochen zu haben", sagte er. „Wirklich ... äh ..."

„Toll?", fragte ich, denn ich schätzte, dass für den Rest der Nacht alles, was ihm noch widerfuhr, toll sein würde – selbst wenn er von einem Bus überrollt werden sollte.

„Genau. Aber jetzt müsst ihr mich entschuldigen, ich muss mal für Königstiger."

Und mit diesen Worten wankte er an uns vorbei und hielt auf den Ausgang zu, trat aber nicht ins Freie, sondern führte einen vorbildlichen und sehr eleganten Richtungswechsel durch, nordete sich auf eine ins Untergeschoss führende Treppe ein und stieg diese hinab.

„Holla", murmelte ich. „Der kann seine inneren Organe auch der Uni vermachen, so wie die in Alkohol eingelegt sind."

Lena wies in den Saal. „Da ist er heute Nacht bestimmt nicht der Einzige."

Wir betraten den Tanzsaal, in dem sonst sicher Tische und Stühle die müden Ruderer und Paddler zum Verweilen einluden. Heute Nacht jedoch war kein einziges Möbelstück zu sehen. Sie alle hatten der Tanzwut und dem Vergnügen weichen müssen.

Links von uns befand sich eine Bar, an der einige einsame Herzen lehnten, während sich dahinter ein junger, sportlicher Kerl mit zu einem Hahnenkamm hochgestylten Haaren an der Zapfanlage zu schaffen machte, angehimmelt von zwei bestimmt noch minderjährigen Mädchen, die ihm zur Hand gingen.

Die Wand direkt vor uns bestand zur Gänze aus Glas, wurde jedoch durch eine weit geöffnete Schiebetür unterbrochen, die auf einen hölzernen Balkon hinausführte, denn da das Haus in den Uferhang gebaut war, befanden wir uns von der an den Fluss angrenzenden Seite aus gesehen nicht im Erdgeschoss, sondern im ersten Stock. Auf diesem Balkon, der sich ebenso wie die Glaswand über die volle Breite des Hauses hinzog, waren ein paar Unersättliche damit beschäftigt, einen Holzkohlegrill in Betrieb zu halten.

„Ich glaube, nach den Aufregungen der letzten Stunden könnte ich eine Bratwurst gut vertragen", bemerkte ich, ergänzte dann jedoch: „Aber vorher muss ich unbedingt etwas trinken. Ich verdurste gleich."

„Ich auch."

Bei dem Jungen mit der Hahnenfrisur bestellten wir zwei große Gläser Wasser und stürzten sie gierig hinunter.

Ich dachte daran, dass wir schon wieder auf meine von der Schwindsucht befallenen Geldreserven zurückgriffen, und das erinnerte mich an etwas. Vorsichtig griff ich in meine Hosentasche und stellte erstaunt fest, dass ich das Geld, das Lena mir kurz vor dem Angriff auf Carlos Wohnung gegeben hatte, doch tatsächlich trotz des anschließenden Chaos eingesteckt hatte.

Wenigstens etwas.

Ich grinste.

„Was ist denn mit dir los?", fragte Lena. „Du guckst auf einmal so zufrieden."

„Ach nichts. Möchtest du noch ein Glas?"

„Nein, danke." Sie lehnte sich zu mir herüber, obwohl uns bei der Lautstärke der Musik sowieso niemand hätte verstehen können. Wieder stieg mir ihr Duft in die Nase, und ich schluckte.

Lena schien meine Verwirrung nicht zu bemerken, aber sie hatte ja auch wahrlich wichtigere Probleme. Genau wie ich. Eigentlich.

„Ich geh dann mal los und schaue, ob ich die Kopien finden kann", flüsterte sie.

Was mir eine Schwierigkeit deutlich machte, an die ich bisher noch gar nicht gedacht hatte.

„Woher willst du eigentlich wissen, wo du suchen musst?"

„Ich sagte dir doch, dass ich mich schon mal mit Carlo hier getroffen habe. Er hatte einen Spind, unten bei den Umkleiden. Ich werde halt ein paar Schlösser ausprobieren müssen, bis ich den richtigen gefunden habe."

„Und wie willst du den aufkriegen?"

Lena schaute nach unten, und ich folgte ihrem Blick. Schnell griff sie in ihre Hosentasche. In ihrer Handfläche blitzte ein Schlüsselbund auf, den sie aber sofort wieder verschwinden ließ.

„Carlos?“

Sie nickte. „Den Bund habe ich im Arbeitszimmer gefunden. Es ist auch ein Schlüssel daran, der so aussieht, als gehöre er zu einem Vorhängeschloss. Hoffen wir, dass er passt.“ Wir sahen uns an. „Halte du hier die Stellung. Du kannst ja noch was trinken. Und wenn du schon dabei bist, bestell mir gleich auch noch ein Glas.“

„Soll ich nicht lieber mitkommen?“, fragte ich.

„Lass mal. Das ist ein Job, bei dem eine Person wesentlich weniger auffällt als zwei. Außerdem haben wir nur einen Schlüssel. Du könntest also ohnehin nicht viel tun.“

„Ich könnte Schmiere stehen.“

Sie schüttelte energisch den Kopf. „Nicht nötig. Wenn ich einmal durch die Tür zu den Umkleiden durch bin, werde ich niemandem mehr auffallen.“

Ich zögerte. Sie würde doch nicht einfach abhauen, wenn sie gefunden hatte, was sie suchte? Ich hob den Kopf, doch ein weiterer Blick in ihre grauen Augen ließ mich jeden Zweifel vergessen.

Die Augenkontakte mit ihr waren wirklich etwas, das ich mir nicht zur Angewohnheit machen sollte.

Du bist vielleicht ein leicht zu beeinflussender Trottel, dachte ich, doch aus meinem Mund kam nur ein: „Also gut. Aber sei vorsichtig.“

Ihr Lächeln sah aufrichtig aus, als sie sagte: „Das werde ich. Und du geh hier nicht weg. Ich bin gleich wieder da.“ Zum Abschied hob sie ihre Hand und legte sie mir auf die Brust. Dabei berührte die Spitze ihres Zeigefingers die Haut, die aus meinem offenen Kragen herausschaute, und es überlief mich heiß und kalt zugleich.

Das kann doch nicht wahr sein, dachte ich. Ich stecke bis zum Hals in der Tinte und benehme mich wie ein Oberschüler.

Folglich riss ich mich zusammen und grinste sie schief an.

„Dann bis gleich.“

„Bis gleich.“

Und damit drehte sie sich um, durchquerte den Saal in Richtung Treppe und entschwand kurz darauf aus meinem Blickfeld.

Ich wandte mich an eines der Mädchen. „Noch ein Wasser, bitte.“

„Noch 'n Wasser!", rief sie dem Barmann zu und strahlte ihn an. Eine junge blonde Frau, etwa in meinem Alter und in einem bunt bedruckten Sommerkleid, die einen Schritt entfernt an der Theke stand, schenkte mir ein Lächeln. Ich lächelte zurück.

Der Junge hinter der Bar ließ ein Glas voll laufen und sah mich fragend an. „Eis? Zitrone?"

„Nein, danke. Diesmal nehme ich es pur. Ich fühle mich heute so draufgängerisch."

Der Junge grinste mich an. „Kann ich verstehen. Mit der Mieze. Ich hoffe, die kommt auch wieder." Er und die Mädchen begannen zu kichern.

„Ey", sagte ich gespielt ärgerlich. „Nur nicht frech werden, ja?! Bloß weil du ein paar Jahre jünger bist als ich. Ein bisschen mehr Respekt vor dem Alter, bitte."

„Ist okay, Opi", sagte er.

„Geht doch", stellte ich fest. Diesmal stimmte ich in das Lachen der drei ein, und aus den Augenwinkeln sah ich, wie auch die junge Frau neben mir lächelte.

In diesem Augenblick geschah etwas Eigenartiges. Die Zeit schien stillzustehen, die Geräusche um mich herum abzuschwellen, die Gerüche zu ersterben und die Farben und Konturen meiner Umgebung zu verblassen. Trotzdem hatte ich gleichzeitig den Eindruck, dass all meine Sinne auf einen Schlag an Schärfe gewannen.

Es fühlte sich an, als befände ich mich in einem Film und hätte eine Vorahnung, oder als würde mich irgendein atavistischer Instinkt warnen. Und so war es wohl auch. Nur, dass ich mich nicht im Film, sondern mitten im prallen Leben befand.

Langsam drehte ich mich um, und mein Blick durchdrang die undeutliche, dunkle Masse der Tanzenden, um an der einzigen Person hängen zu bleiben, die noch scharf umrissen und mit Farbe gefüllt zu sein schien. Ich sah sie in der Tür zum Tanzsaal stehen und dabei den Raum systematisch mit Blicken abtasten, und eine unüberwindliche Starre überfiel mich.

Es war der Bär.

9.
1.33–1.46 Uhr

So plötzlich, wie er begonnen hatte, war der Spuk vorbei. Umrisse, Farben und Geräusche schnappten in ihren Normalzustand zurück, und wenn ich auch nicht dasselbe von mir sagen konnte, so löste sich meine Starre doch wenigstens langsam, und das Leben kehrte in meinen Körper zurück. Meine Glieder ließen sich wieder bewegen, das Blut raste durch meine Adern, und mein Herz hämmerte so wild, dass ich für einige Sekunden darüber den aus den Boxen dringenden Bass der Musikanlage nicht mehr hören konnte.

Meine Gedanken überschlugen sich.

Der Bär! Wie konnte der Bär hier sein? Wie war es ihm gelungen, uns zu finden? Dass er sich an uns gehängt hatte, als wir aus Carlos Straße geflüchtet waren, war mehr als unwahrscheinlich, denn in diesem Fall hätte er uns schon am Rhein-Herne-Kanal oder am Oberhausener Bahnhof schnappen können. Oder er hätte uns, als wir an der Ruhr entlangfuhren, nur einfach in den Fluss zu drängen brauchen. So viele Möglichkeiten, und doch war er jetzt hier. Aber was noch viel wichtiger war: Was hatte er nun vor?

Vorsichtig und jede hektische Bewegung vermeidend, um nicht seine Aufmerksamkeit auf mich zu lenken, drehte ich mich zur Bar um, wodurch ich dem Bären nur noch meinen Rücken präsentierte. Bisher schien er mich noch nicht entdeckt zu haben, und wenn es nach mir ging, sollte es auch so bleiben. Würde er mich überhaupt erkennen, wenn er mich sah? Als Lena auf ihrer Flucht vor ihm in mein Auto gesprungen war, war es im Wageninneren ziemlich dunkel gewesen. Möglich also, dass er mein Gesicht da nicht richtig hatte erkennen können. Und in Carlos Wohnung? Zwischen seinem Eindringen und unserer Flucht aus dem Küchenfenster war nicht sehr viel Zeit vergangen, und der Bär war zwischendurch auch noch anderweitig beschäftigt gewesen. War es möglich, dass er mich auch in dieser Situation nicht gut genug hatte sehen können?

Quatsch! Wen versuchte ich hier eigentlich für dumm zu verkaufen? Als der Bär neben meinem Wagen hergelaufen war und Lena attackiert hatte, hatte er eine ganze Weile ins Innere des Autos gestarrt. Einmal hatten wir uns dabei sogar direkt angeblickt. Selbst jetzt konnte ich noch deutlich die Wut in seinen Augen vor mir sehen.

Mach dir nichts vor, dachte ich. Er weiß genau, wie du aussiehst.

Dann fiel mir Lena ein. Siedend heiß. Was, wenn sie inzwischen schon im Keller fertig war und in den Tanzsaal zurückkehren wollte? Dann müsste sie genau am Bären vorbei.

Mist, verdammter!

Vorsichtig drehte ich meinen Kopf ein wenig und warf einen Blick über meine Schulter.

Der Bär stand noch immer am gleichen Platz. Festgemauert in der Erden.

Na super!

Und wo steckte eigentlich sein Kumpel?

Bevor ich diesen Gedanken weiterverfolgen konnte, drang eine Stimme an mein Ohr. Die der Blonden.

„Hi. Wartest du auf deine Freundin? Die scheint gar nicht wiederzukommen."

Wieso machte sich hier eigentlich jeder Sorgen darum, dass Lena nicht wieder auftauchen würde?

„Sie ist nicht meine Freundin", sagte ich, ohne die Blonde anzusehen. Meine Blicke hingen noch immer am Bären.

„Ach so?" Die Art, wie sie das sagte, ließ mich nun doch meinen Kopf drehen. Ein strahlendes Lächeln begrüßte mich. Ein ganz entzückendes sogar, um ehrlich zu sein, doch der Bär in meinem Rücken ließ keine rechte Freude darüber in mir aufkommen.

Leicht verkrampft lächelte ich zurück. „Ja. Sie ist ... sie ist mehr so ... äh ..."

Die Blonde hob eine Augenbraue. „Ja?"

Ich zog die Schultern hoch. „Das ist schwer zu erklären."

„Scheint so."

Hinter der Bar ertönte ein hämisches Kichern. Es war der Barmann. Ich warf ihm einen ärgerlichen Blick zu, und er stellte sein Kichern ab.

„Wie kommst du eigentlich auf diese Party?“, fragte die Blonde. „Mitglied im Verein bist du nicht, denn ich habe dich noch nie gesehen.“

„Ich bin nur so hier“, versuchte ich zu erklären. „Als Bekannter eines Mitglieds.“

„Verstehe. Und wer ist das?“

„Bitte?“

„Dein Bekannter? Das Mitglied? Wer ist das?“

„Ach so! Das ist Carlo“, sagte ich. „Carlo ...“ – Mist, jetzt fiel mir sein Nachname nicht ein – „... Diefenbach!“

Puh! Gerade noch.

„So ein langer, dünner mit schulterlangen Haaren?“

Ich nickte. „Das ist er.“

„Den kenne ich. Guter Ruderer.“

„Kann sein.“

„Ist so.“

„Wenn du es sagst. Ich habe ihn noch nie rudern sehen, aber ich könnte einen schlechten wahrscheinlich auch kaum von einem guten Ruderer unterscheiden.“

„Oh“, sagte sie, „das ist ganz einfach. Die schlechten treiben mit dem Kiel nach oben.“

Ich grinste sie zerstreut an. „Das werde ich mir merken.“

Sie zwinkerte mir zu und nippte an ihrem Drink, irgendeiner blauen Mixtur mit Fähnchen und so viel Obst und Grünzeug, dass sich ein Gorilla darin hätte verstecken können.

Unverbindlich lächelte ich zurück. Im Normalfall wäre mir ihre Aufmerksamkeit ja nicht einmal unrecht gewesen. Aber ausgerechnet jetzt? Ich beschloss, dass es an der Zeit war, wieder mal einen schnellen Blick auf den Bären zu riskieren.

Im Stillen betete ich, dass Lena noch etwas länger in den Umkleiden brauchen würde.

Wie lange war sie eigentlich schon dort unten? Reichte die Zeit, um einen bestimmten Spind zu finden, das Schloss zu knacken und den Inhalt zu untersuchen? Ich hatte keine Ahnung, und mein Zeitgefühl war, seitdem der Bär den Tanzsaal betreten hatte, den Bach runtergegangen.

Vielleicht hatte sie ja Schwierigkeiten, Carlos Spind zu lokalisieren, oder es gab Probleme mit dem Schloss. Konnte doch gut sein, dass der Schlüssel an Carlos Bund nicht passte oder dass er ein Zahlenschloss angebracht hatte, an dem Lena nun erst mal Tausende von Kombinationen durchprobieren musste. Es gab so viele Möglichkeiten, warum sie noch nicht wieder da war, und ich wünschte mir sehnlichst, dass sie dort unten noch länger aufgehalten würde.

Als ich ihn wieder ins Auge fasste, stand der Bär immer noch regungslos da, doch plötzlich schien er etwas zu bemerken.

Ich hoffte, dass nicht ich es war, konnte mich jedoch sofort wieder entspannen, denn mit einer schnellen Bewegung griff er in die Tasche des leichten Sommerjacketts, das er mittlerweile trug, zog sein Handy hervor und hob es ans Ohr. Mir für meinen Teil war immer noch fast unerträglich heiß, aber wenn der Bär meinte, dass er zusätzliche Kleidung nötig hatte, dann sollte er meinetwegen damit selig werden. Ich würde jedenfalls nicht zu ihm gehen und ihn fragen, ob ihm nicht zu warm darin sei.

Der Bär sagte etwas ins Telefon und nickte, während mein Temperaturempfinden schlagartig weiter in die Höhe schnellte, als mich unvermittelt die Erkenntnis traf, dass der Bär das Jackett nur aus einem einzigen Grunde trug, nämlich um darunter eine Waffe zu verbergen.

Mit einer energischen Bewegung seiner Hand unterbrach der Bär die Verbindung.

Das war ja ein kurzes Gespräch, dachte ich, während er sich nach einem letzten Rundblick umdrehte und auf den Ausgang zusteuerte. Im Gehen wählte er eine Nummer. Neben der Tür blieb er stehen und lauschte, schien jedoch niemanden zu erreichen, denn frustriert senkte er das Gerät wieder und begann erneut zu wählen. Noch während er dies tat, wandte er sich endgültig um und trat ins Freie hinaus.

Erleichtert drehte ich mich zur Bar zurück.

„Sehr aufmerksam bist du ja nicht gerade“, sagte die Blonde, die ich in der Zwischenzeit völlig vergessen hatte.

Mir lag schon ein „Hast du eine Ahnung“ auf der Zunge, doch stattdessen sagte ich: „Tut mir leid. Ich bin heute nicht so ganz bei der Sache. Ist wohl einfach nicht mein Tag.“ Dann fügte ich noch ein lahmes „Liegt nicht an dir, ehrlich“ hinzu, das sie auflachen ließ.

„Ich verstehe“, sagte sie und drehte sich von mir weg.

Das glaube ich kaum, dachte ich, stürzte den Rest meines Wassers hinunter und erhob mich.

Es war Zeit, nach Lena zu suchen. Normalerweise hätte ich ja brav gewartet, bis sie wiederkam, doch das Auftauchen des Bären änderte alles.

Ich warf der Blonden einen kurzen Abschiedsgruß zu, den sie geflissentlich ignorierte. Dann schob ich mich durch die Pärchen, die sich zu einem langsamen, nach Körperkontakt verlangenden Tanz zusammengefunden hatten, sowie die Einzelschicksale, die mangels Partner ihr Heil in der Flucht suchten, und trat nach einem kurzen Blick um die Türfüllung mit flatterndem Magen in den Flur hinaus, doch der Bär war und blieb verschwunden.

Wenigstens etwas.

Schnellen Schrittes steuerte ich auf die Treppe zu den Toiletten zu. Vom Eingang her winkte mir Zerberus, der dort immer noch mit einem entspannten Lächeln an der Wand lehnte.

Ich winkte zurück und eilte die Treppen hinunter.

Links von mir wiesen zwei Türen mit geschmacklosen Plastikschattenrissen – dem eines Jungen, der in einem langen, gebogenen Strahl im Stehen urinierte, und dem eines Mädchens, das auf einem Töpfchen hockte – darauf hin, dass ich den Ort gefunden hatte, den nicht nur der Kaiser, sondern auch die Kaiserin zu Fuß aufsuchten. Gebraucht hätte ich die Piktogramme nicht, denn der durchdringende Geruch, der durch den Gang waberte, war bereits Hinweis genug, und ich verspürte ein leises Mitleid mit dem- oder derjenigen, die sich am Morgen um die Säuberung der Sanitäranlagen würde kümmern müssen.

An der Wand vor mir wies ein Schild nach rechts zu den Umkleiden, Duschen und zum Bootshaus.

Dorthin wandte ich mich.

Bereits nach wenigen Schritten kam ich an eine Tür, drückte die Klinke herunter und stellte zu meiner Erleichterung fest, dass sie unverschlossen war. Schnell trat ich in den dahinterliegenden dämmrigen Raum und zog die Tür leise ins Schloss.

Das durch zwei Fenster an der mir gegenüberliegenden Wand einfallende Mondlicht zeigte mir eine Front von Spinden, die in mehreren Reihen hintereinander aufgestellt waren. Während ich weiter in den Raum hinein ging, zählte ich sechs solcher Reihen.

An der ersten blieb ich stehen, sah in den Gang zwischen den Spinden, konnte jedoch nichts und niemanden entdecken.

Ich trat zum nächsten Gang.

Wieder nichts.

Angestrengt lauschte ich in die mondbeschienene Dunkelheit hinein.

Kein Laut war zu hören.

Wenn Lena wirklich Carlos Spind gefunden und ihn geknackt hätte und nun seinen Inhalt durchsuchte, dann wäre doch irgendetwas zu hören gewesen.

„Lena“, flüsterte ich, so laut ich es eben wagte. „Lena!“

Nichts. Kein Geräusch. Keine Stimme, die mir antwortete.

Wo steckte sie nur?

Ich ging weiter und durchsuchte den ganzen Raum, ohne eine Menschenseele zu entdecken.

„Das gibt's doch nicht!“, flüsterte ich und starrte verzweifelt in den leeren Gang zwischen den letzten beiden Spindreihen.

In diesem Moment vernahm ich in meinem Rücken ein leises Quietschen und drehte mich um. Das Geräusch kam von einer Tür, die, von einem leichten Luftzug bewegt, ein wenig aufgeschwungen war.

Ein Ausgang zum Fluss.

Diese Tatsache hätte mich nicht überraschen sollen, denn das

Schild am Fuß der Treppe hatte schließlich, neben den Umkleiden und Duschen, ganz eindeutig auch auf das Bootshaus hingewiesen. Außerdem lag es nicht völlig außerhalb aller Lebenserfahrung, dass sich die Mitglieder eines Wassersportvereins manchmal ans Wasser begeben wollten.

Shit! Wo war Lena? Hatte sie mich abhängen wollen? War ihre tolldreiste Geschichte von illegalem Waffenschmuggel letztlich doch nur von vorne bis hinten erstunken und erlogen gewesen? Und was machte ich hier überhaupt? Keine Frage, ich hatte mich leimen lassen, weil das Ganze so geklungen hatte wie die Story eines Films, in dem ich gerne mitgespielt hätte …

Gott, ich war so ein Volltrottel!

Still fluchte ich eine Zeit lang vor mich hin.

Und wenn ich mich irrte? Wenn ihr etwas zugestoßen war?

Kurz entschlossen stieß ich die Tür auf. Vielleicht war sie ja noch in der Nähe.

Meine Gedanken überschlugen sich. Wie lange war es her, seit sie mich oben im Tanzsaal verlassen hatte? Viel länger als zehn Minuten oder eine Viertelstunde konnte es nicht sein, auch wenn es sich durch das Zwischenspiel mit dem Bären länger angefühlt hatte. Mit meinem Wagen konnte sie nicht verschwunden sein, denn der Autoschlüssel steckte sicher in meiner Hosentasche. Vielleicht hatte sie jemand mitgenommen. Das würde bei den ständig kommenden und gehenden Leuten auf der Party kein unüberwindliches Problem darstellen. Irgendwer wäre schon bereit, einer hübschen jungen Frau zu helfen, insbesondere, wenn sie ihm eine rührselige Geschichte auftischte.

Ich selbst war weiß der Himmel das beste Beispiel dafür, wie leicht man jemanden einwickeln konnte.

„Mist, Mist, Mist!", fluchte ich noch einmal und trat ins Freie hinaus.

Direkt vor mir, vielleicht zehn Meter entfernt, stand ein großer Holzschuppen.

Ich ging darauf zu. Seine breiten Türflügel standen offen, ebenso ein identisches Paar am anderen Ende des Gebäudes. Durch sie konnte ich das Wasser der Ruhr glitzern sehen. In der Schwärze im Inneren des Schuppens machte ich auf beiden Seiten eines langen Ganges Gestelle aus, auf denen eine beträchtliche Anzahl Boote ruhte. Kanus, Kajaks, Einer, Mannschaftsboote unterschiedlichster Größen – hier gab es alles, was das Herz einer Wasserratte begehrte.

Ich blieb stehen.

Sollte sie etwa …?

Ich schüttelte den Kopf und weigerte mich, den Gedanken richtig zu Ende zu denken, aber es funktionierte nicht. Das wäre wirklich der Hammer! Sollte Lena sich tatsächlich eines der Boote geschnappt haben und auf dem Fluss davongerudert sein? Aber nein, das war zu unwahrscheinlich. Und der schnellste Fluchtweg war das auch nicht gerade. Außerdem würde sie etwa zwei Kilometer den Fluss hinunter an ein Wehr kommen, und von da aus ginge es dann nur zu Fuß weiter in die Mülheimer Innenstadt, wo sie ein Taxi ergattern könnte. Und dennoch ... das würde sie natürlich der lästigen Notwendigkeit entheben, einem weiteren schlaflosen Vollidioten wie mir einen Bären – im wahrsten Sinne des Wortes – aufbinden zu müssen, nur um von hier wegzukommen.

Ohne weiter nachzudenken, setzte ich meinen Weg fort und betrat das Bootshaus. Ich wollte ans Ufer und sehen, ob ich sie vielleicht auf dem Fluss entdecken konnte.

Doch bis dorthin kam ich nicht.

Kaum hatte ich meinen Fuß in den Gang zwischen den Booten gesetzt, als ich vom Ufer her Stimmen vernahm. Ich verharrte kurz, konnte jedoch kein einziges Wort verstehen.

Vielleicht nur ein Pärchen, das sich zurückgezogen hatte, um allein und ungestört sein zu können. Vielleicht aber auch nicht.

Mit schnellen, leisen Schritten durchquerte ich das Bootshaus, drückte mich neben der Tür an die Wand und spähte ins Freie hinaus.

Was ich dort sah, übertraf meine schlimmsten Albträume.

Der Kompagnon des Bären kniete auf einem der niedrigen Bootsstege, unter sich die auf dem Bauch ausgestreckte Lena, deren Kopf er gepackt hielt und immer wieder unter Wasser tauchte.

10.
1.47–2.05 Uhr

Als er Lenas Kopf das nächste Mal aus der Ruhr zog, drang seine Stimme klar und deutlich zu mir herüber:

„So, mein Herzchen. Hast du es dir anders überlegt?"

„Leck mich!"

Lenas Stimme klang wütend, als sie ihm die Worte entgegenschleuderte. Dann wurde sie von einem Hustenanfall geschüttelt.

Der Mann lachte.

„Mach es dir doch nicht so schwer. Wir wissen, dass du uns ausspioniert hast und dass irgendwo Beweise gegen uns versteckt sind. Also?"

Mit einem plötzlichen Angriff, der völlig unerwartet noch aus dem Hustenanfall heraus erfolgte, versuchte Lena sich den Händen ihres Peinigers zu entwinden. Vielleicht hätte sie es sogar geschafft, wenn ihre Position nicht so hoffnungslos nachteilig gewesen wäre. So drückte der Mann sie nur mit brutalem Griff nieder und lachte erneut.

Ich knirschte mit den Zähnen. Irgendwie musste ich Lena helfen! Fragte sich nur, wie ich die Entfernung zum Kumpan des Bären zurücklegen und dann zuschlagen konnte, ohne mir dabei eine Kugel einzufangen.

Schnell schaute ich mich in meiner unmittelbaren Umgebung um und fand genau das, was ich suchte. Auf der anderen Seite der Tür lehnten, ordentlich aufgereiht, unzählige Ruder und Paddel an der Wand.

Gebückt huschte ich durch die Türöffnung, darauf bedacht, dass man mich von draußen nicht entdecken konnte. Dann nahm ich die Paddel in Augenschein. Bei dem, für das ich mich schließlich entschied, handelte es sich um ein Stichpaddel, das zu einem Kanu zu gehören schien, denn der Griff oberhalb des Blattes war relativ kurz, doch so beschaffen, dass man ihn hervorragend mit zwei Händen packen konnte.

Genau das tat ich jetzt auch. Paddeln wollte ich allerdings nicht damit, so viel stand fest.

Schnell warf ich wieder einen Blick durch die Tür.

Der Kollege des Bären kniete immer noch über Lena und zog gerade wieder ihren Kopf aus dem Wasser. Hustend und spuckend wand sie sich unter ihm.

„Dreckskerl", zischte ich, fasste das Paddel fester und versuchte den richtigen Moment für einen Sturmangriff abzuschätzen.

In diesem Augenblick fing das Handy des Mannes an zu klingeln.

„Was ist denn jetzt schon wieder?", fluchte er. „Möchte mal wissen, welcher Idiot mich dauernd anruft."

„Ich kann mir auch nicht vorstellen, dass irgendjemand Sehnsucht nach dir hat", stieß Lena hervor.

„Halt dein Maul."

„Ich denke, du willst, dass ich rede."

„Hör zu", sagte der Mann heftig. „Verarsch mich nicht, okay?! Sonst lasse ich dich sofort wieder nach Luft schnappen."

„Du kannst mich mal!"

„Wer weiß, vielleicht werde ich das auch noch. Später, wenn wir mit dem geschäftlichen Teil fertig sind." Der Mann lachte heiser. „Mit einer LKA-Schlampe habe ich es noch nie gemacht."

„Drecksack!", fauchte Lena und bäumte sich unter ihm auf, doch es nützte auch diesmal nichts.

Statt einer Erwiderung zwang der Mann nur wieder ihren Kopf unter Wasser.

Das war der Moment, auf den ich gewartet hatte.

So schnell mich meine Füße trugen, stürzte ich aus dem Bootshaus und überbrückte die sieben oder acht Meter, die zwischen mir und den beiden lagen. Auf den letzten Metern riss ich das Paddel hoch und schwang es in einem weiten Bogen. Gleichzeitig stieß ich einen Schrei aus.

Der Kopf des Mannes schwang zu mir herum. Er ließ Lenas Haar los und versuchte sich aufzurichten, doch es war zu spät.

Mit einem satten und, wie ich fand, hohlen Geräusch, das mich mit äußerster Genugtuung erfüllte, traf ihn das Blatt des Paddels an der Stirn und schleuderte ihn von Lena herunter. Sein Körper beschrieb einen kleinen Bogen durch die Luft, dann schlug er schwer auf den Bohlen des Bootsstegs auf.

Lenas Kopf durchbrach in einem Schauer aus im Mondlicht funkelnden Tropfen die Wasseroberfläche, und ich hörte sie neben mir keuchen. Ich löste eine Hand vom Paddel und langte nach ihrem Arm, doch als ich ihn ergriff, schüttelte sie mich mit heftigen Bewegungen ab und begann, um sich zu schlagen und zu treten.

„Ist gut", stieß ich hervor. „Ist ja schon gut. Ich bin es!"

„Tom?"

Sie stierte mich fassungslos an, doch ich wandte meine Aufmerksamkeit von ihr ab. Gerade noch rechtzeitig, denn der Kollege des Bären hatte sich erstaunlich schnell wieder berappelt und war gerade dabei, seine Hand hinter dem Rücken hervorzuziehen. In ihr hielt er eine Waffe.

Ohne zu zögern, schmetterte ich das Paddel in einem Rückhandschlag von oben auf seinen Arm nieder und hörte ein ekelerregendes Knacken, als das Blatt mit seinem Unterarm zusammentraf.

Der Mann stieß einen Schrei aus und ließ die Waffe fallen. Blitzschnell machte ich einen Schritt nach vorn und beförderte die Pistole mit einem Tritt aus seiner Reichweite. Gleichzeitig schlug ich ein weiteres Mal mit dem Paddel zu, erwischte wieder seinen Kopf, und als er sich erneut auf dem Boden ausstreckte, hoffte ich, dass es diesmal für längere Zeit sein würde.

Sicher nicht die feine englische Art, aber schließlich ging es um unser Leben. Außerdem gibt es kaum etwas, dass ich so sehr hasse wie Männer, die Frauen schlagen oder auf andere Art und Weise misshandeln. Daher fühlte ich zwar beim Gedanken an meine Tat eine leichte Übelkeit in mir aufsteigen, aber eines stand fest: Wegen des gebrochenen Arms und einer eventuellen Gehirnerschütterung dieses Typen würde ich keine schlaflose Nacht verbringen.

„Los!", stieß ich hervor. „Nichts wie weg hier."

„Was ist passiert? Wo kommst du her?"

„Keine Zeit", versetzte ich. Ich konnte nicht glauben, dass auch ich das jetzt sagte, und erinnerte mich daran, wie sauer ich gewesen war, als ich dieselben Worte im Garten hinter Carlos Wohnung aus Lenas Mund gehört hatte. Sie jedoch diskutierte nicht lange mit mir herum, sondern kam auf die Beine, und schon rannten wir wie von allen Höllenhunden gehetzt auf das Bootshaus zu.

Im Nu hatten wir es durchquert und brachen fast durch die Tür zum Umkleide- und Spindraum.

„Dort hinüber." Ich wies auf das andere Ende des Raumes.

Wir hatten fast die Tür zur Treppe nach oben erreicht, als hinter uns die Außentür aufflog.

Augenblicklich wirbelte ich herum und sah gerade noch, wie der Kumpan des Bären in die Umkleide stürmte und seine Waffe hochriss.

Verdammt, dachte ich, ich hätte sie in den Fluss werfen sollen. Doch meine Reue kam zu spät. Der Arm des Mannes wies auf uns, und wir hörten das leise Spucken eines schallgedämpften Schusses.

Neben meinem Kopf spritzten Farbe und Verputz von der Wand.

Dann noch ein Spucken und noch eines. Noch mehr Verputz regnete auf uns herab.

Bis jetzt hatten wir Glück gehabt, und ich erkannte auch warum. Der Mann schoss mit der linken Hand, da ihm sein üblicher Schussarm gebrochen und kraftlos an der Seite herunterhing. Doch unser Glück würde nicht ewig währen. Wenn der Kerl so weiterfeuerte, würde er irgendwann einen Glückstreffer landen.

Lena riss an meinem Arm, doch ich machte mich los. Ich packte das Paddel, welches ich aus reinem Reflex noch immer mit mir herumschleppte, wie einen Speer und schleuderte es in Richtung unseres Verfolgers.

Dieser rettete sich vor dem wild trudelnden Wurfgeschoss mit einem Sprung hinter die letzte Spindreihe.

Ein Bild aus dem Film *Die Mumie* blitzte durch meine Gedanken, und ich sah Reihe um Reihe von Bibliotheksregalen im Museum von Kairo in einem Dominoeffekt umstürzen, ausgelöst durch einen heftigen, wenn auch unbeabsichtigten Stoß der Heldin eben jenes Films.

„Die Spinde!“, keuchte ich.

Ich wusste nicht, ob Lena mich verstand, doch da hatte ich auch schon Anlauf genommen und mich gegen die erste Reihe der miteinander verbundenen Schränke geworfen. Ich spürte, wie etwas von mir entfernt auch Lena gegen die Barriere krachte, fühlte, wie die Reihe zu kippen begann und schließlich mit einem ohrenbetäubenden metallischen Krachen gegen die nächste prallte. Der Lärm schwoll an, als sich die Bewegung fortsetzte und Reihe um Reihe der vorigen folgte, bevor schließlich die letzte in erheblicher Schrägstellung gegen die gegenüberliegende Wand prallte und mit einem hässlichen Knirschen noch ein Stück daran herunterrutschte, bevor sie verkeilte und sich himmlische Ruhe über den Raum senkte.

Beinahe himmlische Ruhe, denn vom anderen Ende der Umkleide war ein unterdrücktes Stöhnen zu hören.

„Jetzt aber raus hier“, drängte ich. Die letzte Spindreihe hatte unseren Verfolger zwar erwischt, aber aufgrund des Winkels, in dem sie zur Ruhe gekommen war, hielt ich es immer noch für möglich, dass er sich darunter hervorarbeiten konnte.

Wir sprinteten auf die nach oben führende Treppe zu, an deren Kopf die Gestalt von Zerberus auftauchte. Hinter ihm drängten sich weitere Partygäste. Den Lärm im Kellergeschoss hatte mit Sicherheit nicht einmal das Wummern der Musik übertönen können.

„Was ist denn da unten los?“, rief er uns entgegen.

„Keine Ahnung“, rief Lena zurück. „Es hörte sich fast so an, als würde das Haus einstürzen. Am besten verschwinden wir alle von hier!“

Wir traten zur Seite, als der Pulk an uns vorbei und in den Umkleideraum stürmte. So viel zum Sieg der Vernunft.

„Zum Wagen“, sagte ich und zog Lena fort.

Keuchend erreichten wir das Auto.

Mit zitternden Fingern schloss ich meine Tür auf und fiel halb über den Beifahrersitz, um Lenas Tür zu entriegeln. In null Komma nichts saß sie im Wagen und drängte mich loszufahren.

Auf dem Rücksitz hüpfte Watson auf und ab und gebärdete sich wie toll in seiner Freude über unsere Rückkehr.

Während ich den Schlüssel ins Zündschloss fummelte, warf ich gehetzte Blicke nach draußen. Ich rechnete zwar nicht damit, dass der Kumpan des Bären schon wieder so weit wäre, die Verfolgung aufzunehmen, doch der Bär selbst war schließlich auch noch da. Ich hatte weder in der Menge der in den Keller drängenden Feiernden noch draußen auf der Straße oder zwischen den geparkten Autos eine Spur von ihm entdecken können, aber irgendwo musste er ja stecken. Ich konnte mir nicht vorstellen, dass er ohne seinen Helfer aufgebrochen war. Blieb nur zu hoffen, dass er uns genauso wenig erspäht hatte wie wir ihn.

Das Beste war also eine schnelle Flucht.

Der Motor sprang an und heulte mit einem satten Röhren auf, denn in meiner Eile trat ich zu heftig aufs Gas. Ich stieß zurück, kurbelte am Lenkrad, schoss aus der Parklücke heraus, und schon flogen wir Richtung Mülheim zurück.

„Was ist eigentlich passiert?“, fragte ich Lena und schaute kurz zu ihr hinüber.

Sie hatte den Saum ihres Hemdes gehoben und begonnen, ihr nasses Haar damit trocken zu reiben. Nackte Haut blitzte zwischen dem Falten schlagenden Stoff auf, und ich stellte fest, dass sie einen kleinen Leberfleck direkt neben ihrem Bauchnabel hatte.

Stand ihr gut.

Als die Reifen über den ohnehin nicht sehr breiten Randstreifen zu rattern begannen, brachte ich den Wagen mit einer schnellen Lenkbewegung wieder in die richtige Spurlage und zwang mich mit aller Macht, nicht mehr zu Lena hinüberzuschauen.

Aus dem Augenwinkel nahm ich wahr, wie sie ihren Kopf aus dem Hemdstoff befreite.

„Was war denn das? Fühlte sich plötzlich so holprig an."

Ich zuckte die Achseln. „Der Straßenbelag ist erbärmlich. Sollte ich diese Nacht überleben, dann werde ich mich bei der Stadt Mülheim beschweren."

Sie grinste mich an. „Tu das." Dann sagte sie: „Hattest du nicht eben irgendetwas gefragt?"

„Ja", sagte ich. „Ich wollte wissen, was passiert ist."

Sie strich ihr Hemd glatt und fuhr sich mit den Fingern durchs Haar. „Ich bin runter in die Umkleide und habe mir die Spinde vorgenommen. Es hat zwar eine Weile gedauert, bis ich den richtigen entdeckt habe, denn zuerst habe ich in der falschen Reihe gesucht, aber schließlich fand ich ihn doch. Ich habe ihn aufgeschlossen und mir den Inhalt angesehen, aber da war nichts, was eine Kopie der Daten hätte sein können. Kein USB-Stick, keine CD-ROM, kein Ausdruck. Nichts dergleichen. Nur eine frische Unterhose, Socken, T-Shirt und solche Sachen. Sonst nichts."

„Also Fehlanzeige."

„Total."

„Und du bist sicher, dass es der richtige Spind war?"

„Absolut. Das T-Shirt habe ich erkannt. Das war so eins mit Kater Carlo von Walt Disney drauf."

„Oh." Ich verstand, fragte mich aber gleichzeitig, ob alle Leute beim LKA in ihrer Freizeit Disney-T-Shirts trugen. „Mist."

„Allerdings."

„Und was dann?"

„Ich habe den Spind wieder zugemacht und wollte schon nach oben gehen, da sah ich ein Schild, das auf den Ausgang zum Bootshaus hinwies. Nach meiner Enttäuschung darüber, nichts gefunden zu haben, beschloss ich, ein paar Schritte an der frischen Luft zu machen, um mir mal die Gehirnwindungen durchpusten zu lassen."

„Und dann?"

„Ich wollte zum Fluss, doch als ich das Bootshaus durchquerte, sprang mich jemand an und schleifte mich zum Wasser hinunter."

„Der Kumpel des Bären."

„Des Bären?“

„Wollinski.“

„Ach so.“ Sie schnaubte. „Treffende Beschreibung. Ja, sein Kumpel.“

„Hat der auch einen Namen?“, erkundigte ich mich.

„Geller. Kurt Geller. Ist ebenfalls beim Werksschutz. Ein ziemliches Arschloch. Immer, wenn er meint, dass man es nicht merkt, glotzt er einem auf den Hintern oder auf die Brüste.“

Ich dachte an Lenas Leberfleck und lächelte verlegen. „So ein Arsch.“

„Na, jedenfalls zerrte er mich bis zum Bootssteg, beschimpfte mich dabei die ganze Zeit und forderte mich auf, ihm zu sagen, ob ich noch irgendwo weitere Beweise gegen die Firma versteckt hätte. Als ich nichts sagte, fing er an, meinen Kopf unter Wasser zu tauchen. Und dann kamst du.“

Sie schenkte mir ein warmes Lächeln, und ich wollte mich gerade in meinem neu gewonnenen Heldenstatus sonnen, als sie fragte: „Wieso warst du überhaupt da unten? Ich dachte, wir hatten abgesprochen, dass du an der Bar auf mich warten solltest.“

Schnell erzählte ich ihr vom Auftauchen des Bären, seiner offensichtlichen Suche nach uns und wie er schließlich allem Anschein nach durch den Telefonanruf wegbeordert worden war.

„Was ich nur nicht verstehe, ist, wie die uns finden konnten“, wunderte sich Lena.

„Das habe ich auch schon überlegt.“

Die nächsten zwei oder drei Kilometer legten wir schweigend und in Gedanken versunken zurück. Unter uns sangen die in die Straße eingelassenen Schienen der Straßenbahn, während erst die Mülheimer Innenstadt und dann Industrieanlagen und Bahngeleise in der Nacht an uns vorbeiglitten.

„Könnte es dein Chef gewesen sein, der uns verraten hat?“, fragte ich endlich. Mir fiel keine andere Lösung ein. Lenas Boss war schließlich der einzige Mensch, mit dem sie Kontakt gehabt hatte, nachdem der Bär und Geller uns in Carlos Wohnung überfallen hatten.

„Scheffler?“ Energisch schüttelte Lena den Kopf. „Unmöglich.“

„Wieso? Er ist der Einzige, der von deinem Plan wusste.“

„Das mag schon sein, aber ich habe ihm nicht verraten, wo ich suchen wollte. Er hatte also gar keine Ahnung, dass wir zum Wassersportverein fahren würden.“

Das brachte meine Theorie allerdings zum Einsturz.

„Warte mal!“ Überraschend griff Lena nach meinem Arm und versetzte mir damit solch einen Schrecken, dass ich das Auto erneut ins Schleudern brachte.

„Hey, bist du verrückt?“, fuhr ich sie an.

„Tut mir leid.“ Ihre Stimme klang angespannt. „Fahr mal an den Rand, Tom! Bitte.“

„Was soll ich?“

„Du sollst anhalten“, sagte sie unwirsch. „Jetzt!“

Gehorsam zog ich nach rechts, holperte einen Bürgersteig hinauf und blieb an einer langen Mauer stehen, die uns von einem Gelände der Deutschen Bahn trennte. Auf der anderen Straßenseite ragten hinter einer weiteren Mauer einige zu einem Hüttenwerk gehörende Betriebsanlagen auf.

„Was soll denn das?“, fragte ich, doch da war Lena schon nach draußen gesprungen und untersuchte die Beifahrerseite des Wagens. Ich folgte ihr. Sacht strichen ihre Hände über das Blech und die Scheiben.

„Darf man erfahren, was du da tust?“, fragte ich.

Sie ignorierte mich, fuhr über die dunklen Zierleisten oberhalb des rückwärtigen Seitenfensters und stieß auf einmal einen überraschten Laut aus. Dann beugte sie sich vor, um besser sehen zu können, und zupfte an der Zierleiste herum.

„Was zum Henker machst du denn da?“

Statt zu antworten, drehte sie sich zu mir um und hielt mir ein kleines, flaches Etwas unter die Nase.

„Ha!“, stieß sie triumphierend aus.

„Was heißt hier ‚ha‘?“

„Na, schau doch mal genauer hin.“ Ihre Hand wedelte vor meiner Nase herum. Ich ergriff sie und nahm ihr das Ding, das sie zwischen Daumen und Zeigefinger hielt, aus der Hand. Dann trat ich in den Lichtkegel einer Straßenlaterne.

Auf meiner Handfläche lag ein winziges Plättchen aus schwarzem Plastik und Metall, kaum größer als ein Drittel des Nagels meines kleinen Fingers, nur etwa doppelt so dick.

„Toll", sagte ich. „Und was soll das sein?"

„Ein Sender", verkündete sie in einem Tonfall, dessen Unterton mich geistig auf der Höhe eines Neandertalers einstufte. „Damit konnten sie uns jederzeit orten."

„Quatsch", sagte ich und starrte das kleine Ding an. Es war nicht viel eindrucksvoller als eine abgefallene Paillette. „Das sind doch immer so kleine Kästchen mit einer winzigen Antenne und einem Lämpchen, das grün oder rot blinkt, je nachdem, ob der Sender an oder aus ist. Und die werden auch immer unter dem Wagen oder im Radkasten angebracht."

„Tom", sagte sie kopfschüttelnd, „du guckst die falschen Filme. Was du hier siehst, ist das Neueste vom Neuen in der Überwachungstechnik. Ich frage mich nur, wie Wollinski daran gekommen ist."

Jetzt war es an mir, zu lachen. „Wenn die Geschichte mit den Waffenlieferungen der BImEx stimmt und der Bär deshalb hinter uns her ist – wovon wir ja wohl ausgehen können –, dann wird er kaum Probleme haben, sich dieses niedliche Spielzeug zu besorgen. Was mich viel mehr interessiert, ist, wie das verdammte Ding an meinen Wagen gekommen ist."

Darauf hatte sie natürlich auch gleich eine Antwort parat.

War ja klar.

„Erinnerst du dich, wie Wollinski neben deinem Wagen hergelaufen ist, als ich gerade hineingesprungen war?"

„Ungern, aber ja."

„Dann kannst du dich sicher auch daran erinnern, dass er dabei ein paarmal gegen die Seite und das Dach geschlagen hat. Dabei muss er den Sender angebracht haben. Nichts leichter als das, denn er ist magnetisch. Er hat ihn einfach dort angeheftet und war von da an immer in der Lage, uns zu orten und damit genau zu wissen, wo wir uns befanden."

Ich merkte, wie es mir kalt den Rücken herunterlief. „Und wieso ist er dann nicht schon am Kanal aufgetaucht? Schließlich waren wir eine ganze Zeit lang da. Es wäre doch ein Leichtes gewesen, uns dort zu schnappen oder auszuschalten."

Meine Stimme wurde von Satz zu Satz lauter, und in Sekundenschnelle hatte ich mich in Rage geredet.

„Tom", sagte sie und legte mir die Hände beruhigend auf die Schultern. „Ich habe nur versucht zu erklären, was meiner Ansicht nach wahrscheinlich passiert ist. Ich habe nicht behauptet, auf alle Fragen eine Antwort zu kennen."

Ich atmete ein paarmal tief durch. „Okay, okay. Ist schon wieder gut. War nur ein bisschen viel heute."

„Ich weiß. Geht mir nicht anders."

Mit sichtlicher Anstrengung zwang sie sich zu lächeln. Ich lächelte ähnlich angestrengt zurück.

Und dann tat sie etwas Überraschendes. Sie trat einen Schritt auf mich zu und legte ihre Arme um mich. Ich konnte ihren Atem auf meinem Hals spüren, als sie ihren Kopf auf meine Schulter legte und flüsterte: „Nicht mehr lange jetzt, Tom. Nicht mehr lange. Wir müssen nur noch ein bisschen durchhalten, dann treffen wir uns mit Scheffler, und alles ist vorbei. Versprochen." Sie hob ihren Kopf und sah mir direkt in die Augen. In den ihren sah ich auf einem feuchten Film das Straßenlicht tanzen.

„Ja", sagte ich und zog sie an mich. „Dann ist es vorbei."

Fast wusste ich nicht, ob ich darüber froh oder unglücklich sein sollte.

Im Auto begann Watson zu bellen.

11.
2.26–3.02 Uhr

Kurz vor 2.30 Uhr erreichten wir wie abgesprochen den Treffpunkt, an den uns Lenas Chef, Kriminaloberrat Scheffler, bestellt hatte. Lena hatte mich wieder einmal gelotst, und nun parkten wir am Rande einer auf einem aufgeschütteten Damm verlaufenden Straße. Vor uns lagen die Auen und die Ruhr, hinter und etwas oberhalb von uns, verdeckt von Bäumen und Büschen, die Autobahnen nach Köln, Duisburg und Arnheim. Links von uns machte unsere Straße einen Bogen und ging in eine Brücke über, die die weiten Wiesen und den Fluss überspannte.

Ich stand an der abfallenden Seite des Dammes und beobachtete Watson dabei, wie er interessiert in einem Dickicht aus Büschen schnupperte und hin und wieder knurrende Geräusche von sich gab.

„Was er nur hat?", fragte Lena.

„Vermutlich Karnickel", sagte ich.

Watson verschwand noch tiefer im Gebüsch, und wir hörten ein aufgeregtes Rascheln und Kläffen. Dann flitzte ein Kaninchen vor unseren Füßen auf die Straße, schlug einen Haken und sauste den Damm hinunter. Watson folgte ihm mit heraushängender Zunge, doch bevor auch er sich den Damm hinunterstürzen konnte, fing ich ihn ab und hob ihn hoch.

„Hiergeblieben."

Wütend bellte Watson hinter seiner sich immer weiter entfernenden Beute her.

„Nix gibt's", sagte ich.

„Ich frage mich, wo er bleibt", sagte Lena.

Ich schaute auf meine Uhr. 2.32 Uhr.

„Er wird sicher gleich kommen. Schließlich hatte er noch eine Menge zu tun, bis er sich hierher auf den Weg machen konnte. Und er ist erst zwei Minuten überfällig."

Lena machte eine entschuldigende Geste. „Du hast ja recht."

Stumm standen wir in der Nacht, während hinter uns die Fernlaster und vereinzelte Pkws über die Autobahn rauschten. Dazwischen erklang hin und wieder leises Geraschel aus den Büschen vor und hinter uns, und einmal trällerte sogar ein schlafloser Vogel ein paar Zeilen irgendeines Vogelliedes, bevor er sich dazu entschloss, noch eine Mütze voll Schlaf zu nehmen und es sich wieder auf seinem Ast gemütlich zu machen. Ich wusste, wie er sich fühlte.

Lena begann unruhig auf und ab zu gehen.

„Es ist bald vorbei", versuchte ich erneut sie zu beruhigen. „Das hast du doch selbst gesagt."

Sie warf mir ein nervöses Lächeln zu. „Ich weiß."

„Na dann."

Wieder kehrte Schweigen ein. Dann sagte Lena plötzlich: „Ich habe mich noch gar nicht dafür bedankt, dass du mir eben im Wassersportverein das Leben gerettet hast."

„Ach ..." Ich winkte ab, dann grinste ich sie übermütig an. „So wild war es ja nun auch wieder nicht. Auf diese Weise konnte ich schließlich doch endlich mal den coolen Helden spielen. Außerdem hatte der miese Typ bloß eine Knarre, ich aber ein Paddel."

Lena lachte. „Und man darf nicht vergessen, dass ich ihn darüber hinaus auch noch abgelenkt habe."

„Stimmt. War toll, wie du ihn daran gehindert hast, rechtzeitig zu reagieren, indem du seine Hände mit deinem Kopf unter Wasser gezogen hast."

„Ja, ich gebe zu, das war ganz schön unfair von mir. Der einhändige Schlag auf seinen Pistolenarm war übrigens nicht von schlechten Eltern", bemerkte sie. „Sah richtig professionell aus."

„Fechtunterricht an der Schauspielschule", erklärte ich. „Hat mir immer einen Riesenspaß gemacht. Bis heute Nacht hatte ich nur noch nicht allzu viele Möglichkeiten, ihn anzuwenden."

„Dann bin ich ja froh, dass du endlich Gelegenheit dazu hattest."

Eine kleine Pause trat ein. Schließlich sagte sie: „Aber mal ganz im Ernst: Danke, Tom."

Ich nickte. „War mir ein Vergnügen."

Eine Weile schaute ich auf Watson hinunter, den ich inzwischen wieder an das Abschleppseil gebunden hatte. Daraufhin hatte er sich zu meinen Füßen zusammengerollt und schnarchte nun friedlich vor sich hin.

„Was wird eigentlich aus dem?", erkundigte ich mich.

Lena wirkte ratlos. „Keine Ahnung. Ich vermute, dass wir ihn an ein Tierheim abgeben werden, denn soweit ich weiß, hatte Carlo keine Familie mehr, sodass von dieser Seite wohl kaum jemand Ansprüche stellen wird. Kann aber auch sein, dass ein Kollege Interesse an ihm anmeldet. Dann übernimmt der Watson vielleicht."

„Mmh ..." Ich zögerte. „Meinst du, es wäre möglich, dass ich ihn haben kann?"

„Du?"

„Ja. Ich wollte schon lange wieder einen Hund." Ich schaute sie fragend an.

„Klar", sagte sie nach einer Weile. „Warum nicht? Dem Amt wird es egal sein, und dich kennt er schließlich bereits. Und er scheint dich sehr zu mögen." Sie wies auf die schlafende Gestalt zu meinen Füßen.

Ich grinste. „Das beruht auf Gegenseitigkeit." Nach einer Weile fügte ich hinzu: „Dich scheint er aber auch recht gern zu haben. Als du am Bahnhof telefonieren warst, hat er dir jedenfalls die ganze Zeit nachgestarrt."

Zunächst reagierte sie nicht auf meine Worte, dann sagte sie vorsichtig: „Vielleicht könnte ich ihn ja ab und zu besuchen kommen." Es klang fast wie eine Frage.

Ich nickte bedächtig. „Gute Idee", sagte ich, den Blick wieder auf den Hund senkend. „Darüber würde er sich bestimmt sehr freuen."

Ihr Lächeln wurde gelöster. „Schön", sagte sie.

„Ja."

Unsere Blicke trafen sich, doch dann wandte sich ihrer ab und wanderte in die Ferne.

„Da!", sagte sie aufgeregt.

Ich drehte mich in die Richtung, in die sie blickte, und sah auf der Brücke ein Scheinwerferpaar näher kommen.

„Das wird Scheffler sein", sagte sie mit Überzeugung.

Sie hatte recht. Eine Minute später zog ein dunkler Mercedes an uns vorbei, am Steuer ein Mann, den ich nicht kannte, dem Lena jedoch erleichtert zuwinkte. Die Nobelkarosse wendete ein Stück weit die Straße hinunter und kam dann Kühler an Kühler mit meinem Wagen zum Stehen. Die Fahrertür öffnete sich, der Mann stieg aus, hob grüßend eine Hand und kam zwischen beiden Autos hindurch auf uns zu.

Kriminaloberrat Scheffler war zwischen Anfang und Mitte 50, untersetzt und trug sein dunkles Haar mit den vereinzelten grauen Einsprengseln streng gescheitelt. Sein dunkelgrauer Staatsdieneranzug sah nicht so aus, als hätte er ihn von der Stange gekauft. Das gute Stück saß wie angegossen. Er lächelte erleichtert, als er auf uns zuging, und die schmale Brille mit dem dunklen Metallgestell verstärkte noch den Eindruck des guten Onkels, den er auch ohne sie schon gemacht hätte. Eines sehr praktisch veranlagten und kompetenten Onkels, freilich.

„Frau Craemer!" Die Hand ausgestreckt legte er noch einen Schritt zu, ergriff Lenas Rechte und schwenkte sie begeistert auf und nieder. Mir kam der Gedanke, dass Lena von Glück reden konnte, keine Pumpe zu sein, denn in diesem Falle wäre das Wasser jetzt nur so aus ihrem Mund gesprudelt.

Als er mit dem Händeschütteln fertig war, wandte sich Scheffler mir zu. „Und Sie müssen ihr geheimnisvoller Helfer sein. Tom ... an Ihren Nachnamen kann ich mich leider nicht erinnern."

Während ich ihm vorsichtig meine Hand entgegenstreckte, die er zu schütteln schaffte, ohne mir dabei den Arm auszukugeln, fiel mir ein, dass ich Lena diesen auch nie genannt hatte.

„Heine", sagte ich daher. „Wie der Dichter."

„Wie der Dichter? Ich dachte, der hieß Heinrich."

Ich öffnete den Mund und setzte zu einer Erwiderung an, verkniff sie mir dann jedoch. Manche Leute sind einfach hoffnungslos.

„Äh ... ja“, sagte Lena, die meinen gepeinigten Gesichtsausdruck sah und sich schnell zwischen uns drängte. „Der hieß Heinrich. Aber das ist ja jetzt auch nicht so wichtig, oder?“

Entschlossen zog sie Scheffler von mir fort und warf mir über dessen Schulter einen Blick zu, der andeutete, dass ich von jetzt an die Klappe halten sollte. Ich zog in einer Ich-weiß-gar-nicht-was-du-willst-Geste die Schultern hoch.

Sie entfernten sich ein paar Schritte, und Lena begann sich aufgeregt nach den Maßnahmen zu erkundigen, die Scheffler eingeleitet hatte, seit sie mit ihm in Kontakt getreten war, doch bevor sie noch richtig in Fahrt kommen konnten, unterbrach ich die beiden. Da gab es noch etwas, das mir auf dem Herzen lag.

„Herr Scheffler.“ Der Mann drehte sich zu mir um. „Bevor Sie mit dem offiziellen Teil anfangen, hätte ich noch eine Bitte.“

Scheffler hob fragend eine Augenbraue.

„Die ganze Nacht renne ich nun schon durch die Gegend in dem mehr oder weniger festen Glauben, dass Lena ... äh ... Frau Craemer eine Beamtin des LKA ist. Ich hätte das nur endlich mal ganz gerne schwarz auf weiß.“

„Ich verstehe nicht.“

„Na ja“, sagte ich. „Frau Craemer konnte sich aufgrund der Umstände, unter denen sie ihre Wohnung verlassen musste, nicht ausweisen. Ich nehme aber an, dass Sie das können.“

Lena reagierte erstaunt. „Glaubst du mir etwa immer noch nicht?“

Ich sah sie entschuldigend an. „Darum geht es nicht. Es wäre nur schön, wenn ich mir einer einzigen Sache heute Nacht zur Abwechslung einmal hundertprozentig sicher sein könnte. Verstehst du? Hundertprozentig! Kannst du mir das nach allem, was geschehen ist, verübeln?“

„Nein“, war zwar, was sie sagte, doch ihre Stimme klang enttäuscht, und sie drehte sich von mir fort.

Ich fluchte innerlich, doch konnte ihr Verhalten meinen Entschluss auch nicht mehr ändern.

„Nun lassen Sie mal, Frau Craemer", schaltete sich Scheffler ein. „Ich denke, das kann man durchaus nachvollziehen. Ginge mir wahrscheinlich nicht anders als Herrn Heine."

Er griff in die Innentasche seines Jacketts, zog eine Brieftasche hervor und klappte sie auf, bevor er sie mir unter die Nase hielt. Aufmerksam studierte ich die laminierte Plastikkarte, die mir aus einem Klarsichtfach entgegensah. Es handelte sich tatsächlich um einen Dienstausweis des LKA, ausgestellt für Kriminaloberrat Gerhardt Scheffler, komplett mit Geburtsdatum, Adresse der Dienststelle, Dienstnummer und einem Foto Schefflers sowie weiterem für mich uninteressanten offiziellen Blabla.

„Danke", sagte ich.

„Keine Ursache." Er lächelte und steckte die Brieftasche wieder ein.

Lena stand immer noch mit dem Rücken zu uns. Ich trat einen Schritt auf sie zu und legte ihr meine Hand auf die Schulter. „Tut mir leid."

„Schon gut", sagte sie und entzog mir ihre Schulter. So viel zum Thema Körpersprache.

„Na", verkündete Scheffler neben uns aufgeräumt, „dann wollen wir mal, was?!"

„Natürlich", erwiderte Lena und wandte ihm ihre Aufmerksamkeit zu.

„Klar", murmelte ich.

„Hervorragend. Dann fangen Sie mal an zu erzählen."

Lena blickte ihn verdutzt an. „Hier? Ich dachte, Sie bringen uns nach Düsseldorf oder zu einer der örtlichen Polizeistationen, damit wir richtig debrieft werden können."

Debrieft, dachte ich und verzog das Gesicht. Ich war mir sicher, dass der Duden bei genauerer Suche durchaus ein deutsches Wort für den gleichen Sachverhalt ausspucken würde. Aber bitte, wenn die unbedingt wie James Bond klingen wollten, war es mir recht. Dabei spielte ich gerne mit.

„Das volle Debriefing kommt auch noch", versicherte Scheffler

Lena. „Aber zunächst möchte ich mir doch gerne schon mal eine ausführlichere Fassung Ihres Berichts anhören als das, was Sie mir am Telefon erzählt haben. Auf diese Weise können wir von hier aus vielleicht bereits etwas unternehmen, das über das hinausgeht, was ich bereits eingeleitet habe. Nach dem, was Ihnen heute Nacht passiert ist, scheint mir doch ein mehr als dringender Handlungsbedarf zu bestehen."

„Darf ich fragen, was Sie bereits unternommen haben?", brach es aus Lena heraus.

„Selbstverständlich dürfen Sie. Vorerst habe ich eine sofortige Überwachung der Hauptverwaltung der BImEx angeordnet, und dasselbe noch mal für die Villa von Karl-Heinz Brüggemann. Es ist schließlich durchaus denkbar, dass Ihre Verfolger dort heute noch auftauchen. Für diesen Fall möchte ich bereit für einen Zugriff sein. Über diese Helfershelfer kommen wir vielleicht auch an den oder die Drahtzieher heran. Sie wissen ja, wie gern solche Leute ihren Kopf aus der Schlinge zu ziehen versuchen, indem sie uns ihre Auftraggeber auf dem Silbertablett servieren. Wollinski und Geller waren die Namen, nicht wahr?"

Lena nickte und fügte hinzu: „Ihre Wohnungen sollten Sie meines Erachtens ebenfalls in die Überwachung einbeziehen lassen."

Scheffler stimmte ihr enthusiastisch zu und verschwand in seinem Mercedes, wo er etwa zwei Minuten lang energisch in ein Handy hineinsprach.

Zufrieden kehrte er zurück. „Das wäre erledigt. Die Ermittlung der Wohnorte wird zwar eine Zeit lang in Anspruch nehmen, aber kein größeres Problem für die Kollegen darstellen."

Auch Lena wirkte zufrieden. Dann jedoch fragte sie: „Die Villa von Brüggemann überwachen Sie auch? Aber wir wissen doch gar nicht genau, wer in der Firma hinter den illegalen Aktivitäten steckt."

Scheffler grinste hart und humorlos. „Und solange wir das nicht wissen, gehe ich zunächst davon aus, dass der Drahtzieher ganz oben zu finden ist. Und der Mann an der Spitze des Unternehmens ist nun einmal Karl-Heinz Brüggemann, daran ändern auch die anderen Geschäftsführer nichts. Brüggemanns Villa liegt übrigens nicht weit von hier. Deshalb wollte ich mich unter anderem auch an diesem Ort mit Ihnen treffen, Frau Craemer. So können wir auf dem Weg ins Oberhausener Polizeipräsidium, das ich über den Vorfall in Herrn Diefenbachs Wohnung informiert und um Amtshilfe gebeten habe, gleich überprüfen, ob die Überwachung der Brüggemann'schen Villa ordnungsgemäß durchgeführt wird. Die Sache ist zu groß, als dass wir es uns leisten können, irgendetwas dem Zufall zu überlassen."

„Verstehe."

„Gut. Dann legen Sie mal los. Nicht zu detailliert, aber auch nicht ganz so kurz wie am Telefon."

Umgehend und sehr klar – was mich nach allem, was wir durchgemacht hatten, zwar nicht weiter überraschte, aber trotz allem beeindruckte – begann Lena mit ihrem Bericht. Hin und wieder unterbrach Scheffler sie mit einer kurzen Frage, um den einen oder anderen Sachverhalt zu beleuchten, der ihm wichtig erschien, wobei er immer genau den richtigen Punkt traf und klar bewies, dass er einen ausgezeichneten analytischen Verstand besaß, mit dem er Lenas Ausführungen bis ins Einzelne folgte.

Das eine oder andere Mal nahm Lena meine Hilfe in Anspruch, um einige der Geschehnisse mit größerer Genauigkeit wiederzugeben, doch im Großen und Ganzen fand ich mich schon bald in der Rolle des Zuhörers wieder, von dem nur eine gelegentliche Bestätigung erwartet wurde.

Es dauerte an die 20 Minuten, bis wir mit unserem zusammengefassten Bericht fertig waren.

Kriminaloberrat Scheffler wiegte gedankenverloren den Kopf. Dann sprach er den letzten Punkt unserer Schilderungen an und fragte an Lena gewandt: „Was geschah mit dem Sender, den Wollinski an Herrn Heines Auto anbrachte?"

Lena griff in die Brusttasche ihres Hemdes und grinste, erleichtert, endlich ihre Geschichte erzählt zu haben. „Der hat meinen Angriff mit dem Schuhabsatz hoffentlich nicht überstanden. Aber da bisher noch niemand hier aufgetaucht ist, sind wir wohl in Sicherheit."

Scheffler nahm die Überreste des Senders, begutachtete sie kurz und schob sie in seine Tasche. Er lachte. „Gehen wir mal davon aus."

Nachdem der schnelle und umfassende Austausch von Informationen damit zunächst abgeschlossen war, erstarb unser Gespräch, und ich war froh, als Watson, den ich wieder im Auto untergebracht hatte, leise zu kläffen begann. Scheffler schaute verwirrt.

„Herrn Diefenbachs Hund", erklärte Lena. „Wir haben ihn mitgenommen."

„Verstehe", sagte Scheffler, machte aber nicht den Eindruck, als täte er das.

„'tschuldigung", sagte ich und ließ Watson aus dem Wagen hüpfen. „Ich denke, der muss mal." Lena warf mir einen Blick zu, der wohl in etwa „Schon wieder?" bedeuten sollte, doch ich zuckte nur die Achseln. „Vielleicht ist ihm auch bloß zu warm im Auto."

Scheffler lächelte und fuhr sich mit einem Finger unter Kragen und Krawatte. „Kann ich ihm nicht verdenken."

Ich schnappte mir Watson und führte ihn an seinem Abschleppseil zu den Büschen auf der anderen Seite der Straße, wo ich ihn herumschnüffeln ließ.

Hinter mir hörte ich Scheffler fragen: „Haben Sie sonst noch eine Ahnung, wo sich die von Herrn Diefenbach erwähnte Kopie befinden könnte? Sie beide kannten sich doch schon eine Weile, oder?"

„Seit ich beim LKA angefangen habe. Etwa drei Jahre." Lena zögerte. „Alles, was ich brauche, ist etwas mehr Zeit, dann fallen mir sicher noch Orte oder Möglichkeiten ein, die Herr Diefenbach als Versteck ins Auge gefasst haben könnte. Der Wassersportverein war nur so ein erster Gedanke."

„Könnte Herr Diefenbach eventuell jemanden ins Vertrauen gezogen haben?", erkundigte sich Scheffler.

„Das kann ich mir nicht vorstellen." Lena klang völlig überzeugt. „Er war sich der Brisanz der Daten und der Notwendigkeit der Geheimhaltung außerhalb der Dienststelle absolut bewusst. Da können Sie ganz sicher sein."

„Gut", sagte Scheffler freundlich. „Dann bin ich zufrieden. Und die Zeit zum Nachdenken, um die Sie gebeten haben, sollen Sie natürlich bekommen, Frau Craemer. So viel Zeit, wie Sie brauchen."

Neben mir legte sich Watson ins Zeug, zog an seiner improvisierten Leine, und ich folgte ihm einen Schritt die Böschung hinunter, die unter mir etwa zehn Meter schräg zu den Wiesen hin abfiel, wo sie in einem weiteren Dickicht endete.

„Ist denn der USB-Stick mit den Daten wirklich unbrauchbar?", fragte Lena hinter mir enttäuscht.

Scheffler stieß ein kurzes Lachen aus, und etwas an diesem Lachen war es, das mich dazu veranlasste, mich zu den beiden umzudrehen.

„Das nicht", sagte Scheffler, wobei er mit der linken Hand in die Jacketttasche griff und einen kleinen Gegenstand hervorzog. Etwas blitzte im Mondlicht auf. „Ihre Zusammenstellung der Daten ist sogar ganz ausgezeichnet – sowohl vom inhaltlichen Standpunkt aus betrachtet als auch vom technischen her." Ich sah Lena erstarren, wie gefesselt von dem Ding, mit der ihr Vorgesetzter ihr vor den Augen herumwedelte. Gleichzeitig spürte ich, wie sich mein Magen verkrampfte. „Ich kann es nur nicht zulassen, dass von den gespeicherten Informationen noch eine Kopie im Umlauf ist."

„Aber ...", begann Lena.

„Wie ich schon sagte, werden Sie genug Zeit bekommen, uns bei der Suche nach noch existierenden Beweisen zu helfen", verkündete Scheffler und lächelte hart. „Zur Not helfen wir eben ein wenig nach. Sie wissen ja: Ein paar leichte Schläge auf den Hinterkopf erhöhen das Denkvermögen."

„Das kann doch nicht ...", stammelte Lena, dann schnellte ihr Kopf zu mir herum. „Tom!", schrie sie. „Verschwinde!"

Ich stand da wie angewurzelt.

„Ach ja", hörte ich Schefflers Stimme durch das plötzlich aufbrandende Rauschen in meinen Ohren sagen. „Herr Heine." Er klang so, als sei ich ihm gerade erst wieder eingefallen, und wandte sich mir zu. „Sie brauchen wir natürlich nicht mehr."

Wie in Zeitlupe verschwand seine rechte Hand unter dem Jackett und kam mit einer Pistole wieder zum Vorschein.

„Tom!", schrie Lena und warf sich auf Scheffler, doch es war bereits zu spät.

Ein Mündungsblitz zuckte aus der Waffe auf mich zu. Ich hörte Watson aufgeregt Laut geben und spürte gleichzeitig einen Ruck durch meinen Körper gehen. Dann stürzte ich nach hinten, das Dröhnen des Schusses in den Ohren, und prallte so hart auf den Rücken, dass mir die Luft aus den Lungen getrieben wurde.

Im gleichen Augenblick gingen in meinem Kopf die Lichter aus.

12.
3.03–3.40 Uhr

Wie in einer Überblende beim Film kehrten mein Bewusstsein und mit ihm meine Sehkraft zurück; verschwommen zunächst, doch allmählich immer deutlicher.

Neben mir hörte ich ein Winseln, und dann schlabberte etwas Feuchtes über meine rechte Gesichtshälfte. Es war kein nebulöser Instinkt nötig, um zu erkennen, dass es sich dabei nicht um einen Waschlappen handelte. Mein Gehirn verriet mir auch so, dass für diese Behandlung nur *ein* Arzt in Frage kam.

Grunzend schob ich Watson fort und versuchte mich aufzurichten.

„Liegen bleiben", drängte eine flüsternde Stimme neben mir.

„Lena?", fragte ich unsicher, doch bereits während ich die Worte aussprach, war mir klar, dass ich damit voll danebenlag. Keine noch so heftige Hormonbehandlung hätte Lena je mit einer solch tiefen und rauen Stimme ausstatten können.

„Nee", sagte die Stimme. „Friedhelm."

Wer zur Hölle ist Friedhelm?, dachte ich. Ich kenne keinen Friedhelm.

Wieder versuchte ich mich zu bewegen, doch kräftige Hände drückten mich nieder.

„Nich, Jung. Die sind noch da."

Irgendwo über mir und weit entfernt hörte ich eine befehlende Stimme, dann das Schlagen zweier Autotüren, gefolgt vom Aufheulen eines Motors. Reifen kratzten über Steine und trockene Erde, und das Motorengeräusch entfernte sich. Über die Brücke, wenn meine Orientierung stimmte, die in der Regel sehr gut war.

„Kann ich jetzt aufstehen?", fragte ich.

„Okay", sagte die raue Stimme.

Ich brachte mich in eine sitzende Position und stöhnte auf. Mein Kopf schmerzte höllisch. Auch mein Rücken tat mir weh, aber das schien auch schon alles zu sein, was mich ziemlich verwunderte, wenn man bedachte, dass ich eben erschossen worden war.

Vorsichtig tastete ich meinen Kopf und meinen Oberkörper ab und begutachtete meine Hände.

An den Fingern klebte Blut.

Aber wenigstens nicht viel.

Irgendetwas in mir jubelte so laut, dass mir fast der Schädel zersprang. Ich stieß ein kurzes Stöhnen aus, und die Stimme neben mir meldete sich wieder zu Wort.

„Da hasse ja noch ma Glück gehabt."

Von der Seite her wehte mich eine Wolke aus altem Schweiß, noch älteren Klamotten und Hochprozentigem an, und ich wusste schon, bevor ich den Kopf drehte, was ich gleich sehen würde.

Bingo!

Neben mir hockte ein Stadtindianer und besah mich aufmerksam von oben bis unten.

„Ich glaub, der hat dich nich getroffen", sagte er.

„Wer?"

Sein Daumen wies die Böschung hinauf. „Na, der da ohm. Der mit der Pistole."

„Was ... ich ...", stammelte ich. „Haben Sie etwa alles gesehen?"

Der Penner schüttelte den Kopf. „Nee. Hab nur Stimmen gehört und wollt ma nachsehn. Wollte gerade den Abhang hoch und ma gucken, wer mich nich in Ruhe pennen lässt, da knallt auf einmal en Schuss, und dann komms du da die Böschung runtergesegelt. Bis' genau neben mir inne Büsche gelandet. Und kaum warße unten, kommt so 'n Geschniegelten mit 'ner Kanone inne Finger am Abhang und guckt hier hektisch runter. Hat uns aber nich gesehn. Und dann schießt auf eima sonne Furie von hinten auf den zu und schreit ihn an, dat er dich umgebracht hätte und all so'n Zeuch, und der dreht sich zu der Ollen um und – kapaftich – haut ihr voll eine rein. Dann packter se und schleift se wech. Kurz danach is dann dat Auto abgefahr'n und da hinten über die Brücke." Er sah mich an. „Dat war alles. Aber waat ma. Ich geh ma gucken, ob die Luft rein is."

Der Berber stand auf und kämpfte sich den Abhang hinauf. Vorsichtig schob er den Kopf über den Rand und schaute auf die Straße hinaus, dann kletterte er wieder zu mir hinunter.

„Alles klar“, rief er mir zu. „Da is keiner mehr.“

Ich stemmte mich hoch und stöhnte schon wieder. Irgendjemand, der mich nicht besonders mochte, stieß mir einen Eiszapfen durchs Gehirn.

Der Penner packte mich am Ellenbogen und zog mich auf die Füße. Watson wuselte aufgeregt zwischen uns herum.

„Nett, der Ulligen“, verkündete mein Helfer, und ich übersetzte schnell im Kopf, dankbar für meine Ruhrgebietswurzeln.

„Ja“, sagte ich. „Der Kleine ist schon okay.“

Ich machte einen unsicheren Schritt auf die Böschung zu.

„Nee“, sagte der Mann. „Später. Den krisse getz ohnehin nich mehr. Lass mich ersma dein' Kopp angucken. Da bluteste. Ich hab Licht da hinten.“ Er wies auf die Brücke, und ich nickte vorsichtig, um den Mann mit dem Eiszapfen nicht wieder auf mich aufmerksam zu machen.

Langsam gingen wir auf die Brücke zu, und bereits nach den ersten Metern merkte ich, wie die Bewegung meine verkrampften Muskeln auflockerte. Mit jedem Schritt fiel mir der nächste leichter.

Unter dem Brückenbogen hatte mein unerwarteter Helfer sich augenscheinlich häuslich niedergelassen. Auf dem Boden lag ein breitgetretener Umzugskarton, darauf ein offener Schlafsack. Am Fußende dieses provisorischen Bettes stand ein Einkaufswagen von Aldi, in dem sich mehrere unförmige Bündel befanden, die ich in der Dunkelheit nicht genau erkennen konnte, und am Kopfende lag ein uralter Rucksack aus grünem Tuch, der schätzungsweise in den 50ern vom Band gerollt war. Sofort stürzte sich der Mann darauf und kramte darin herum. Ich hörte ihn murmeln.

„Scheiße, wo sind die denn? Die hab ich doch am Ahmd noch gehabt.“

Dann stieß er einen zufriedenen Ruf aus und rappelte mit einer Schachtel Streichhölzer vor mir herum.

„Wusst ich et doch."

Er beugte sich nach unten und zündete eine Kerze an. Mit der in der Hand trat er an mich heran und leuchtete meinen Kopf ab. Ich hoffte inständig, dass er mir nicht die Haare in Brand setzen würde.

„Ja, ja", murmelte er. „Has en Schlach aufm Kopp gekricht, aber dat is nich weiter schlimm. Blutet nur en bissken. Waat ma."

Wieder beugte er sich zum Boden, stellte die Kerze ab und hob etwas anderes auf. Es war eine Flasche Wodka, vermutlich aus dem gleichen Laden, aus dem auch sein Einkaufswagen stammte. Mit der freien Hand wühlte er in seiner Hosentasche und zog ein Taschentuch hervor, beäugte es, schnaubte enttäuscht und steckte es wieder ein. Er sah an sich hinunter, gefolgt von einem erneuten Schnauben.

Entschuldigend blickte er mich an.

„Mmh, ich weiß ja nich. Is alles nich so medizinsch rein. Has du ma en sauberet Schnupftuch oder so wat?"

Ich hatte. Ich zog das Tuch aus der Tasche und reichte es ihm. Er legte es über den Hals seiner Flasche und tränkte es mit Wodka.

„Is ja 'ne Schande", sagte er und kicherte leise vor sich hin, „aber wennet hilft."

Dann betupfte er meine Schläfe, und ich zuckte zusammen, als der Alkohol sich in irgendeine offene Wunde brannte.

„O Scheiße!", entfuhr es mir.

„Stell dich ma nich so an." Er beäugte seine Flasche. „Mir tut dat mindestens genauso weh wie dir." Wieder kicherte er. „Is zum Glück nur 'ne Schramme, die de dir wahrscheinlich beim Sturz zugezogen has, aber besser isset, wenn wer dat Ding sauber machen. Sei froh, dass ich keine Operation am offenen Herzen machen muss."

Das hätte mir auch gerade noch gefehlt.

Meine Zähne knirschten aufeinander, während das Brennen langsam wieder abflaute.

„Getz bisse fast wieder so gut wie neu", verkündete er.

„Danke", sagte ich.

Neben mir setzte der Mann die Flasche an und nahm einen tiefen Zug. Dann reichte er sie mir.

„Auch ma?"

Da ich nicht unhöflich erscheinen wollte, nahm ich das Angebot an, wischte kurz und kräftig über den Rand des Flaschenhalses und kippte die Flasche. Innerlich angewandt brannte das Zeug fast so höllisch wie äußerlich.

Ich hustete und reichte die Flasche an den Mann zurück, der sich mittlerweile auf seinen Umzugskarton gesetzt hatte. Ich ließ mich neben ihn plumpsen.

„Mein lieber Scholli!"

„Nich schlecht, oder?"

Ich hustete noch einmal. „Allerdings."

Ich sah meinen Helfer an. Sein Alter war schwer zu schätzen. Mit seinem grauen Bart und den strähnigen, weißen Haaren konnte er alles zwischen 50 und 80 sein, doch seine Augen in dem gegerbten Gesicht, in dem Zeit und Leben unübersehbare Spuren hinterlassen hatten, wirkten noch jung.

„Friedhelm, richtig?", fragte ich. „Ich habe das eben nicht so ganz mitbekommen. War wohl noch ein bisschen weggetreten."

„Friedhelm stimmt", antwortete er. „Und wie heißt du?"

„Tom."

„Und dä Ulligen?", fragte er und wies auf Watson, der interessiert an seinem Schlafsack roch.

„Watson."

„Wie der Doktor vom Sherlock Holmes?"

Ich grinste. „Genau. Wie der."

„Schöner Name. Und seine Nase in Dinge stecken, die ihn nix angeh'n, tut er auch." Er lachte.

„Das stimmt allerdings." Ich angelte nach dem Abschleppseil, das hinter Watson über den Boden schleifte, und zog ihn zu mir. Zunächst folgte er nur widerstrebend, erkannte dann aber, dass auch ich meine interessanten Seiten hatte, und sprang an mir hoch. Ich streichelte ihn, dankbar für ein vertrautes Geschöpf in meiner Nähe.

Friedhelm saß neben mir und schwieg. Schließlich sagte er:

„Geht mich ja nix an, aber wat war da eben eigentlich los? Der Typ hat doch auf dich geschossen, oder?“

Ich nickte, schmerzfrei. Der Mann mit dem Eiszapfen schien meinen Kopf verlassen zu haben.

„War aber kein guter Schütze“, stellte Friedhelm fest.

„Ehrlich gesagt habe ich wohl einfach nur Glück gehabt. Ich war gerade dabei, Watson an der Böschung auszuführen, als der Mann, den du oben auf der Straße gesehen hast, auf mich schoss. Im gleichen Moment zog Watson an seiner Leine. Hatte bestimmt wieder ein Karnickel aufgescheucht.“

„Kann gut sein. Hier gibbet noch ’n paar von den Viechern.“

„Ich war so von dem Mann mit der Pistole gefesselt, dass die Aktion des Hundes mich total überrascht hat, ich ins Straucheln geriet und umfiel; wahrscheinlich nur den Bruchteil einer Sekunde, bevor die Kugel den Lauf verließ.“ Ich streichelte Watson. „Danke, mein Alter.“

„Schwein gehabt“, bemerkte Friedhelm.

Ich lachte auf. „Wohl eher ‚Hund gehabt‘. Wenn der mich nicht aus dem Gleichgewicht gebracht hätte, hättest du mir mit deinem Schnaps das Hirn abtupfen können.“

Friedhelm zuckte die Achseln. „Wenn wat da is zum Abtupfen.“

Ja, dachte ich. Wenn was da ist. Mittlerweile war ich mir da nicht mehr so sicher.

Wie hatte es uns nur entgehen können, dass Scheffler in der Sache mit drinhing? Kein Wunder, dass der Bär und sein Kumpan so gut über alles informiert waren, was Lena betraf.

Es war also nicht ein Fehler Lenas beim Beschaffen der Beweise gewesen, keine zusätzliche Sicherung im Computer, die den Bären auf ihre Spur gebracht hatte, sondern ihr eigener Chef. Der musste den Waffenschmugglern auch Carlos Identität verraten haben, sodass sie sofort das richtige Haus und die richtige Wohnung hatten finden können. Dazu hatten sie Carlo und Lena nicht einmal observieren müssen. Die Sache war nämlich viel einfacher: Scheffler hatte seine beiden Mitarbeiter einfach gnadenlos hingehängt.

Nun fiel mir auch etwas ein, das Geller gesagt hatte, als er Lena am Ufer der Ruhr malträtiert hatte. „Mit einer LKA-Schlampe habe ich es noch nie gemacht.“ Woher hatte er gewusst, dass Lena beim LKA war? Sie hätte die Informationen doch auch für wer weiß wen sonst besorgt haben können. Es gab schließlich noch jede Menge andere Arten von Polizeidienststellen. Oder sie hätte von der Presse sein können. Aber nein, der Kumpel des Bären hatte ganz genau gewusst, für wen Lena arbeitete. Und dass sie etwas gefunden hatte!

So viele kleine Hinweise, und wir hatten sie nicht gesehen.

Ich fluchte leise vor mich hin.

Und nun hatten sie Lena entführt und wollten sie dazu zwingen, ihnen andere mögliche Verstecke von Carlos berühmt-berüchtigter „altmodischer Kopie“ zu nennen. Um sich auszurechnen, was mit ihr passieren würde, wenn die Verbrecher beschlossen, dass sie ihre Schuldigkeit getan hatte, musste man wahrlich kein Raketenwissenschaftler sein.

Scheiße!

„Wat is dat denn getz für ’ne Geschichte, in der de da drinhängs?“, fragte Friedhelm noch einmal, da ich seine ursprüngliche Frage ignoriert und stattdessen die letzten Minuten schweigend neben ihm gehockt hatte. „Erzähl doch ma. So wat macht ja manchmal den Kopp klar.“

Ich meinte mich zu erinnern, dass ich am Kanal etwas Ähnliches zu Lena gesagt hatte, und lächelte traurig.

Wo steckst du, Lena? Wo hat dich dieser Mistkerl hingebracht?

„Also gut“, sagte ich. „Die Kurzfassung.“

Und die gab ich ihm. Darin war ich schließlich mittlerweile geübt. In kaum zehn Minuten hatte ich die komplette Story zusammengefasst, und Friedhelm schüttelte den Kopf.

„Kaum zu glauben.“

„Glaub’s ruhig“, erwiderte ich.

„Tu ich doch. Hab ja auch eben den Knall von der Wumme gehört. Lauter kann man einen wohl nich überzeugen.“ Er schwieg. „Und wat hasse getz vor?“

Abwesend kraulte ich Watson. Meine Gedanken überschlugen sich. Unmöglich, einen von diesen schlüpfrigen, kleinen Burschen zu fassen zu bekommen und ordentlich zu begutachten.

„Keine Ahnung", sagte ich. „Lena rausholen, schätze ich. Nur wie?"

„Also ersma musste se finden, oder nich? Dat is schomma dat Wichtichste."

„Keine Frage."

„Irgend 'ne Ahnung?"

Ich grübelte. „Vielleicht."

„Na, wat denn nu? Ja oder ja?"

„Ich glaube schon. Der Typ, der auf mich geschossen hat, sagte was von einer Villa hier ganz in der Nähe. Der Villa des Mannes, der seiner Meinung nach hinter den kriminellen Schiebereien steckt. Ich habe das Gefühl, dass Scheffler – so heißt der mit der Waffe – uns in diesem Moment auch wirklich den tatsächlichen Drahtzieher nannte. Er hatte ja nicht vor, Lena oder mich entkommen zu lassen, daher brauchte er sich nicht die Mühe zu machen, eine Lüge zu erfinden."

„Hört sich vernünftig an."

Bedächtig nickte ich vor mich hin. „Ja", sagte ich. „Das ergibt Sinn. Gehen wir also mal davon aus, dass es sich bei dem Hintermann tatsächlich um Karl-Heinz Brüggemann, den Besitzer der illegal operierenden Firma, handelt."

„Okay."

„Die Tatsache, dass Scheffler uns hierher bestellt hat, um uns zu treffen, und dass er sich in vielen Dingen vermutlich nicht sonderlich bemühte, uns eine Geschichte aufzutischen, lässt also den Schluss zu, dass er wirklich vorhatte, im Anschluss an unser Treffen bei der Brüggemann'schen Villa vorbeizufahren. Nicht, um zu überprüfen, ob sie ordnungsgemäß überwacht wird, sondern um Lena dort abzuliefern und weiter ausquetschen zu können."

„Ich bin noch bei dir. Steht zwar vielleicht auf en bissken dünnen Beinen, deine Theorie, hat aber wat."

„Also gehe ich zunächst mal davon aus, dass Scheffler sie entweder direkt zu Brüggemann bringt oder dass er diesem zumindest mitteilen wird, wo er sie hingeschafft hat. Korrekt?"

„Korrekt. Wat willse also tun? Den Brüggemann anrufen und fragen? Der wird dir dat ja nu nich gerade auffe Nase binden."

„Da hast du wohl recht." Ich dachte nach, doch mein Hirn fühlte sich leer an. „Bleibt wohl nur eins: Bei Brüggemann einbrechen, Lena suchen und dann zusammen mit ihr abhauen, ohne dass die bösen Jungs was merken."

Friedhelm blickte mich zweifelnd an. „Tom, nimm mir dat getz nich krumm, ja? Aber dat is der bescheuertste Plan, von dem ich je gehört hab. Genau genommen is dat überhaupt kein Plan."

„Na toll." Ich funkelte den alten Penner an. „Hast du vielleicht eine bessere Idee?"

Schweigen, dann: „Also in den Krimis und so, da bieten die doch in sonnem Fall immer wat zum Austausch an. Hasse nix zum Tauschen? Dich selber brauchse ja wohl kaum anzubieten, denn wenn die dich haben wollten, dann hätte dieser Scheffler wohl kaum auf dich geschossen."

Da hatte er zweifelsohne recht.

„Ich habe nichts zum Verhandeln anzubieten. Das Einzige, woran diese Kerle interessiert sind, ist die Kopie der Beweise, von der wir aber nicht wissen, wo sie versteckt ist. Und selbst wenn ich sie ihnen anbieten könnte, würden sie uns auch bloß umbringen, nachdem sie bekommen haben, was sie wollen."

„So viel is ma klar." Er dachte einen Moment nach. „Dann musste bei der Übergabe eben fix genuch sein und ganz schnell mit dem Mädel die Biege machen, bevor se euch kaltmachen können. Alles nur 'ne Frage von Timing und so."

Ich verzog das Gesicht. „Also mal ehrlich, Friedhelm, der Plan des Jahrhunderts ist das auch nicht gerade."

„Besser als deiner."

Ich grinste verzweifelt. „Das Problem bleibt nur dasselbe: Ich habe nichts zum Tauschen."

„Dat is doch egal. Tu halt so, als ob. Sach, du hast die Kopie gefunden und datte se ihnen geben willst, wenn se dat Mädchen freilassen."

„Ja, ja. Und dann schnappe ich mir Lena, bevor sie den Betrug merken oder während sie die angebliche Kopie überprüfen ..."

„... und ihr macht die Biege."

Ich sah den Berber an. „Friedhelm, das ist ein Scheißplan."

Über unseren Überlegungen hatte ich Watson ganz vergessen, der auch prompt neben mir eingedöst war. Jetzt erwachte er aus seinem Dämmern, streckte sich und gähnte und beschloss, dass es mal wieder an der Zeit war, bespielt zu werden. Gedankenverloren begann ich ihn zu streicheln.

„Die müssten nur lange genuch abgelenkt sein", sagte Friedhelm.

„Aber wenn ich mit irgendetwas anderem als den richtigen Beweisen ankomme, etwas, das nichts mit ihren Geschäften zu tun hat, dann merken die das doch sofort. Da bleibt keine Zeit für Lena und mich, uns aus dem Staub zu machen."

„Musste se halt noch anders ablenken."

Wieder verfielen wir in Schweigen, bis Friedhelm endlich sagte: „Sach ma, wir sind doch ganz schön blöd. Warum gehße nich einfach zu den Bullen?"

„Die glauben mir doch kein Wort. Bis die sich dazu entschließen, einzuschreiten, haben Scheffler, Brüggemann und ihre Freunde Lena schon lange umgebracht."

„Getz hockste aber auch nur aufm Arsch rum und tus nix."

„Ich überleg halt noch, okay?! So viel Zeit muss sein."

„Okay."

Watson hatte seinen Kopf auf meinen Oberschenkel gelegt und sabberte stillvergnügt in den Stoff meiner Hose, aber nach dem, was die in dieser Nacht bereits durchgemacht hatte, war das jetzt auch egal. Selbst wenn ich den Morgen erleben sollte, meine Hose war mit Sicherheit schon ein weiteres Opfer der kriminellen Machenschaften von Brüggemann und seinen Kohorten.

Meine Hand strich über Watsons Kopf und machte sich auf den

Weg zum Rücken. Unter meinen Fingern spürte ich das weiche Nackenfell und begann es zu kraulen. Watson stieß einen wohligen Grunzer aus. Ich lächelte ihn an und intensivierte mein Kraulen, denn es lenkte mich wenigstens für einen kleinen Augenblick von meinen Problemen ab. Da ertastete ich eine kleine Verhärtung unter dem Fell. Vorsichtig fuhr ich mit den Fingern darüber und spürte, dass sich ein winziger, röhrenförmiger Gegenstand unter der Haut befand. Gleich daneben bemerkte ich eine recht frische, noch nicht lange verschorfte kleine Wunde.

Dann stutzte ich.

„Moment mal."

Ich tastete aufmerksamer – und richtig: Da war nicht ein Fremdkörper unter Watsons Fell, da waren zwei.

„Wat hasse denn?", fragte Friedhelm.

„Der hat da so was Kleines, Hartes in seinem Nacken."

Friedhelm überlegte kurz, dann nickte er wissend. „Dat sind diese Mirkroschipse oder wie die Dinger heißen. Die tun die den Welpen getz in den Nacken spritzen, und dann kann man immer feststellen, wem so'n Köter gehört, wenn der sich ma durchmacht. Da hab ich von inne Obdachlosenzeitung gelesen." Er kramte in seinem Rucksack herum und zog eine zusammengefaltete Uraltausgabe von der „Welt" daraus hervor, die er mir unter die Nase hielt. „Die ham dann en bissken später auch wat da drübber gebracht."

„Ja schon", stimmte ich ihm zu. „Davon habe ich auch gelesen, aber wir reden hier von einem Mikrochip, nicht von zweien."

„Zwei?", sagte er verdattert. „Nee, von zwei ham die auch nix geschrieben."

Ich wurde still. Irgendetwas hüpfte in meinem Unterbewusstsein auf und ab und versuchte mit wild fuchtelnden Armen auf sich aufmerksam zu machen. Etwas, das Friedhelm gerade gesagt hatte.

Ein Mikrochip, zwei Mikrochips.

Das war es nicht.

Ich strengte mein Hirn an, bekam den Gedanken aber nicht zu packen. Frustriert wandte ich mich wieder an den Obdachlosen.

„Friedhelm“, forderte ich ihn auf, „wiederhol doch noch mal bitte, was du eben gesagt hast.“

Er sah mich verwirrt an. „Dat ich dat inne Zeitung gelesen hab, dat die den Hunden dat Dingen in den Nacken spritzen, wenn die noch ganz jung sind …“

„Was?“

„Na, dat Chips-Dingen.“

„Nein, nein. Du sagtest, die spritzen denen das?“

Friedhelm zuckte die Achseln. „Ham die jedenfalls geschrieben. Manchmal machen se wohl auch ’n kleinen Schnitt oder so, aber manche von den Teilen – dat sind dann keine flachen Schipse, sondern sonne Art Kapseln – werden gespritzt.“

„Das ist es!“ Ich hätte Friedhelm küssen und umarmen können, sah jedoch aus naheliegenden Gründen davon ab. „Das ist es, Mensch. Friedhelm, du bist ein Genie!“

Friedhelm starrte mich an, als hätte ich den Verstand verloren.

„Is alles klar bei dir, Jung?“

„Alles klar“, sagte ich. „Sonnenklar.“

Und das war es, denn in meiner Erinnerung sah und hörte ich ganz deutlich den angetrunkenen Tierarzt auf der Wassersportvereins-Party vor uns hin und her wanken und sich fragen, wie Watson wohl die Spritze vertragen hatte, die er ihm gestern gesetzt hatte. Gestern, zwei Tage nachdem Lena die Beweise beschafft und sie an Carlo übergeben hatte.

„Mikrofilm“, murmelte ich, glücklich grinsend.

Ich wusste es zwar nicht mit absoluter Sicherheit, hätte aber meine Harry-Palmer-Filme mit Michael Caine darauf verwettet, dass es sich bei Carlos „altmodischer Kopie“ nur um einen Mikrofilm handeln konnte. Seit dem Computer endgültig der Durchbruch gelungen war, hatte der Mikrofilm, Hightech-Schätzchen alter Spione und kalter Krieger, zwar an Bedeutung verloren, doch irgendwie musste Carlo auf die Idee gekommen sein, Lenas Beweise auf diese Art zu sichern, um sie dann in einem winzigen Behältnis, das in Größe und Form in etwa einem der offiziellen Hundekennzeichnungschips entsprach, zu verstauen. Im Anschluss hatte er es Watson dann von seinem Ruderkameraden ins Nackenfell injizieren lassen.

Ein besseres Versteck konnte es gar nicht geben.

„Wat is denn, Jung?“

Ich strahlte Friedhelm an. „Ich habe mein Tauschobjekt gefunden.“

13.
3.41–4.16 Uhr

Natürlich war ich noch weit davon entfernt, einen richtigen Plan zu haben, doch zumindest gab es nun etwas, womit ich arbeiten konnte.

„Ich muss los“, sagte ich zu Friedhelm.

„Die Jungfrau vor dem Drachen retten?“

Ich nickte.

„Und wie?“

„Weiß ich auch nicht genau. Erst mal werde ich bei Brüggemann anrufen oder bei ihm vorbeigehen und ihm einen Tausch anbieten – Mikrofilm gegen Lena.“

„Du weißt doch ga nich, wo der Saukerl wohnt.“

„Das wird schon irgendwie rauszukriegen sein. Vielleicht steht er ja im Telefonbuch.“

„So’n reichen Sack? Der hat doch bestimmt ’ne Geheimnummer oder so wat.“

Ich funkelte ihn an. „Hast du eine bessere Idee?“

Friedhelm zögerte. „Nee.“

„Dann sei nicht so negativ.“

„Schon klar. Ich halt die Klappe.“

Ich stand auf, Watsons Behelfsleine in der Hand. Unsicher sah ich Friedhelm an und fischte nach den richtigen Worten. „Ich mach mich dann mal los. Ich wollte ... also ... vielen Dank für alles, Friedhelm. Du hast mir wirklich sehr geholfen, nicht nur mit dem Wundenreinigen, auch was die Ideen angeht.“

Verlegen sahen wir uns an, und schließlich streckte ich ihm meine Hand entgegen. Der alte Mann lächelte und ergriff sie, drückte kräftig zu.

„Is schon in Ordnung, Jung. War ja auch für mich ma ’ne Abwechslung.“

Wir standen noch eine Weile so da, dann nickte er aufmunternd. „Jetzt mach schon. Hau ab.“

„Okay.“

Ich wandte mich um und ging los, Watson neben mir. Plötzlich fiel mir etwas ein. Ich stoppte und drehte mich zu Friedhelm um.

„Wat is noch?“

Ich zögerte. Ich wollte dem alten Mann meine Dankbarkeit beweisen, dabei seinen Stolz jedoch nicht verletzen.

„Ich ...“ Mir war nicht klar, wie ich es am geschicktesten ausdrücken sollte. „Ich würde mich gern für deine Hilfe erkenntlich zeigen. Versteh das jetzt nicht falsch, ja?“ Ich griff in meine Tasche und zog die 200 Euro hervor, die Lena mir früher am Abend gegeben hatte. „Das soll keine Bezahlung sein. Aber so, wie die Dinge liegen, ist es sehr gut möglich, dass mir die Kohle bald ohnehin nicht mehr viel nützen wird, und da dachte ich ...“ Ich beendete den Satz nicht, zog 100 Euro aus dem kleinen Packen und hielt sie Friedhelm hin. „Den Rest behalte ich, falls ich noch tanken oder was besorgen muss, um Lena aus diesem Schlamassel rauszuholen, aber das hier würde ich dir gerne geben.“

Unsere Augen trafen sich, und eine kleine Ewigkeit lang hielten wir Blickkontakt. Dann sagte Friedhelm: „Danke. Ich weiß, wie du dat meins, und dat is verdammt nett von dir. Kann ich endlich ma ’ne neue Zeitung kaufen oder vielleicht sogar ’n Buch. Ich würd’ ma gern wieder so ’n ollen Edgar Wallace lesen. Dat hab ich früher immer getan.“ Für einen kleinen Moment schienen seine Augen Dinge zu sehen, die lange gelebt und vorbei waren und sich mir entzogen. Dann zuckte er mit den Schultern. „Und natürlich muss ich auch meinen medizinischen Alkoholvorrat auffrischen.“ Er zwinkerte mir zu und nahm das Geld aus meiner Hand.

Ich zwinkerte zurück. „Tu das.“

„Viel Glück, Jung. Und wennze die Dreckskerle erwischen tust, dann gib ihnen ’nen Tritt vom ollen Friedhelm mit.“

„Mach ich.“

Nach ein paar Schritten hörte ich Friedhelms Stimme hinter mir. „Tom!“

Ich drehte mich noch einmal zu ihm um. „Ja?“

„Wennze getz deine Holde retten gehs, dann pass auf, dat dir der Drache nich den Arsch verkohlt."

„Versprochen."

„Gut. Un getz hau endlich ab."

Das tat ich.

Glücklicherweise hatte Scheffler es nicht für nötig gehalten, meinen Wagen aus dem Verkehr zu ziehen. Kein Wunder, denn er wähnte mich ja nicht mehr unter den Lebenden, und Tote fahren nun mal bekanntlich kein Auto. Trotzdem schwitzte ich ein bisschen, während ich den Schlüssel in die Zündung steckte und herumdrehte. Der Wagen sprang jedoch mit einem warmen Schnurren an.

Schwein gehabt – und nicht das erste Mal heute Nacht. Hoffentlich auch nicht das letzte Mal.

Mich auf den Weg besinnend, den wir gekommen waren, navigierte ich aus den Auen um die Ruhr heraus und gelangte endlich wieder in zivilisiertere Gegenden, irgendeinen Teil von Duisburg, der meiner groben Schätzung nach, die auf einer nur sehr vagen Ortskenntnis beruhte, nicht weit vom Zoo entfernt liegen konnte. Jetzt musste ich bloß eine intakte Telefonzelle finden, deren Telefonbuch noch keinem Vandalen zum Opfer gefallen war.

Ich verbrachte etwa zehn Minuten damit, ziellos durch die Nacht zu fahren, ohne auf das Gewünschte zu stoßen. Dafür fand ich etwas anderes.

Ein Internetcafé, in dem noch Licht brannte.

Meine Reifen quietschten über den Asphalt, sprangen den Bordstein hoch, und schon war ich aus dem Auto und riss die Tür zu dem kleinen Ladenlokal auf.

„Wir haben geschlossen", verkündete der junge Türke, der hinter einem Tresen an einem Computer hockte und bei meinem schwungvollen Eintreten aufblickte.

„Und wieso ist die Tür dann noch offen?", fragte ich.

Der junge Mann verdrehte die Augen. „Super", sagte er. „Ein Klugscheißer. Um diese Uhrzeit. Nimm es einfach nicht so wörtlich,

Alter. Der Laden ist dicht. Wir befinden uns außerhalb der Geschäftszeiten. Klingt das besser für dich?“

Ich sah mich um. Abgesehen von uns beiden befand sich tatsächlich niemand in dem Ladenlokal, das außer für den Tresen noch Raum für neun Computerarbeitsplätze bot – und für ein Kabuff mit verglaster Tür, hinter der ich ein Telefon entdeckte!

„Ich müsste nur mal kurz telefonieren“, sagte ich.

„Mann, wir haben geschlossen. Ich spiele bloß noch mit ein paar Kumpels von der FH ’ne Runde *Doom 4*, bevor ich nach Hause gehe.“

„Es ist wichtig. Ehrlich! Und ich finde nirgendwo da draußen eine verdammte Telefonzelle.“

Er schaute mich an, als hätte ich verkündet, dass ich mich auf der Suche nach dem tasmanischen Tiger befände.

„Eine Telefonzelle?“ Er schüttelte mitleidig den Kopf.

„Ja, ich weiß, heutzutage hat jeder ein Handy. Ich habe meins aber zu Hause liegen lassen. Und jetzt muss ich telefonieren. Dringend!“

Für einen Moment erschien ein Bild von Lena vor meinem inneren Auge. Ein Bild vom Anfang dieser Nacht. Sie saß neben mir in meinem Auto, gekleidet in ein lächerliches Puuh-der-Bär-T-Shirt, sah mich an und sagte nur ein einziges Wort.

Das tat ich nun auch.

Ich sagte: „Bitte.“

Dem Klang meiner Stimme und dem Ausdruck auf meinem Gesicht war wohl deutlich zu entnehmen, wie verzweifelt ich mich fühlte, denn der junge Mann zögerte nur noch einen winzigen Moment, dann seufzte er auf.

„Also gut. Was soll’s? Ich bin ja eh da. Orts- oder Ferngespräch?“

„Bloß ein Ortsgespräch“, versicherte ich schnell. Gleichzeitig kramte ich in meiner Tasche nach Kleingeld, fand aber außer dem mir verbliebenen Hunderter nichts. Meine letzten Münzen hatte Lena am Oberhausener Bahnhof vertelefoniert.

Der junge Türke sah erst auf den Hunderter, dann auf mich und seufzte erneut.

„Ist schon gut, vergiss es. Geh einfach da hinten in die Kabine. Für Ortsgespräche haben wir 'ne Flatrate, es kostet also nichts."

„Äh ..." Ich grinste ihn entschuldigend an. „Hast du vielleicht auch noch ein Telefonbuch von Duisburg für mich?"

Kopfschüttelnd knallte er mir eins auf den Tresen. Ich dankte ihm und verschwand in Richtung Telefonkabine.

Aus deren Inneren traf mich ein Hitzeschwall aus aufgestauter Luft, und ich japste, aber es half alles nichts.

Zielstrebig betrat ich das enge Glaskabuff, und sofort brach mir der Schweiß aus. Ich lehnte mich an eine der Wände, schlug das dicke Telefonbuch auf und begann zu suchen. Brüggemanns gab es ein paar, aber zum Glück nur drei, die auf den Namen Karl-Heinz hörten.

Ich sah auf meine Armbanduhr. Kurz vor vier.

„Na dann."

Ich wählte die erste Nummer. Es klingelte an die hundertmal.

„Wat is los! Wer is denn da? Wissen Sie eigentlich, wie spät dat is?!"

„'tschuldigung", murmelte ich. „Hab mich verwählt."

„Dat kann doch nich wahr sein."

Noch ehe ich den Hörer auf die Gabel knallen konnte, wurde mir unmissverständlich erklärt, dass meine Mutter sich nicht für Geld am Bahnhof mit irgendwelchen Kerlen hätte einlassen sollen. Ich versprach, es weiterzuleiten, und hängte ein.

Mein Gesprächspartner hatte nicht so geklungen, als gehöre ihm eine große Exportfirma mit weitreichenden Verbindungen im In- und Ausland. Aber mir blieben ja noch zwei weitere Versuche.

Ich schickte ein Stoßgebet zum Himmel und wählte ein weiteres Mal. Bereits nach dem dritten oder vierten Klingeln nahm jemand ab.

„Bei Brüggemann", sagte eine wohlmodulierte Stimme.

Ich räusperte mich. „Spreche ich mit Karl-Heinz Brüggemann von der BImEx GmbH?"

„Nein, hier spricht sein persönlicher Assistent."

Ich unterdrückte den Wunsch, ihn zu fragen, wobei er seinem Chef denn um diese nachtschlafende Zeit persönlich assistiere, denn das hätte uns wohl kaum weitergebracht. Außerdem konnte ich mir die Antwort auch so denken.

Einer mehr auf der anderen Seite, dachte ich.

„Wäre es wohl möglich, Herrn Brüggemann zu sprechen?" Ich weiß auch nicht, warum ich mich so höflich benahm, denn eigentlich war mir ganz und gar nicht danach.

„Es ist Ihnen doch sicher nicht entgangen, wie spät es ist, oder?"

„Das ist mir mehr als schmerzlich bewusst", bemerkte ich. „Das können Sie mir glauben. Aber da Sie in der Lage sind, ans Telefon zu gehen, denke ich, dass Ihr Chef auch noch einsatzfähig sein dürfte. Kann ich ihn also sprechen?"

„Was wünschen Sie denn?"

„Das habe ich doch gerade gesagt. Ihren Chef will ich sprechen." Langsam, aber sicher schwoll mir der Kamm, und ich spürte die Anfänge des Brennens, mit dem sich das Adrenalin in meine Blutbahnen zu ergießen begann. „Sagen Sie ihm, dass man nie einen Bullen schicken soll, wenn man einen Job richtig erledigt haben möchte, weil Paarhufer ganz miserable Schützen sind. Und sagen Sie ihm ferner, dass ich etwas habe, das er gerne hätte. Er wird schon verstehen. Und jetzt ein bisschen zackig, wenn ich bitten darf."

Für einen Moment hörte es sich an, als werde das Mundstück am anderen Ende mit der Hand abgedeckt, und ich meinte durch das Rauschen in der Leitung eine dumpfe Unterhaltung hören zu können. Dann meldete sich erneut die Stimme meines bisherigen Gesprächspartners.

„Wo ist Brüggemann?", fragte ich.

„Herr Brüggemann ist beschäftigt. Aber Sie können genauso gut mit mir sprechen."

Verdammt, das lief ja so gar nicht nach Plan.

Ich schluckte. Auf einmal hatte ich das Gefühl, als sei es in der engen, heißen Zelle noch enger und noch heißer geworden. Schweiß rann mir den Rücken herunter.

Mit Mühe riss ich mich zusammen.

„Mit wem spreche ich überhaupt?", fragte Brüggemanns Assistent in geschäftsmäßigem Ton.

„Heine", klärte ich ihn auf. „Tom Heine." Ihm meinen Namen vorzuenthalten, wäre absolut sinnlos gewesen, denn wenn sein Chef so viel Dreck am Stecken hatte, wie ich vermutete, dann würden sie ihn ohnehin bereits von Scheffler erfahren haben. Und wenn Brüggemann unschuldig war, dann hatte ich nichts zu befürchten außer einer Anzeige wegen nächtlicher Ruhestörung.

Ich konnte sein Lächeln förmlich hören. „Ah, Herr Heine. Von Ihnen hätten wir allerdings wirklich keinen Anruf erwartet."

Womit alle Zweifel beseitigt waren. Brüggemann war so schuldig wie die Sünde, und darüber hinaus waren er und seine Helfershelfer auch noch verteufelt selbstsicher, sonst hätte sein Assistent diese Tatsache nicht so offen zugegeben.

„Das kann ich mir denken", sagte ich. „Und ich bin nicht nur am Leben, sondern auch im Besitz von etwas, das Sie die letzten paar Stunden schon versuchen, in Ihre schmutzigen Finger zu bekommen."

„Die Sicherheitskopie der Beweise." Eine simple Feststellung.

„Genau die."

„Und warum teilen Sie mir das mit, Herr Heine? Wollen Sie sich damit aus der Sache herauskaufen?"

„Nein", sagte ich. „Aber einen kleinen Handel will ich schon mit Ihnen und Ihrem Boss abschließen."

„Frau Craemer." Die Antwort erfolgte umgehend, und wieder stellte er nur eine Tatsache fest, einfach und klar, ohne Zaudern oder Zögern in der Stimme.

Es gefiel mir nicht, dass er so auf Zack war, aber andererseits wusste ich auch nicht, was ich sonst erwartet hatte. Die rechte Hand von jemandem, der Geschäfte in Millionenhöhe tätigte, die sich weit jenseits aller Legalität bewegten und erst jetzt, nach neun oder zehn Jahren, aufflogen, von jemandem, der einen Kriminaloberrat des LKA – und sicher noch einige andere treue Staatsdiener – auf seiner

Gehaltsliste führte und diesen Mann sogar dazu bringen konnte, seine eigenen Leute zu verraten und Zeugen zu beseitigen, konnte nicht zu den Blödesten im Lande zählen.

Was für seinen Chef dann wohl in noch stärkerem Maße gelten dürfte.

Leider.

„Richtig", sagte ich. „Frau Craemer. Lebt sie noch?"

„Ja. Bisher hat sie uns noch nicht die Antworten geliefert, die wir gerne hören würden. Die junge Dame erweist sich als ausnehmend störrisch." Er lachte ein schmutziges kleines, darüber hinaus auch noch recht entspanntes Lachen, das kaum zu ertragen war und für das ich ihm am liebsten umgehend den Hals umgedreht hätte. „Aber da Sie die Beweisstücke anscheinend besitzen, brauchen wir uns ja wohl nicht länger darum zu kümmern, die entsprechenden Informationen aus ihr herauszu... holen."

Ich spürte, wie es mir trotz der Hitze in der Zelle kalt über den Rücken lief, gefolgt von einer Welle glühend heißen Zorns, die mich überrollte. Die Unruhe, die mich ergriff, war eine andere als die, die ich verspürte, wenn ich für eine Rolle vorsprach, hatte aber den gleichen Effekt wie die Nervosität bei einem Vorsprechen.

Ruhig, befahl ich mir selbst. Ganz ruhig. Du darfst ihn nicht merken lassen, wie sehr er dich trifft. Stell dir vor, dass du ein anderer bist, dass du die Rolle schon in der Tasche hast. Du bist Clint und Bogart in Personalunion, und wenn dieser überhebliche Kriminelle glaubt, dass er ein harter Kerl ist, dann hat er dich noch nicht erlebt.

Und der Witz an der Sache war, dass es funktionierte. Zögernd zwar, aber merklich, beruhigte sich mein rasendes Herz, und mein Atem kam wieder in regelmäßigen Abständen. Den Trick musste ich mir merken.

„Sind Sie noch da?", erkundigte sich Brüggemanns Assistent in gespielt besorgtem Ton, und der Klang meiner Stimme, als ich ihm antwortete, überraschte ihn sicher ebenso sehr wie mich selbst.

„Selbstverständlich. Ich hasse nur diese dümmlichen Muskelspielchen. Wenn Sie also mit Ihrem pubertären Säbelrasseln fertig sind, dann hören Sie sich meinen Vorschlag an. Ich biete Ihnen die Beweise im Austausch gegen Frau Craemer und die Zusicherung an, dass Sie uns nach der Übergabe frei abziehen und auch in Zukunft unbehelligt lassen. Im Gegenzug dazu verpflichten wir uns, über alles, was heute Nacht vorgefallen ist, Stillschweigen zu bewahren. Ohne die Beweise und die Aussagen von Frau Craemer und mir haben die Strafverfolgungsbehörden nichts Konkretes gegen Ihren Boss in der Hand. Und so sind alle, bis auf das LKA und die Staatsanwaltschaft, zufrieden."

„Und dass Sie sich daran halten werden, sollen wir einfach so glauben?"

Diesmal war es an mir zu lachen. „Das ist der Deal. Akzeptieren Sie ihn oder lassen Sie es bleiben. Wenn Sie sich allerdings für Letzteres entscheiden, dann wandert das Beweismaterial noch heute Nacht in die zuständigen Hände. Und was das bedeutet, muss ich Ihnen ja wohl nicht ausmalen. Wenn Sie sich nicht darüber im Klaren wären, hätten Sie so ein Ding wie heute Nacht wohl kaum abgezogen. Also?"

Am anderen Ende der Leitung herrschte Schweigen, und die Sekunden dehnten sich schier unerträglich, während ich auf eine Antwort wartete. Wieder erfüllte das ominöse Rauschen die Leitung, wieder hörte ich, wie sich gedämpfte Stimmen miteinander beratschlagten.

Dann, endlich, meldete sich der Assistent zurück.

„Einverstanden. Aber die Übergabe muss sofort stattfinden. Wir werden es nicht riskieren, Sie noch ewig mit den Beweisen in der Weltgeschichte herumgondeln zu lassen."

„Ist in Ordnung. Doch bevor wir weitermachen, will ich mit Frau Craemer sprechen, um sicherzugehen, dass sie auch tatsächlich noch am Leben ist. Ein Austausch gegen ihre Leiche wird nämlich nicht erfolgen."

Erneut legte sich die Hand über die Sprechmuschel. Kurz darauf kam Lena ans Telefon.

„Ja?“

„Lena?“

„Tom? Du lebst?“

„Ja. Geht es dir gut? Haben sie dich ...“

„Es ist alles okay. Die haben mich zwar ein bisschen durch die Mangel gedreht, aber es ist nicht so schlimm. Tom, warum hast du Kontakt mit diesen Dreckskerlen aufgenommen? Du musst verschwinden, du musst zur Polizei ...“

Ich hörte die Geräusche eines Gerangels, dann wieder den Assistenten.

„Überzeugt?“

Im Hintergrund schrie Lena: „Geh zur Polizei, Tom! Die bringen dich sonst ...!“

Abrupt brach ihr Schrei ab, und wieder fragte mein Gesprächspartner: „Wie ist es? Sind Sie überzeugt?“

„Ja.“ Es war die einzige Erwiderung, deren ich fähig war, ohne mir meine Wut anmerken zu lassen. Ich brachte mich unter Kontrolle und sagte: „Und hören Sie auf, Frau Craemer zu misshandeln, sonst wird nichts aus unserem Geschäft. Sagen Sie das auch Ihrem Boss.“

„Einverstanden. Solange sie uns keinen Grund zu einem anderen Verhalten gibt, werden wir sie mit Samthandschuhen anfassen.“ Sein gemeines Lachen verriet mir, dass er zu seiner ursprünglichen Form zurückgefunden hatte. „Und jetzt verrate ich Ihnen, wo wir uns treffen und die Übergabe durchführen werden.“

14.
4.17–4.33 Uhr

Tom, dachte Lena. Er lebte! Aber wie lange noch? Wenn er sich tatsächlich auf irgendwelche Deals mit Brüggemann und seinen Helfershelfern einlassen sollte, wäre es nur noch eine Frage der Zeit, bis sich dieser beneidenswerte Zustand grundlegend änderte. Dabei würde es absolut nichts nützen, mit diesen Leuten zu verhandeln. Sie konnten sie einfach nicht entkommen lassen. Das musste doch auch Tom klar sein.

Zum wiederholten Mal sah Lena sich in dem kleinen Kellerraum um, in den man sie gesperrt hatte, nachdem man ihr kurzes Gespräch mit Tom so rüde unterbrochen hatte. Wollinski, dieser Mistkerl, hatte ihr ganz einfach den Mund zugehalten und sie vom Telefon weggezerrt. Von seinem rücksichtslosen Griff tat ihr jetzt noch der Kiefer weh.

Eine schmerzende Stelle am Körper mehr, dachte sie. Brüggemann und seine Leute waren wirklich nicht zimperlich.

Den ersten Schlag hatte sie von Scheffler einstecken müssen, als sie auf ihn losgestürzt war, weil er, wie sie annahm, Tom erschossen hatte.

Scheffler, dachte sie und spürte, wie sie rasende Wut überkam. Dieser verdammte Verräter …

„Scheffler!"

Ihr Schrei erfüllte die Nacht, nur Sekundenbruchteile nachdem Tom, von Schefflers unerwartetem Schuss getroffen, den Abhang hinuntergestürzt war. Ihr eigenes wütendes Gebrüll in den Ohren warf sie sich auf ihren Vorgesetzten. Eigentlich hatte sie vorgehabt, ihm ihre Schulter in den Leib zu rammen, doch der Kriminaloberrat wandte sich lediglich halb um und versetzte ihr einen betäubenden Schlag ins Gesicht.

Glücklicherweise hatte er dazu nicht seine Waffe benutzt, sonst wäre sie mit Sicherheit ohnmächtig geworden. Auch so reichte die Wucht des Schlages jedoch bereits aus, sie zeitweilig außer Gefecht zu setzen. Benommen taumelte sie zur Seite, spürte, wie eine Hand sich um ihren Oberarm legte und sie daran fortriss. Ein paar wankende Schritte, das Klappen einer Autotür, dann wurde sie ins Innere eines Wagens gestoßen. Wie ein nasser Sack fiel sie auf die Rückbank, unfähig, irgendetwas zu tun.

Immer noch halb betäubt trat sie ziellos aus, traf auf Widerstand, doch ob es sich dabei um Scheffler handelte oder lediglich um ein Bauteil des Autos, konnte sie nicht sagen.

Ein schwerer Körper presste sie in die Polster der Rückbank, kräftige Hände packten ihre Handgelenke und zurrten sie vor ihrer Brust mit einem Kabelbinder zusammen. Dann wurde ein zweites Plastikband um ihre strampelnden Füße gelegt. Das Gewicht verschwand, und Lena blickte schwer atmend auf.

In der Tür zum Fond des Wagens stand Scheffler und wischte sich den Schweiß von der Stirn.

„So“, sagte er, „jetzt ist Ruhe.“

Er knallte die Tür zu, ging um den Wagen herum und setzte sich ans Steuer. Der Motor sprang an, und sie fuhren davon.

Während sie über die Straße zur Brücke holperten, kämpfte sich Lena in eine sitzende Position und wollte gerade über die Rücklehne des Fahrersitzes nach ihrem Entführer schlagen, als sie in die Mündung von Schefflers Dienstwaffe blickte.

„Lassen Sie das!“, befahl er. Mehr musste er nicht sagen.

Keuchend ließ sich Lena zurück in die Polster sinken. Wie ein Schlag traf sie die Erkenntnis, dass alles, was sie und Carlo in den letzten Monaten getan hatten, eine reine Farce gewesen war. Und Carlo und Tom waren völlig umsonst gestorben.

Vor ihr wandte Scheffler den Kopf und warf ihr einen prüfenden Blick zu.

„Ah, wie ich sehe, haben Sie sich wieder beruhigt.“

„Machen Sie mir die Fesseln ab und ich zeige Ihnen, wie sehr ich mich beruhigt habe, Sie Scheißkerl!“

Scheffler stieß ein humorloses Lachen aus und sah wieder auf die Straße hinaus. Lena folgte seinem Blick. Im Licht der Scheinwerfer huschten die Begrenzungsplanken der Brücke an ihnen vorbei.

„Wo bringen Sie mich hin?“ Lena musste fragen, obwohl ihr die Antwort mittlerweile klar war.

„Zur Brüggemann'schen Villa“, sagte Scheffler. „Wie versprochen.“

„Also steckt Brüggemann doch selbst hinter der Sache.“

„Was dachten Sie denn? Haben Sie wirklich geglaubt, dass jemand jahrelang solche Deals mit der BImEx durchziehen kann, ohne dass der oberste Chef eingeweiht ist? Sie sind ganz schön naiv.“

Ja, dachte Lena. Das bin ich wohl.

„Wie lange hat er Sie denn schon in der Tasche?“, fragte sie, um sich von diesem deprimierenden Gedanken abzulenken.

„Er hat mich nicht in der Tasche. Brüggemann und ich sind Geschäftspartner.“

„Also schön. Und wie lange sind Sie schon sein ‚Geschäftspartner‘?“

Ein Schulterzucken. „Lange genug. Ein paar Jahre.“

„Kein Wunder, dass wir nie belastende Beweise bei der BImEx gefunden haben. Sie haben Brüggemann vor unseren Aktionen gegen sein Unternehmen immer schön gewarnt, und er konnte alles verschwinden lassen, bis die Luft wieder rein war.“

Scheffler schenkte sich eine Antwort, aber die benötigte Lena auch nicht.

„Wieso dann diese Undercoveraktion?“, hakte sie weiter nach.

„Das sagte ich Ihnen doch, als wir mit der Planung begannen – Befehl von oben. Von mir wäre so etwas sicher nicht ausgegangen.“ Er lachte in sich hinein. „Was glauben Sie, warum ich Sie dafür ausgewählt habe?“

„Weil ich den Fall nur vom Schreibtisch aus bearbeitet habe und niemand bei der BImEx mein Gesicht kannte.“

„Weil Sie den Fall vom Schreibtisch aus bearbeitet haben und absolut keine praktische Erfahrung mit Undercovereinsätzen hatten.

Ebenso wenig wie Oberkommissar Diefenbach. Normale Ermittlungsarbeit ja, aber Undercoverjobs …"

„Sie …"

„… Mistkerl. Ja, ich weiß." Lena sah, wie er im Dunkel des Wageninneren den Kopf schüttelte. „Ich habe doch nie im Leben damit gerechnet, dass Sie beide etwas finden würden. Nicht umsonst versicherte mir Brüggemann, dass die belastenden Dateien gut versteckt und gesichert seien und dass Sie sie nie finden, geschweige denn knacken könnten. Aber Sie haben es uns gezeigt, alle beide. Mit so viel Einsatzfreude und kreativem Denken hatte ich einfach nicht gerechnet. Und auch nicht damit, was für harte Gegner Sie sein würden. Nehmen Sie das ruhig als Kompliment."

Er verfiel in Schweigen, lenkte den Wagen zügig durch die nur von einzelnen Straßenlaternen beleuchtete Dunkelheit. Eben hatten sie eine Zufahrt zum Zoo passiert, nun fuhren sie eine Allee entlang.

Auch Lena schwieg.

Nach einer Weile sagte sie: „Warum?"

Diesmal kam Schefflers Lachen wirklich von Herzen, wenn sie auch glaubte, eine harte Note darin mitschwingen zu hören.

„Das fragen Sie? Ernsthaft? Sie wissen doch, wie viel man bei der Polizei verdient. Daran ändert auch die Tatsache nichts, dass man beim Landeskriminalamt beschäftigt ist. Selbst als Kriminaloberrat können Sie keine großen Sprünge machen – jedenfalls nicht so groß, wie ich sie gerne machen möchte. Und wenn man dann auch noch eine Scheidung und Alimente an der Backe hat …" Scheffler atmete ein paarmal tief durch. „Außerdem hat es was, an solchen Geschäften beteiligt zu sein. Man kommt rum – jedenfalls, soweit das der offizielle Tagesjob zulässt –, lernt interessante Leute kennen …"

„Verbrecher."

„Ja, aber die aus der S-Klasse."

Er hatte den Satz kaum beendet, als er den Wagen vor einem in eine hohe Feldsteinmauer eingelassenen schmiedeeisernen Tor abbremste. Sekunden später schnurrte das Seitenfenster herunter, und Scheffler drückte auf einen seitlich des Tores angebrachten Knopf. Eine Stimme ertönte aus einem Lautsprecher, Scheffler identifizierte sich, und kurze Zeit später schwangen die Flügel des Tores nach innen auf. Kies knirschte unter den Reifen, während sie die lange Auffahrt zu einer von indirekten Strahlern beleuchteten Villa hinauffuhren.

Brüggemanns Villa, dachte Lena. Sicher zu einem Großteil von dem Geld bezahlt, das er mit seinen illegalen Transaktionen gemacht hatte.

Na, dachte sie, während sie das näher kommende Gebäude begutachtete, wenigstens hatte er Geschmack.

Im Wohnzimmer Brüggemanns, in das Scheffler sie mit einem Stoß zwischen die Schulterblätter befördert hatte und das wohl eher die Bezeichnung Salon verdiente, erwarteten sie schon Wollinski und ein unbekannter Mann. Wollinski lehnte zwischen zwei wahrscheinlich echten Gemälden, einem Cézanne und einem Seurat, an der Wand und lächelte schmal, als er Lena erblickte. Der andere Mann war etwa Mitte 30 und trug einen sommerlich leichten Anzug. Er wirkte nicht minder amüsiert als Wollinski und neigte ironisch den Kopf zum Gruß.

Wie schön, dass ich zur Abendunterhaltung beitrage, dachte Lena. In ihr kochte es.

Der ihr unbekannte Mann trat hinter eine vertäfelte Bar, die sich in eine der rückwärtigen Ecken des Salons schmiegte.

„Ein kleines Schlückchen zur Stärkung?“, erkundigte er sich.

Scheffler orderte einen Whisky.

„Und Sie, Frau Craemer?“, fragte der Mann.

Einen Moment lang war Lena versucht abzulehnen, doch dann besann sie sich. Sie hatte einen höllischen Durst. Und da heute Nacht sicher noch einiges auf sie zukam, wäre es wirklich blödsinnig gewesen, den zu erwartenden Qualen noch eine weitere hinzuzufügen. Außerdem … wer konnte schon wissen, ob sich ihr nicht doch noch eine Gelegenheit zur Flucht oder Gegenwehr bieten würde. In diesem Falle wäre sie, erfrischt durch etwas zu trinken, erholter und somit auch reaktionsfähiger.

Daher sagte sie: „Ein Glas Wasser, bitte."

„Sind Sie sicher, dass Sie nichts Stärkeres möchten?"

„Ganz sicher."

Der Mann nickte und reichte ihr ein Glas, das sie mit ihren gefesselten Händen entgegennahm.

„Was denn?", sagte Lena. „Kein Eis? Keine Zitrone?"

Der Mann lachte. Ihre Einstellung schien ihm zu gefallen.

„Was macht die Schlampe denn hier?", ertönte eine Stimme in ihrem Rücken. Langsam wandte sich Lena um.

Richtig, es war Geller.

Den rechten Arm in Gips und eine weiße Kompresse an der Stirn stand er in einer Seitentür und blitzte sie an.

Gut gemacht, Tom, dachte Lena. Der wird sich noch ein Weilchen an dich erinnern.

Trauer ergriff sie, als sie an ihren Retter von heute Nacht dachte, doch sie unterdrückte das Gefühl. Als sei sie nicht weiter an ihm interessiert, wandte sie sich von Geller ab und dem Unbekannten zu.

„Und wer sind Sie?"

Der Mann lächelte entspannt. „Ich bin Herrn Brüggemanns persönlicher Assistent."

„Haben Sie auch einen Namen?"

„Selbstverständlich, aber der geht Sie nichts an."

„Ich verstehe."

„Dessen bin ich sicher."

Hier geht es ja ausgesprochen kultiviert zu, dachte Lena. Wenn man einmal von Geller absah. Bin gespannt, wann sich das ändert.

„Wo ist Brüggemann?", erkundigte sich Scheffler, den Whisky in der Hand.

„Herr Brüggemann ist beschäftigt", erwiderte der Assistent. „Er wird später zu uns stoßen."

Aha, dachte Lena. Sicher dann, wenn es weniger gepflegt zur Sache geht.

Wie sie kurz darauf feststellen musste, begann der weniger gepflegte Teil sogar noch um einiges früher, als sie angenommen hatte.

Man hatte sie auf einen Stuhl in einem kleinen, fensterlosen Kellerraum gesetzt und ihre Hände hinter der Rückenlehne zusammengebunden. Wieder mit Kabelbindern, die ihr unnachgiebig ins Fleisch schnitten.

Wie sie die Dinger hasste. Eine Menge Kollegen schworen allerdings darauf, besonders die von der Bereitschaftspolizei. Ein, zwei schnelle Handgriffe, und man hatte sein Gegenüber gefesselt – ein Vorzug, den sie, als sie ihn am eigenen Leibe erfahren musste, gar nicht recht zu schätzen wusste.

„Also gut", sagte Scheffler, der zusammen mit Wollinski und Geller vor ihr stand, wodurch der höchstens sieben oder acht Quadratmeter große Raum ziemlich überfüllt wirkte. „Dann wollen wir mal."

Lena versuchte, sich gegen das Kommende zu wappnen, doch die Angst ließ sich nicht verdrängen. Wie ein stählernes Band legte sie sich um ihre Brust und schnürte ihr den Atem ab.

„Wo sind die versteckten Kopien?" Den Kopf schief gelegt stand Scheffler vor ihr und sah sie aufmerksam an. „Kommen Sie schon, Frau Craemer, wir wollen das hier alle so zügig wie möglich über die Bühne bringen. Also bitte!"

„Ich weiß es nicht."

„Als Sie in Mülheim in diesem Wassersportverein waren, haben Sie also wirklich nichts gefunden?"

„Sie haben mich doch durchsuchen lassen, nachdem wir hier angekommen sind." Sie warf Wollinski und Geller einen giftigen Blick zu. Wollinski erwiderte ihn ausdruckslos, Geller grinste breit.

„In der Tat." Scheffler nickte nachdenklich. „In Diefenbachs Wohnung haben wir lediglich eine CD-ROM mit einer Kopie der Maintenance-Dateien entdeckt ..."

„... und was sich eventuell noch auf dem Computer oder dem Laptop befand, ist garantiert gelöscht worden beziehungsweise definitiv nicht mehr abrufbar", vollendete Wollinski den Satz. „Genau wie die Daten in Oberkommissar Diefenbachs Kopf."

Die Zufriedenheit mit seiner Arbeit, die in dem letzten Satz mitschwang, ließ Lena die Beherrschung verlieren. Wollinski verfluchend warf sie sich nach vorn, wurde jedoch von ihren Fesseln sofort wieder auf ihren Platz zurückgerissen.

„Wollinski, Sie mieses …“

Weiter kam sie nicht, denn unerwartet packte sie Scheffler, der ihr am nächsten stand, am Kinn und riss ihren Kopf nach oben. Dann schob er sein Gesicht ganz nah an ihres heran.

„Um es einmal zusammenzufassen …“, sagte er leise. „Wir haben demnach alle Sicherungskopien, außer der ‚altmodischen‘, die Ihr Kollege Ihnen gegenüber erwähnt hat. Was uns wieder zu unserer Fragestunde bringt. Wo könnte diese Kopie sonst noch sein?“

Trotz oder gerade wegen des Flüstertons waren seine Ungeduld und unterdrückte Wut unmöglich zu überhören.

Lenas Magen krampfte sich zusammen, und der Schweiß brach ihr aus. „Ich sagte doch schon: Ich weiß es nicht.“

„Überlegen Sie. Strengen Sie sich an.“

„Ich habe keine Ahnung.“

„Das ist nicht gut, Frau Craemer. Gar nicht gut. Jedenfalls nicht für Sie.“

„Aber wenn ich es doch nicht weiß.“

„Wenn Sie es doch nicht wissen“ – kopfschüttelnd ließ Scheffler sie los und richtete sich wieder auf –, „müssen wir wohl auf die von mir bereits angekündigten leichten Schläge zurückgreifen, die das Denkvermögen angeblich so sehr erhöhen.“ Er wandte sich an Wollinski. „Ich nehme an, dass Sie das alleine erledigen können?“

Wollinski nickte stumm. Geller, der hinter ihm gestanden hatte, machte einen Schritt nach vorn, ein unnatürliches Leuchten in seinen Augen. Scheffler warf dem dürren Kerl einen kurzen Blick zu und drehte sich zu Wollinski zurück.

„Wenn Sie mich brauchen“, sagte er, „ich bin oben.“

Wollinski lächelte dünn. „Ja, *Herr* Kriminaloberrat.“

Lena wusste nicht, wie viel Zeit vergangen war, als sie sie in den Salon zurückbrachten und ihr den Telefonhörer in die Hand drückten. Letztendlich hatten Wollinski und Geller sie nicht oft geschlagen, sondern sich eher auf Drohgebärden verlassen, aber die zwei Mal, die Wollinski Geller das Feld überlassen hatte, waren kein Vergnügen gewesen. Es hatte Lena nicht weiter überrascht, wie sehr Geller seinen Job genoss. Dann jedoch kam Scheffler wieder in den Raum und befahl, Lena nach oben zu bringen.

Es folgte das Telefongespräch mit Tom.

Und nun saß sie wieder hier unten im Keller und harrte der Dinge, die da kommen würden. Wenigstens war sie diesmal allein und nicht mehr gefesselt.

Schnell trat Lena zur geschlossenen Tür und legte ihre Hand auf den Griff.

Verschlossen – was nicht anders zu erwarten gewesen war. Und einen anderen Ausgang als die Tür besaß der Raum nicht, wenn man einmal von einem Lüftungsschacht hoch oben an der Wand absah, der allerdings so schmal war, dass man sogar eine Barbiepuppe mit Gewalt durch die Öffnung hätte stopfen müssen, um sie in den Schacht zu bekommen.

Ein kurzer Blick auf das Schloss zeigte ihr, dass es sinnlos war, es knacken zu wollen. Hätte sie Zeit und vor allem das richtige Werkzeug gehabt, wäre es einen Versuch wert gewesen, aber so …

Mit einem leisen Seufzer ließ sich Lena auf den Stuhl sinken, an den sie eben gefesselt gewesen war. Abwesend tastete sie mit ihrer Zunge über die Innenseite ihrer Wange, dort, wo sie sich nach einem von Gellers Schlägen gebissen hatte.

Es war hoffnungslos. Sie kam hier nicht heraus.

Und auch Toms Rettungsaktion hatte keine Aussicht auf Erfolg, das war ihr klar.

Verdammt, wieso hatte sich dieser verrückte Kerl nur an Brüggemann gewandt? Wegen ihr, das war ihr schon klar. Aber was hoffte er zu erreichen? Er konnte doch nicht allen Ernstes glauben, dass Brüggemann sie beide davonkommen lassen würde. Oder sollte er etwa irgendeinen irren Plan ausgeheckt haben und den Austausch der Kopien, die er angeblich besaß, gegen sie nur fingieren, um sie zu befreien? So verrückt konnte er doch nicht sein.

Noch während sie das dachte, war ihr klar, dass das genau das war, was Tom denken würde. Er war ganz einfach so. Das war ja auch einer der Gründe, warum sie ihn von Anfang an so anziehend gefunden und ihm so viel Vertrauen geschenkt hatte. Trotz der gefährlichen Situationen, mit denen sie heute Nacht konfrontiert worden waren, hatte er ohne groß nachzudenken getan, was getan werden musste und vor allem den Abenteuerfaktor des Ganzen gesehen – so, als befänden sie sich in irgendeinem Hollywoodstreifen. Und er hatte es immer wieder geschafft, sie zum Lachen zu bringen. Keine einfache Aufgabe in einer Nacht wie dieser.

Oh Tom, dachte sie, ich hoffe, du hast die Polizei alarmiert, damit sie dir Rückendeckung gibt.

Und ich hoffe, du baust keinen Mist.

In diesem Moment drehte sich der Schlüssel im Schloss, und die Tür öffnete sich. Scheffler und Brüggemanns Assistent traten in den Raum.

„Na dann", sagte der Assistent, der seinen hellen gegen einen nachtschwarzen Anzug getauscht hatte. „Es geht los. Fahren wir zum Treffpunkt."

15.
4.17–5.10 Uhr

Duisburg-Ruhrort.

Mit schlafwandlerischer Sicherheit hatte sich Brüggemann eine Gegend ausgesucht, die ich so gut wie gar nicht kannte. Außer einem Ausflug, den ich einmal dorthin gemacht hatte, um Freunden von außerhalb den Abwechslungsreichtum des Ruhrgebiets vorzuführen, war ich noch nie dort gewesen. Meine Kenntnis des größten Binnenhafens Europas als bruchstückhaft zu bezeichnen, war daher noch geschmeichelt.

Und trotzdem war ich nun auf dem Weg zum Eisenbahnhafen, an den Brüggemanns Assistent mich bestellt hatte. Weshalb ausgerechnet dorthin, war mir ein Rätsel. Er hatte mir den Weg beschrieben und eine Handynummer gegeben, die ich notfalls anrufen konnte, wenn ich mich doch verfranzte. Auf diese Art war wenigstens sichergestellt, dass ich am Treffpunkt ankommen würde, woran ihm und seinem Chef genauso viel lag wie mir. Schließlich wollten sie die Beweiskopien mindestens ebenso sehr, wie ich Lena aus ihren Klauen befreien wollte.

Jetzt musste mir nur noch ein guter Plan einfallen, wie ich das bewerkstelligen sollte.

Leise fluchte ich vor mich hin.

Wäre ich der Gute in einem Film gewesen, dann hätte ich jetzt neben einem simplen Hauptplan auch noch auf die Schnelle einen ergänzenden Notfallplan entwickelt, auf den ich im Bedarfsfall ausweichen konnte, um den Tag zu retten und gleichzeitig die Schurken ihrer gerechten Strafe zuzuführen. Oder ich hätte gleich so geschickt und taktisch klug geplant, dass ich die Bösen, ohne dass sie es selbst merkten, so lenkte, dass sie sich selbst schachmatt setzten, während ich die Heldin rettete.

Keine Chance. Meine Gedanken bewegten sich wie in Sirup eingelegt, und wenn mein Plan überhaupt ein Kriterium erfüllte, dann das, dass er simpel war. Dies allerdings und zu meinem großen Bedauern nur im allerübelsten Sinne des Wortes.

Genau genommen war ich nicht weiter, als ich es schon unter der Brücke mit Friedhelm gewesen war: Brüggemann die Beweiskopien übergeben und ihn diese überprüfen lassen, Lena schnappen und so schnell wie nur möglich verschwinden.

Ende des Plans, Ende der Geschichte.

„Ich weiß", murmelte ich. Watson, der sich im Fußraum auf der Beifahrerseite zusammengerollt hatte, hob den Kopf von der Matte und schaute zu mir auf. „Ich bin absolut unvorbereitet, und das Ganze ist vermutlich sowieso eine Falle. Aber mir fällt nun mal nicht mehr dazu ein. Und versuchen muss ich es auf jeden Fall. Ich kann Lena nicht einfach hängen lassen."

Zu meinem Erstaunen erkannte ich, dass mich der Gedanke an die Gefahr, in die ich mich begab, bei Weitem nicht so sehr beunruhigte, wie er dies vor heute Nacht noch getan hätte. Die Ereignisse der letzten Stunden hatten ganz eindeutig meine Konzeption davon, was ich als bedrohlich empfand, neu definiert.

Müde brachte ich ein Achselzucken zustande. „Was soll's? Wenn es nicht so klappt, wie ich es mir gedacht habe, müssen wir eben improvisieren."

Als ich auf meiner Fahrt durch die nächtliche Stadt an einem dunklen Anwohnerparkplatz vorbeikam, lenkte ich den Wagen von der Straße und in eine freie Parkbucht.

So simpel mein Plan auch sein mochte, er bedurfte noch einer vorbereitenden Handlung, um ihn überhaupt in die Tat umsetzen zu können. Ohne über das nachzudenken, was ich in den nächsten Minuten würde tun müssen, stieg ich aus dem Wagen und öffnete die Heckklappe. Dann wühlte ich in der bunten Klappkiste, die ich in meinem Kofferraum spazieren fuhr und die so nützliche Dinge enthielt wie ein Warndreieck, diverse Autoatlanten, ein Abschleppseil, eine Decke und Ähnliches.

„Wo ist es denn?", murmelte ich vor mich hin, bis ich den von mir gesuchten Gegenstand fand. Halb erleichtert, halb erschaudernd nahm ich ihn an mich und steckte ihn in die Tasche, ergriff meinen Verbandskasten und hoffte, dass die sich darin befindenden Medikamente und das Verbandszeug ihre Haltbarkeitsdauer noch nicht überschritten hatten.

Dann trat ich an die Beifahrerseite und öffnete die Tür.

Watson hüpfte mir mit einem freudigen Kläffen entgegen und drückte seinen kleinen Kopf gegen mein Gesicht, als ich mich zu ihm hinunterbeugte. Ich streichelte ihn und seufzte.

„Wenn du wüsstest, was jetzt auf dich zukommt, würdest du dich mir nicht so an den Hals werfen. Aber ich verspreche dir, dass ich es so schnell wie möglich hinter uns bringen werde."

Beim Klang meiner Stimme brach der Welpe seinen Freudentanz ab und sah mich mit abgestellten Ohren und schief gelegtem Kopf an.

„Guck mich nicht so an." Gegen diese Hundegeste war ich noch nie immun gewesen. Halb, um mich abzulenken, und halb, um die nötigen Vorbereitungen zu treffen, richtete ich mich wieder auf und schaltete die Innenbeleuchtung des Wagens ein. Dann hockte ich mich vor die offene Tür und hob den Hund auf den Beifahrersitz. Ich legte den Verbandskasten in den Fußraum, öffnete ihn, schnitt mit einer Schere zwei Stück Pflaster ab und legte eine Mullbinde bereit. Dann wühlte ich in seinem Inneren, bis ich ein Plastikfläschchen mit antiseptischem Spray fand.

Watson sah mir interessiert bei meinen Vorbereitungen zu.

Schließlich war ich fertig, griff in die Hosentasche und holte den Gegenstand hervor, den ich in meiner Kramkiste im Kofferraum gesucht hatte – mein gutes altes Schweizer Offiziersmesser. Mit einem flauen Gefühl im Magen klappte ich die längere der beiden Klingen aus und prüfte ihre Schärfe mit meinem Daumen. Dann überprüfte ich die kleinere. Die größere schien mir schärfer zu sein.

Watson kräuselte die Nase und versuchte am Messer zu schnuppern, aber ich stieß ihn zurück.

„Nicht. Du musst dir ja nicht auch noch in die Nase schneiden." Entschuldigend sah ich ihn an. „Nur ein einziger, winzig kleiner

Schnitt", versprach ich. „Maximal zwei, falls wir beim ersten Mal deinen Kennzeichnungschip erwischen und nicht die Kapsel mit dem Mikrofilm. Es wird auch bestimmt nicht wehtun." Ich zögerte. „Jedenfalls nicht sehr."

Ich sprühte etwas Desinfektionsspray auf die Klinge, drehte den Hund von mir fort und drückte ihn sanft, aber nachdrücklich in den Sitz. Dann tastete ich mit der freien Hand über sein Nackenfell, bis ich den ersten harten, röhrenförmigen Gegenstand unter meinen Fingerspitzen spürte. Noch etwas Spray auf Watsons Nacken, und ich war bereit.

„Okay", sagte ich und hoffte, dass meine Stimme beruhigend klang. Ich zwang meine Hände, ihr Zittern einzustellen, dann holte ich einmal tief Luft und führte das Messer an sein Nackenfell. „Nur ein ganz kleiner Schnitt, versprochen."

Ich brauchte zwei. Natürlich.

Nachdem ich die beiden je etwa einen Zentimeter langen Wunden in Watsons Nacken desinfiziert und mit einem Pflaster abgeklebt hatte, um die Ränder zusammenzuhalten, wickelte ich noch großzügig Mullbinde um seinen Hals. Dann legte ich den kleinen Hund, der mich anklagend ansah, auf den Rücksitz und hockte mich vor ihn.

Ich versuchte ihn zu streicheln, doch er zuckte vor meiner Hand zurück und knurrte leise.

„Tut mir leid, Kleiner. Ich hätte das auch lieber einem Tierarzt überlassen, aber ..."

Wieder streckte ich die Hand nach ihm aus, und widerstrebend ließ er sich schließlich von mir anfassen. Nach einiger Zeit merkte ich, wie er sich immer mehr entspannte und auch die Berührungen wieder besser gefallen ließ. Ich legte meine Stirn an seinen Kopf und sagte: „Wenn alles vorbei ist, fahre ich dich sofort zu einem Tierarzt, der sich die Schnitte ansehen wird. Und dann kriegst du den größten Napf mit Welpenfutter, den du dir vorstellen kannst. Ehrenwort."

In diesem Moment wusste ich, dass zwischen uns alles wieder in Ordnung war. Appellieren Sie an den Appetit eines Cockers, und Sie haben schon gewonnen.

Kurz darauf waren wir wieder unterwegs.

Das Erste, was mir auffiel, als wir Duisburg-Ruhrort endlich erreichten, war, dass ich den Stadtteil überhaupt nicht so vorfand, wie ich ihn im Kopf gehabt hatte. Was ich hier sah, war keineswegs das, was mir aus Schimanski-Tatorten und anderen Serien in Erinnerung geblieben war. Na ja, seit den 80er- und 90er-Jahren war ja auch ein bisschen Zeit ins Land gegangen, und auch hier hatte, wie im ganzen Ruhrgebiet, der Strukturwandel unübersehbar zugeschlagen. Aus der ehemaligen Schifferstadt am Zusammenfluss von Rhein und Ruhr war eine Gegend geworden, in der unzählige Unternehmen verschiedenster Größenordnungen ihre Dienstleistungen in generalsanierten Gebäuden anboten. Darüber hinaus hatte sie sich offensichtlich auch noch zu einer beliebten Wohngegend entwickelt.

Was mich zu der bangen Frage brachte, ob es den vermaledeiten Eisenbahnhafen, zu dem man mich bestellt hatte, überhaupt noch gab.

Ich hätte mir keine Sorgen machen müssen, denn erstens wussten Brüggemann & Co. genau, was sie taten, und zweitens konnte ich schon bald feststellen, dass das Hafengelände immer noch vorhanden, immer noch ziemlich beeindruckend und offensichtlich auch gut frequentiert war.

Schweigend fuhr ich durch die Nacht und versuchte, nicht an die Müdigkeit zu denken, die sich immer mehr in meinen Gliedern auszubreiten begann. Worauf ich mich nun konzentrieren musste, war, den Weg zu meinem Treffpunkt mit Brüggemann zu finden.

Als ich den richtigen Ort fand, parkte ich das Auto in einer Gasse, die zwischen ein paar Lagerhäusern lag und zu einem der Hafenbecken führte. Ich stellte das Schiebedach auf Kippe und kurbelte die Fenster ein Stückchen herunter, damit der Hund besser atmen konnte. Dann wandte ich mich zu ihm um.

„Ich komme gleich wieder – hoffe ich wenigstens. Und wenn nicht, dann habe ich dich hier so abgestellt, dass du garantiert bald gefunden und aus deinem Gefängnis befreit werden wirst." Ich nickte ihm zu. „Mach's gut."

Nach einem letzten kurzen Blick auf Watson, der ziemlich müde wirkte und dem das Köpfchen immer wieder auf die Pfoten sank, stieg ich aus und schloss den Wagen ab.

Ich fragte mich, ob ich Hund und Auto jemals wiedersehen würde, dann schüttelte ich den Kopf, um die morbiden Gedanken zu vertreiben. Den Punkt, an dem ich noch hätte umkehren können, hatte ich längst überschritten. Es gab nur noch einen Weg, und der würde mich durch eine dunkle Gasse zwischen den vor mir liegenden Lagerhäusern hinunter zum Hafen führen.

Ich schaute auf meine Uhr: 5.10 Uhr. In fünf Minuten sollte ich mich mit Brüggemann treffen.

Ich sah die Gasse hinunter und hielt den Atem an. Der Schweiß stand mir auf der Stirn, schien meinen ganzen Körper zu bedecken. In meinen Ohren hämmerte das Blut, und ich versuchte, das Zittern meiner Hände zu unterdrücken.

Dann riss ich mich zusammen.

„Scheiß Lampenfieber", sagte ich und ging Richtung Hafen.

16.
5.11–5.23 Uhr

Vorsichtig hielt ich mich im Schatten und spähte um die Ecke des Lagerhauses.

Vor mir erstreckte sich eine offene Fläche, die nach zehn oder 15 Metern in einer Schräge zum vielleicht fünf Meter tiefer gelegenen Hafenbecken hin abfiel. Am Ende der Schräge lag ein flaches Rheinschiff vor Anker, und rechts vor mir, oberhalb des Schiffsbugs, streckte ein Lastkran seinen Arm über Schiff und Hafenbecken aus. An seinem Ende schwang ein schwerer Haken an einem stählernen Seil. Auf meiner Seite der freien Fläche reihte sich Lagerhaus an Lagerhaus und schottete das Hafenbecken gegen die Wohn- und Geschäftsstraßen ab.

Außer mir konnte ich keine Menschenseele ausmachen. Sollte Brüggemann sich mit Lena und seinen Helfershelfern etwa noch auf dem Weg hierher befinden? Oder war ich am falschen Ort?

Mit einem schnellen Rundblick überzeugte ich mich, dass wirklich niemand da war, dann überquerte ich die asphaltierte Fläche und sah zum Schiff hinunter, das ruhig im fast unbewegten Wasser lag. *Hoek van Holland* stand in großen Lettern auf seinem Bug. Das war der Name, den Brüggemann mir genannt hatte.

Ich war am richtigen Ort.

Nun mussten nur noch Brüggemann und seine Spießgesellen auftauchen.

Wieder blickte ich mich um. Im Osten färbte sich der Himmel langsam grau, und in nicht einmal einer Stunde würde die Sonne aufgehen.

Wie die Zeit verflog, wenn man Spaß hatte!

Fast widerstrebend riss ich mich von dem Anblick los, der das Ende dieser denkwürdigen Nacht verhieß, und konsultierte meine Uhr.

5.14 Uhr.

Noch eine Minute bis Buffalo, schoss mir die alte Gedichtzeile durch den Kopf.

Ich drehte mich um und spähte zurück in die Gasse, in der ich mein Auto geparkt hatte. Noch konnte ich verschwinden.

Die Versuchung war groß, das gebe ich zu, doch ich wusste, dass ich ihr nicht nachgeben würde. Es war wie vor einem Auftritt, in den letzten Minuten bevor man auf die Bühne geht. Der Puls rast, das Herz schlägt einem bis zum Hals, und man fragt sich, warum man sich das Ganze eigentlich antut, denn schließlich zwingt einen ja niemand dazu, hinauszugehen und vor all die Leute zu treten, die ihr ganzes Augenmerk auf einen richten werden. Man fühlt sich hilflos, ausgeliefert, verletzlich – und gleichzeitig so verdammt lebendig. Und es wird einem klar, dass die Antwort auf die eigene Frage eigentlich ganz einfach ist, dass sie es immer war und auch stets sein wird, nämlich, dass man nicht anders kann, da es einfach völlig undenkbar ist, es nicht zu tun.

Unwillkürlich hatte ich bei meinen Gedanken kurz die Augen geschlossen, und diesen kurzen Moment hatte ein weißhaariger Mann in einem grauen Anzug dazu benutzt, auf das Deck des Schiffes zu treten. Wahrscheinlich hatte er sich zuvor in dem am Heck hinter den drei großen Ladeluken gelegenen Brückenaufbau aufgehalten, in dem sich gleichzeitig die Kabinen der Schiffsbesatzung befanden.

Entspannt winkte er mir zu.

„Herr Heine?"

„Ja!", brüllte ich zurück.

„Kommen Sie runter zu mir!"

Ich zögerte. Bisher war ich davon ausgegangen, dass die Übergabe an Land stattfinden würde, was Lena und mir die Möglichkeit geboten hätte, unseren Abgang so schnell wie möglich über die Bühne zu bringen. Von Bord eines Schiffes zu verschwinden, würde dahingegen ungleich schwieriger werden.

„Nun kommen Sie schon!"

Unentschlossen fuhr ich mir mit der Zunge über die Lippen, da erklang in meinem Rücken ein Quietschen, und ich wirbelte herum.

Aus dem Lagerhaus direkt hinter mir trat der Bär. Mit übertriebener Sorgfalt schloss er die kleine Tür, die in das große Schiebetor zur Halle eingelassen war, und wandte sich mir zu. Ohne ein Wort zu sagen, machte er ein paar Schritte auf mich zu und klappte dabei eine Seite seines Jacketts kurz auf, sodass ich den Kolben der Pistole sehen konnte, die in seinem Hosenbund steckte.

Eine weitere Aufforderung brauchte ich nicht.

Während ich die Stufen nach unten marschierte, die an der Gangway der *Hoek van Holland* endeten, steckte ich meine rechte Hand in die Hosentasche und tastete nach dem einen der beiden kleinen Metallzylinder, die ich aus Watsons Nackenfell entfernt hatte.

Beide waren etwas länger als einen Zentimeter. Der Zylinder, welcher Watsons aufgestanzte Identitätsnummer trug, hatte den ungefähren Durchmesser einer Kugelschreibermine, der andere war einen Hauch dicker und besaß eine Art Schraubverschluss. Nachdem ich ihn von Watsons Blut gereinigt hatte, hatte ich den Deckel abgeschraubt und einen schnellen Blick auf den Inhalt geworfen. Tatsächlich handelte es sich dabei um mehrere Streifen aus einem Material, das wie Celluloid aussah und an Filmnegative erinnerte, nur dass Letztere wesentlich länger und breiter waren.

Nachdem ich den Deckel wieder fest verschraubt hatte, hatte ich mir das Röhrchen in die rechte Hosentasche gesteckt, und dort drehte ich es nun nervös zwischen meinen Fingerspitzen hin und her.

In der Zwischenzeit hatte ich die Gangway erreicht. Unter ihr schwappten winzige Wellen mit leisem Klatschen an die Hafenmauer. Ich warf einen kurzen Blick auf das Wasser und stellte fest, dass der Ganges zwar mit Sicherheit übler aussah, das Wasser des Duisburger Hafens aber auch nicht gerade zum Testsieger für porentiefe Reinheit erkoren werden würde. Dazu wurde jedes Gefühl aufkeimender Sommerfrische doch zu sehr durch einen feinen Film aus Öl und organischen Rückständen nicht ausreichend geklärter Herkunft getrübt. Wobei ich über die genaue Bedeutung des Wortes „geklärt“ in diesem Zusammenhang lieber gar nicht erst nachdenken wollte.

Ohne den Mann auf dem Schiff aus den Augen zu lassen, überquerte ich die Gangway und spürte gleichzeitig, wie diese hinter mir unter dem Gewicht einer weiteren Person nachgab. Der Bär war mir gefolgt und schnitt mir nun endgültig jede Rückzugsmöglichkeit ab.

Gefangen, dachte ich.

Eingedenk alter Piratenfilme blieb ich kurz vor Erreichen des Schiffes stehen und wandte mich an den Mann, den ich für Brüggemann hielt. „Bitte um Erlaubnis, an Bord kommen zu dürfen."

„Erlaubnis erteilt", antwortete der Mann. Ein feines Lächeln spielte um seine Lippen. Anscheinend war ihm die Ironie in meinem Tonfall nicht entgangen.

Ich setzte meinen Fuß auf das stählerne Deck.

„Herr Brüggemann, wie ich vermute", sagte ich.

Der Mann nickte.

Brüggemann war einer der Gründe dafür, dass Klischees entstehen. Bis hin zum sorgfältig arrangierten weißen Tuch in der Brusttasche seines eleganten hellgrauen Anzugs entsprach er dem Bild des erfolgreichen, weltgewandten Industriellen. Sein Haar war weiß und trotz der frühen Morgenstunde fein frisiert und sein Gesicht von einer echten oder gefälschten Sonne gleichmäßig gebräunt. Nichts an ihm wies darauf hin, dass seine Geschäfte weniger als legal waren und seine Hände schmutziger als die eines Bergmanns nach der Schicht.

Einen Moment lang hatte ich das Gefühl, dass er eine dieser Hände gleich mit falschem Lächeln ausstrecken würde, doch dann schien er sich eines Besseren zu besinnen, was mir in unserer Lage nur natürlich erschien.

„Freut mich, dass Sie den Weg zu uns gefunden haben", erklärte er aufgeräumt.

Ich verzog das Gesicht. Gibt es etwas Peinlicheres als falsche Jovialität zum noch falscheren Zeitpunkt?

Wieder lächelte er dieses feine, wissende Lächeln und nickte, als habe er sich im Stillen damit abgefunden, dass dies nicht die Zeit für gemütliche Wortplänkeleien und den Austausch von Nettigkeiten war.

„Sie scheinen gleich zum Wesentlichen kommen zu wollen."

Ich zuckte die Achseln. „Ich bin nun mal kein Morgenmensch." Mir war zwar an sich nicht nach abgebrühten Sprüchen zumute, aber ich wollte ihn und den Bären, der mir an Deck gefolgt war, nicht merken lassen, wie sehr mir der Allerwerteste auf Grundeis ging.

„Ich verstehe." Er legte eine kleine Pause ein. Dann sagte er: „Sie haben ... die Ware?"

Ich nickte. „Und Sie?"

Er wandte sich dem hinter mir stehenden Bären zu. „Herr Wolinski?"

Ich drehte mich halb um. Der Bär, der nun das kleine Tor in der Reling und damit den Zugang zur Gangway blockierte, griff in die Innentasche seines Jacketts und zog sein Handy hervor. Er wählte eine Nummer, wartete das Klingeln am anderen Ende ab und sagte schließlich: „Ich bin's. Ihr könnt jetzt rauskommen. Und bringt die LKA-Tussi mit."

Fast eine Minute verstrich, in der nichts geschah und wir uns kaum rührten. Dann hörte ich Geräusche vom Heck her. Kurz darauf erschien Scheffler, gefolgt von Geller, der Lena vor sich her stieß.

„Mal nicht so grob, ja?!", fauchte sie ihn an.

Geller besaß die Gesichtszüge eines Hungerkünstlers, wie ich nun zum ersten Mal sah, da ich bei unserem vorangehenden Treffen wenig Zeit gehabt hatte, ihn mir genau anzuschauen. Und dieses ohnehin schon nicht gerade anziehende Gesicht verzerrte sich nun auch noch wütend. Der Effekt war wenig ansprechend. Wieder stieß er Lena, die ihn anfunkelte.

„Hey!", rief ich. Zu meiner Befriedigung bemerkte ich, dass Gellers rechter Arm in einem dicken Gips steckte. Der Schlag mit dem Paddel hatte sich also ausgezahlt.

Darüber hinaus war der Gips leider auch ein Beweis für Brüggemanns Einfluss und gute Verbindungen, denn seit Gellers und meinem Aufeinandertreffen waren allerhöchstens dreieinhalb Stunden vergangen. Trotzdem stand er nun, medizinisch optimal versorgt, vor mir – fit und bereit zur Begehung der nächsten von seinem Boss angeordneten Straftaten.

„Tom!“, stieß Lena, die mich mittlerweile entdeckt hatte, hervor und machte unwillkürlich einen Schritt auf mich zu, doch Scheffler packte sie am Oberarm und riss sie grob zurück.

„Hiergeblieben.“

„Verdammt noch mal, Scheffler“, entfuhr es mir. „Jetzt bleiben Sie gefälligst auf dem Teppich!“

Geller funkelte mich an. „Halt die Schnauze, sonst kriegt die Alte noch eins rein.“ Drohend bewegte er sich auf Lena zu und schlug ihr mit der flachen Hand seines unverletzten Armes ins Gesicht. Lenas Kopf flog zur Seite, und ein dünnes Rinnsal Blut lief ihr von der aufgeplatzten Lippe das Kinn hinunter.

Eine Welle des Zorns packte mich, doch wie schon mehrmals in den letzten Stunden unterdrückte ich sie und wandte mich an Brüggemann.

„Hatten wir nicht vereinbart, dass Sie Frau Craemer anständig behandeln sollten?“

Brüggemann schaute mich gespielt entschuldigend an. „Das hatten wir, Herr Heine, aber Sie wissen ja, wie das mit Angestellten ist. Gutes Personal ist heutzutage so schlecht zu bekommen.“ Er lachte überheblich.

Geller fiel in sein Lachen ein, doch Scheffler war anzusehen, dass ihn die Bemerkung Brüggemanns weit weniger amüsierte als den dürren Kerl an seiner Seite. Zum Personal gezählt zu werden, gefiel ihm wohl nicht.

Im nächsten Moment stolperte Lena einen weiteren Schritt nach vorn, als Scheffler seiner Wut mit einem Stoß in ihren Rücken Luft machte.

Brüggemann schnalzte ungehalten mit der Zunge. „Genug jetzt. Wir wollen doch nicht, dass sich unser junger Freund zu unüberlegten Handlungen hinreißen lässt. Am Ende weigert er sich noch, den Austausch durchzuführen.“ Wieder lachte er, und ich fragte mich, was an dieser Aussicht so komisch war.

Es sollte nicht lange dauern, bis ich es erfuhr.

„Tom“, rief Lena mir zu, die sich in der Zwischenzeit mit dem Ärmel das Blut aus dem Mundwinkel gewischt hatte. Rote Flecken machten sich auf dem weißen Stoff breit. „Du hättest nicht kommen dürfen. Jetzt werden sie uns beide umbringen!"

Ich zwinkerte ihr, wie ich hoffte, aufmunternd zu. „Ehrlich wahr, Sherlock?"

Es war ja nicht gerade so, als sei mir die Idee, dass ich in eine Falle tappte und man uns beide verschwinden lassen würde, nicht auch gekommen, aber solange ich eine Chance sah, dass wir mit einer Übergabe des für Brüggemanns Operation belastenden Materials einigermaßen ungeschoren aus der Sache herauskommen konnten, wollte ich mein Möglichstes tun, um alles doch noch zu einem für uns guten Ende zu bringen. Dabei war mir durchaus bewusst, dass besagte Chance ausgesprochen gering war.

Aber wie ich schon sagte: Manchmal kann man einfach nicht anders.

„Das geht schon klar", versuchte ich sie zu beruhigen. „Ich reiche die Kopien rüber, und dann verschwinden wir zwei von hier."

„Mein Gott, Tom, das hier ist doch kein Film. Wenn du ihnen das Beweismaterial übergibst, sind wir erledigt."

An dieser Stelle mischte sich Brüggemann ein.

„Wenn er es nicht tut, allerdings auch."

Er grinste, und ich sah, wie sich Lenas Augen weiteten und ihr Gesicht alle Farbe verlor.

Schwungvoll wandte sich Brüggemann mir zu. „Sie haben also das Material bei sich?"

Ich nickte.

„Dann würde ich vorschlagen, dass Sie es mir sofort und unter Vermeidung allzu hektischer Bewegungen übergeben."

„Erst lassen Sie Frau Craemer von Bord gehen. Wenn ich sehe, dass sie sich oben auf der Hafenmauer in Sicherheit befindet, übergebe ich Ihnen das Belastungsmaterial, und Sie können es sich ansehen. Sie riskieren nichts, denn schließlich haben Sie ja immer noch mich, und Sie dürfen mir glauben, dass mir etwas an meinem Leben liegt."

Brüggemann schmunzelte vor sich hin und schüttelte den Kopf. „Das glaube ich Ihnen aufs Wort, aber Sie haben gar keine Wahl, als auf meine Bedingungen einzugehen, denn just in diesem Augenblick ist der Lauf eines Scharfschützengewehrs auf Ihren Kopf gerichtet. Mein Assistent, der dort oben in der Kabine des Ladekrans liegt, ist wahrlich ein Mann mit vielen interessanten Talenten. Wenn Sie mir die Unterlagen also nicht freiwillig übergeben, genügt ein kleines Zeichen von mir, und ich werde das Material mit einer nur sehr geringen und für mich mehr als unerheblichen Zeitverzögerung aus Ihren toten, kalten Fingern nehmen."

Ich lachte ungläubig.

Brüggemann zuckte die Achseln. „Wenn Sie mir nicht glauben, Herr Heine, dann lassen Sie sich von Frau Craemer bestätigen, dass der rote Zielpunkt eines Laserzielgeräts unverrückbar auf Ihrem Hinterkopf ruht."

Blitzschnell wirbelte ich herum, sodass besagter Punkt nun auf meine Stirn gerichtet sein musste, doch so sehr ich auch die Augen nach oben verdrehte, war es mir nicht möglich, ihn zu entdecken. Langsam wandte ich mich wieder um und blickte fragend zu Lena hinüber, während mir in Erwartung ihrer Antwort ein kalter Schauer über den Rücken lief.

Ihre Reaktion war wie erwartet.

Sie nickte.

17.
5.24–5.56 Uhr

Mistmistmist!

Geller stieß ein unangenehmes Lachen aus – zu einem anderen war er wahrscheinlich auch nicht fähig –, und Brüggemann, Scheffler und der Bär grinsten, als freuten sie sich diebisch über einen gelungenen Scherz auf meine Kosten. Da hatte ich mich ja schön leimen lassen.

Und jetzt, du Aushilfsheld?

Zum hundertsten oder tausendsten Male in dieser vermaledeiten Nacht wirbelten meine Gedanken durcheinander, und es stand zu befürchten, dass es auch eines der letzten Male sein würde. Ich dachte an Watson und hoffte inständig, dass der kleine Kerl tatsächlich bald gefunden würde, denn eine lange Zeit im Auto würde er nicht überstehen – nicht wenn es heute wieder ebenso heiß werden würde wie in den vergangenen Wochen.

Tut mir leid, Kumpel, dachte ich. Da hat mein Unterbewusstsein wohl doch etwas zu fest mit meiner Rückkehr gerechnet.

Brüggemanns Stimme riss mich aus meinen trüben Gedanken. „Die Kopien bitte."

Er streckte die Hand aus, und ich griff in meine Hosentasche und reichte ihm die Kapsel. Er begutachtete das Ding und sah mich dann fragend an.

„Sie müssen den Deckel abschrauben", erklärte ich.

Er nickte und tat, wie ihm geheißen. Jedenfalls versuchte er es. Nachdem er sich eine Weile mit dem Deckel abgemüht hatte, streckte er mir das Röhrchen wortlos entgegen.

Na toll! Willkommen in der Welt der Grobmotoriker.

Ich nahm die Kapsel, schraubte den Deckel ab und reichte ihm alle Bestandteile zurück.

Leicht kippte er den längeren Teil, und ein zufriedenes Lächeln breitete sich auf seinen Zügen aus, als die zusammengerollten Streifen Mikrofilm in seine Handfläche fielen.

Scheffler und der Bär reckten ihre Hälse, um zu sehen, was vorging, nur Geller löste seine Augen nicht eine Sekunde lang von Lena, die ihren Kopf hängen ließ, als sie erkannte, was dort in Brüggemanns Hand lag.

Brüggemann schob die Streifen in das Röhrchen zurück und wollte es gerade verschrauben, als ein gemeines Lächeln über sein Gesicht huschte. Er wandte sich wieder an mich und drückte mir das Röhrchen und den Deckel in die Hand.

„Ach, schrauben Sie es doch zu“, sagte er gönnerhaft.

Das durfte doch wohl nicht wahr sein! Jetzt wollte dieser sadistische Mistkerl auch noch, dass ich die Kapsel verschraubte, von der mein Leben abhing. Auf diese Weise würde ich vor aller Augen bildlich und tatsächlich mein eigenes Schicksal besiegeln.

Trotzig schob ich meine Hände in die Hosentaschen.

Brüggemanns Augen verengten sich. Er nickte in Richtung des Krans. „Machen Sie schon.“ Seine Stimme klang gefährlich leise.

Ich holte tief Luft, beherrschte mich jedoch. Dann zog ich meine Hände wieder aus den Taschen und tat wie mir befohlen. Brüggemann nickte zufrieden und streckte seine Hand aus. Ich ließ das Röhrchen hineinfallen und steckte meine Hände zurück in die Hosentaschen.

Zufrieden schloss Brüggemann seine Finger um die Kapsel. „Jetzt müssen wir nur noch sichergehen, dass es sich bei Ihrem kleinen Mitbringsel um die wirklichen Kopien handelt“, sagte er. „Mit bloßem Auge lässt sich das ja leider nicht erkennen.“

Ich zuckte die Achseln. „Vielleicht sollten Sie sich von dem Geld, das Sie durch Ihre Drecksgeschäfte verdienen, eine Brille kaufen.“

Brüggemann grinste mich an, doch die Art, in der er das tat, hätte jeden Hai sofort dazu gebracht, schleunigst ans andere Ende des Ozeans zu schwimmen. Mir bot sich diese Fluchtmöglichkeit nicht, und so konnte ich nichts weiter tun, als einfach nur dazustehen.

„Dann werden wir uns wohl die Zeit nehmen müssen, mit den geeigneten Geräten ein wenig genauer hinzuschauen, bevor wir uns endgültig von Ihnen trennen können“, stellte er fest. Er winkte dem

Bären zu. „Bringt sie in den vorderen Lagerraum und verstaut sie in einem Container. Die Zeit, bis das Schiff ablegt, sollte reichen, um die Authentizität der Mikrofilme festzustellen. Auf jeden Fall kommen wir so noch bis heute Nachmittag an die beiden heran, falls sich doch herausstellen sollte, dass Herr Heine uns zu übertölpeln versucht hat." Er schaute von mir zu Lena und wieder zurück. „Sie müssen nämlich wissen, dass dieses Schiff heute gegen 17 Uhr nach Rotterdam aufbricht. Und Sie werden an Bord sein. Gefesselt und geknebelt natürlich, damit die Besatzung nichts merkt."

„Wo ist die eigentlich?", unterbrach ich ihn. Aus Brüggemanns Bemerkung schloss ich, dass die Schiffsbesatzung nicht in seine Pläne eingebunden war, sondern einfach nur ihrer normalen Arbeit nachging. Insofern wäre es sehr nützlich für uns gewesen, wenn sie plötzlich aufgetaucht und Zeugen unserer Verschleppung geworden wäre.

Leider wurde meine Hoffnung sogleich enttäuscht.

„Im besten Bordell von Ruhrort", erklärte Brüggemann zufrieden. „Ich hatte bereits gestern Abend Vorsorge für einen Fall wie diesen hier getroffen und den schwer arbeitenden Herren eine ganze Nacht in besagtem Etablissement spendiert. So, wie die Dinge lagen, konnte man ja nie wissen, was noch alles passieren würde und wozu man ein wenig Privatsphäre gebrauchen könnte."

„Sie sind halt ein Menschenfreund", spuckte Lena sarkastisch aus.

Er neigte den Kopf, als nehme er die Ovationen eines beglückten Publikums entgegen. „Ich bin sogar so sehr Menschenfreund, dass ich Ihnen beiden eine Fahrt in ein weit entferntes, sonniges Land spendieren werde. Ihre Reise werden Sie in dem Container verbringen, in den wir Sie gleich sperren werden und der selbstverständlich in Rotterdam auf ein hochseetaugliches Schiff verladen wird. Ich habe gehört, dass es in Nigeria trotz der dort herrschenden Zustände Strände gibt, die einfach wunderschön sein sollen. Zu schade, dass Sie verhungert und verdurstet sein werden, bis Sie dort ankommen. Sie können sich freuen, Frau Craemer. Auf diese Weise können Sie einen Teil der von Ihnen gesuchten illegalen Ware sogar persönlich bis zu ihrem Bestimmungsort begleiten. Das ist doch fantastisch! Allerdings werde ich meinen Vertragspartner davon in Kenntnis setzen müssen, dass er sich anschließend um Ihre sterblichen Überreste kümmern muss, doch das dürfte ihm nichts ausmachen. Und Ihnen wird es zu diesem Zeitpunkt ebenfalls egal sein."

Er hob einen Arm und winkte in Richtung des Krans. Kurz darauf öffnete sich eine Tür, und ein Mann erschien auf der die Kabine umgebenden Plattform.

Brüggemanns Assistent.

Ich beobachtete, wie er sich sein Gewehr über die Schulter hängte und die Sprossenleiter zur Mole hinunterzuklettern begann. Gleichzeitig wurden Lena und ich gepackt, Lena von Geller und ich von einer der schinkengroßen Hände des Bären. Gefolgt von Scheffler, zogen sie uns in Richtung des Bugs der *Hoek van Holland.* Brüggemann blieb am Heck stehen und warf immer wieder das Röhrchen mit dem Mikrofilm in die Luft, nur um es im nächsten Augenblick zufrieden grinsend wieder aufzufangen.

Während Geller sie vorwärtszerrte, wandte sich Lena stolpernd zu Scheffler um.

„Das können Sie doch nicht zulassen, Scheffler! So weit können Sie nicht gehen! Das ist Mord, was Sie da vorhaben!"

Ich verzichtete darauf, sie daran zu erinnern, dass Scheffler versucht hatte, mich kaltblütig zu erschießen, und dass ich es nur dem Zufall zu verdanken hatte, dass ich diesen Versuch überlebt hatte. Von dem, was mit dem armen Carlo geschehen war, einmal ganz zu schweigen. Ich ging daher nicht davon aus, dass es ihrem ehemaligen Chef allzu viel Kopfzerbrechen bereiten würde, wenn er uns auf unsere ungewollte Kreuzfahrt schicken musste.

Es sei denn ...

Ja, das war einen Versuch wert.

Außerdem kam es in dieser Nacht der schlechten Pläne kaum auf einen weiteren an.

Und so sagte ich: „Ach, lass ihn, Lena. Der macht sowieso, was sein Boss Brüggemann ihm sagt. Dem ist doch alles egal."

Scheffler reagierte nicht, doch seine Kaumuskeln verkrampften sich. Ich hatte einen wunden Punkt getroffen. Brüggemanns scherzhafte Aussage über die Qualität des heutigen Personals hatte ihn also tatsächlich ziemlich erzürnt, auch wenn er es sich nicht groß hatte anmerken lassen. Ich war froh, dass mein Blick in diesem Moment zufällig auf Scheffler gefallen war.

Doch Eile war geboten. Schon waren wir Backbord am ersten bereits mit Platten verschlossenen Frachtraum vorbeigestolpert und näherten uns dem zweiten. Und dahinter gähnte der offene Schlund des letzten Frachtraums, des einzigen, der noch offen und bereit für weitere Verladearbeiten war.

Nur dass ich nicht vorhatte, mich verladen zu lassen.

Ich wandte mich wieder an Scheffler. „Stimmt doch, oder? Hauptsache es kommt genug Kohle rüber, dann ist es doch egal, wer einen rumscheucht. Vater Staat, Brüggemann – alles wurscht, solange die Kasse stimmt."

„Halten Sie den Mund, Heine!", zischte Scheffler, und der Bär zerrte mit einem gewaltigen Ruck an meinem Arm.

„Sei schlau, Freundchen, und hör auf den Mann, sonst reiße ich dir den Arm aus."

Hast du ohnehin schon fast getan, dachte ich und versuchte, mein Gesicht ruhig zu halten und nicht schmerzhaft zu verziehen. Stattdessen grinste ich Scheffler gehässig an.

„Schöner Anzug übrigens, Scheffler", sagte ich. „Haben Sie den von Ihren 30 Silberlingen selbst gekauft, oder hat Brüggemann das gute Stück für Sie ausgesucht?" Ich lachte dreckig. Scheffler schnappte wütend nach Luft.

Gleichzeitig bemerkte ich, wie Lena mir einen komischen Blick zuwarf. Ich zwinkerte ihr zu und schaute dann kurz zu Geller hinüber, der davon glücklicherweise nichts mitbekam. Lena runzelte die Stirn. Ich drehte meine Augen schnell in Richtung Scheffler und dann wieder zu Geller. Blieb nur zu hoffen, dass sie verstanden hatte.

Mittlerweile hatten wir das Ende des mittleren Frachtraums erreicht. Viel Zeit blieb mir also nicht mehr, meinen Plan umzusetzen.

Aber Scheffler war schwer zu knacken. War also nichts damit, ihn so aufzustacheln, wie Jago es einst mit Othello getan hatte, denn der hatte alle Zeit der dazu Welt gehabt. Mir blieben nur noch etwa drei Meter.

Daher ade, du Shakespeare'sche Subtilität. Es war Zeit für den Schlag mit dem Holzhammer.

Ich wandte mich an Lena. „Hat der in Düsseldorf vor den Großkopfeten auch schon so den Arsch zusammengekniffen?"

Noch ein Meter.

„Jetzt reicht's!", donnerte Scheffler, dessen Gesicht derart anlief, dass es so aussah, als würde sein Kopf jeden Moment explodieren – was mir selbstverständlich sehr recht gewesen wäre.

„Reißen Sie sich zusammen." Der Bär war stehen geblieben und mit ihm der Rest von uns. Seine Worte klangen scharf, und sie waren die falschesten, die er in dieser Situation hatte wählen können, denn sie machten ihn zu noch jemandem, der meinte, Scheffler herumkommandieren zu dürfen.

„Du hältst dich da raus!", schrie Scheffler.

Sauber! Nur noch ein kleiner Stoß. Und ein letztes Mal schwang ich den Holzhammer.

„Dass Kollege Geller sich von Brüggemännchen herumkommandieren lässt, kann ich ja noch verstehen. Der braucht schließlich seine ganzen beiden IQ-Punkte, um sich einigermaßen aufrecht fortbewegen zu können. Aber von Oberkriminalrat Scheffler", verkündete ich und betonte den Titel mit besonders ausgeprägtem Ätzen in der Stimme, „hätte ich das nicht erwartet."

Und damit verwandelte sich der folgende Augenblick in einen weiteren, in dem man alles in erstaunlichem Detailreichtum wahrnahm.

Scheffler stieß einen wütenden Schrei aus und stürmte mit zum Schlag erhobener Pistole auf mich zu. Wenn er mich damit träfe, täte es weh. Verdammt weh.

Blitzschnell sah ich mich um. Der Punkt, den wir erreicht hatten, war günstig.

Gleichzeitig rastete auch Geller aus, der mittlerweile wohl ebenfalls begriffen hatte, dass er beleidigt worden war.

Bis hierher hatte mein notdürftiger Plan jedenfalls hervorragend funktioniert. Scheffler hatte mich fast erreicht. Ich hörte den Bären fluchen, und dann wurde ich mit einem Schwung, der mich die Zentrifugalkraft am eigenen Leibe spüren ließ wie nie zuvor in meinem Leben, aus Schefflers Reichweite gerissen.

Während ich zeitweise den Boden unter den Füßen verlor und einen weiten Bogen am Ende des langen Arms des Bären beschrieb, wurde mir, wenn auch nur für Sekundenbruchteile, ein köstlicher Anblick zuteil. Lena hatte sich entweder aus Gellers Griff befreit oder er hatte sie losgelassen, um mich angreifen zu können. Das war allerdings eine sehr schlechte Idee gewesen, denn mit einem saftigen Whump! traf ihn Lenas Fuß genau zwischen den Beinen.

Strike!

Mit einem tierischen Aufschrei verkrallte der Hungerkünstler seine Hände im Schritt und sank würgend und japsend auf die Knie. Geschah ihm recht.

Mit einem Ruck beendete ich meinen Flug und kam so abrupt zum Stehen, dass mir die Knochen im Leibe durcheinandergeschüttelt wurden.

Ich spürte, wie sich der Griff des Bären lockerte, als er Scheffler mit seinem anderen Arm von mir fernzuhalten versuchte. Von Gellers Schicksal hatten sie anscheinend noch nichts bemerkt.

„Nicht jetzt", hörte ich den Bären fluchen. „Wir brauchen sie vielleicht noch!"

In diesem Augenblick riss ich mich los.

„Scheiße!" Der Bär wirbelte zu mir herum, doch er hatte keine Chance. Mit einem schnellen Ausfallschritt hatte ich den Haken erreicht, der vom Kran herunter oberhalb des Randes der Ladeluke hing. Ihn hatte ich erreichen wollen, und nun hatte mir der Bär dadurch, dass er mich den Rest des Weges geschleudert hatte, sogar noch die letzten paar Schritte abgenommen.

Zum Dank packte ich den Haken, ein schweres, massives Ding,

das etwa so groß wie ein menschlicher Kopf sein musste, und schleuderte ihn nach vorne. Schon wirbelte er auf den Schädel des Bären zu.

Mir war von vornherein klar gewesen, dass ich gegen den Bären keine faire Chance hatte, und so hatte ich darauf gesetzt, dass mir eine unfaire weiterhelfen würde.

In einer Reflexbewegung riss der massige Mann beide Arme schützend vor seinen Kopf, doch es war zu spät. Der Stahlhaken kollidierte mit seinem Schädel und riss mit seinem Schwung den ganzen Bären nach hinten. Dessen massiger Körper prallte gegen Scheffler, und in einem Knäuel aus Armen und Beinen gingen beide zu Boden.

Ich machte die Beckerfaust und stieß einen Kriegsschrei aus. Dann sah ich zu Lena hinüber. Sie hatte sich über Geller gebeugt und kam mit seiner Waffe in der Faust wieder hoch.

In diesem Moment prallte neben mir die erste Kugel von der Umfassung der Ladeluke ab.

Brüggemanns Assistent war unser Kampf selbstverständlich nicht entgangen. Nun, da nur noch Lena und ich auf den Beinen waren, nutzte er die Gunst der Stunde und eröffnete von der Hafenmauer aus das Feuer auf uns.

Allerdings blieben wir nicht auf den Beinen. Während die nächsten Kugeln um uns durch die Luft pfiffen, warfen wir uns auf das Deck.

Das war der Moment, den Geller, der wohl den ersten großen Schmerz überstanden hatte, sich aussuchte, um mit einem lauten Fluch auf Lena zuzustürzen. Zu dumm, dass er sich dafür zunächst aufrichten musste.

Ich sah gerade noch, wie eine hässliche rote Blume an seiner Schulter aufblühte, als ihn eines der Geschosse aus dem automatischen Gewehr des Assistenten traf. Geller schrie auf und wurde nach hinten geschleudert, prallte gegen die Reling und sackte an ihr herunter. Dann blieb er reglos liegen.

Ein paar weitere Schüsse peitschten durch den unfriedlichen

Morgen, doch schließlich kehrte Stille ein. In die Feuerpause hinein erklang Scheffler Stimme.

„Hör auf zu schießen! Ich schnapp sie mir!"

Na prima.

Während Lena und ich uns zwischen der niedrigen Umgrenzung des Frachtraums und der Reling auf die von der Sonne des Vortags noch immer warmen Metallplatten des Decks pressten, um dem Assistenten kein Ziel zu bieten, lag Scheffler außer Sicht zwischen dem zweiten Laderaum und dem unseren. Er brauchte bloß aufzustehen, was jetzt, da Brüggemanns Assistent zu schießen aufgehört hatte, ohne Gefahr möglich war, und hätte uns genau im Visier.

Und exakt das tat er, nachdem er ein paar Sekunden hatte verstreichen lassen, um sicherzugehen, dass man seiner Aufforderung nachgekommen war.

In dem diffusen Licht, in dem der Morgen noch immer mit der Nacht rang, ragte er plötzlich über uns auf, höchstens vier, fünf Schritte entfernt.

Auf die kurze Entfernung konnte ich sehen, wie seine Augen siegessicher aufleuchteten. Er hob die Pistole. Ein leises Klicken drang an meine Ohren, als er den Hahn zurückzog, um ihn zu spannen.

Da schoss ihm Lena ins Bein. Der Schuss donnerte unmittelbar hinter mir, und vor meinen Augen löste sich Schefflers Kniescheibe in einem Schauer aus blutigen Partikeln auf. Seine Pistole fiel klappernd auf das Deck, er verlor die Beherrschung über sein Bein und knickte halb seitlich, halb vorwärts weg. Der Schock musste unglaublich sein, denn ich sah ihn den Mund wie ein Fisch auf dem Trockenen immer wieder auf und zu klappen, ohne dass sich ihm ein Laut entrang. Dann stürzte er. Genau in den Rachen des offenen Frachtraums hinein. Kurz darauf ertönte aus dem Bauch des Schiffes ein dumpfer Aufprall.

Scheffler hatte nicht wissen können, dass Lena im Besitz von Gellers Waffe war. Ein verhängnisvolles Informationsdefizit.

Ohne meine Deckung zu verlassen, rollte ich mich nach vorn und packte Schefflers Automatik, die neben dem immer noch bewusstlosen Bären auf den Metallplatten gelandet war. Immerhin befanden sich mit Brüggemann und seinem Assistenten noch zwei weitere Bewaffnete in der Nähe, die uns nicht allzu wohlgesinnt waren.

Als ich ihn bei meinem Zugriff kurz berührte, stieß der Bär ein leises Stöhnen aus. Schnell zog ich mich von ihm zurück. Ein verwundetes Tier ist bekanntlich das gefährlichste.

Ich drehte mich auf dem Bauch zu Lena um.

„Was jetzt?“

Sie starrte in Richtung des Hecks, der Richtung, aus der ein Angriff erfolgen musste.

„Ich kann von hier aus nicht viel sehen“, antwortete sie, „aber ich nehme an, dass wir jeden Moment Besuch kriegen werden. Wenn nicht gleich von beiden, dann zumindest von Brüggemanns Gehilfen.“

Sie hatte recht. Von irgendwo jenseits des mittleren Frachtraums erklangen gedämpfte Stimmen, dann leise Geräusche.

Schritte.

„Hast du einen Plan?“ Mein Flüstern war dringlich.

Lena nickte. „Bleib hier.“

Und dann war sie auf den Beinen, untersuchte mit fliegendem Blick die Umgebung, rannte wie eine Wahnsinnige auf den zweiten Frachtraum zu und warf sich nach vorn. Ich hob den Kopf und sah ihr hinterher. Wäre der Frachtraum nicht abgedeckt gewesen, dann hätte sie jetzt Schefflers Schicksal geteilt, doch so landete sie auf der Metallabdeckung und schlidderte, von ihrem Schwung getragen, bäuchlings auf das andere Ende der großflächigen geschlossenen Luke zu.

Vom Heck her rannte eine geduckte Gestalt in unsere Richtung. In den Händen hielt sie einen länglichen Gegenstand. Brüggemanns Assistent mit seinem Gewehr.

Als er Lena aus der Deckung hechten sah, richtete er sich auf und legte noch einen Zahn zu. Im Laufen riss er das Gewehr an die Schulter und gab mehrere Feuerstöße ab.

Überall um Lena herum prallten Kugeln von den Metallplatten und ließen kleine Funken aufstieben. Dann erwiderte sie das Feuer. Eine Reihe leuchtender Flammenzungen aus ihrer Waffe leckten auf den Assistenten zu und abrupt, ganz so, als sei er gegen eine Mauer gerannt, stoppte er in seinem Lauf und brach zusammen.

Lena rutschte weiter bis ans Ende der Abdeckung, schoss über ihren Rand hinaus und verschwand aus meinem Blickfeld.

Einige Sekunden verstrichen, in denen ich all meine Sinne anstrengte, um herauszufinden, was vor sich ging. Schließlich richtete sich Lena hinter der Ladeluke auf und blickte zu mir herüber.

„Alles in Ordnung. Er ist keine Gefahr mehr."

Kaum waren ihre Worte verklungen, als ich an der Gangway der *Hoek van Holland* eine Bewegung wahrnahm.

Brüggemann!

Nachdem er in kürzester Zeit all seine Helfer verloren hatte, war er wohl zu der Erkenntnis gelangt, dass es besser sein würde, sein Heil in der Flucht zu suchen. Mit einer Schnelligkeit, die ich ihm gar nicht zugetraut hätte, stürmte er über die Gangway und hetzte die Treppe zu den Lagerhallen hinauf.

„Lena!" Ich deutete auf den Flüchtenden.

Sie folgte meinem ausgestreckten Finger und war wie der Blitz auf den Beinen.

„Ich bleibe an ihm dran! Du, hau ab zu deinem Auto und verschwinde von hier. Ich finde dich, wenn alles vorbei ist!"

Und damit jagte sie los.

Als sie an der Gangway ankam, erreichte Brüggemann gerade den Kopf der Treppe und verschwand. Wie der Wind fegte sie ihm hinterher und war Sekunden später ebenfalls nicht mehr zu sehen.

Schön, war ich eben wieder allein.

Erschöpft von den letzten Minuten wollte ich mich auf die Deckplatten sinken lassen, mich einfach nur irgendwo anlehnen und die Augen schließen. Stattdessen starrte ich auf meine Hände, in denen ich noch immer Schefflers Waffe hielt. Bei diesem Anblick meldete sich auch sogleich mein Gehirn wieder zu Wort und sagte mir, was ich eigentlich gar nicht hören wollte, nämlich, dass ich, wenn ich schon im Besitz einer Waffe war, auch ruhig Nägel mit Köpfen machen und Lena bei der Jagd auf Brüggemann helfen könnte.

Schon hatte mich der Jagdinstinkt gepackt, der wohl noch in den meisten von uns schlummert, egal wie lange es schon her ist, dass wir die Höhlen verlassen haben, und egal wie sehr wir versuchen, ihn zu leugnen.

So ein Mist! Dabei hatte ich Lenas Idee mit dem Abhauen gar nicht mal so schlecht gefunden.

Aber sei es drum. Auch dies war wohl eine der Situationen, in der einem nicht wirklich eine Wahl blieb.

Ich zuckte die Achseln und trabte los in Richtung Gangway. Auf dem Weg passierte ich den Körper des Assistenten und warf einen kurzen Blick darauf. Das reichte mir auch schon. Seine Hemdbrust war rot, und nur hier und da blitzten noch ein paar weiße Flecken Hemdstoff durch das Blut. Mir wurde flau, und ich wandte den Blick wieder ab. Dann setzte ich meinen Weg fort.

Oben auf der Hafenmauer angekommen, sah ich mich um.

Keine Spur von Lena oder dem flüchtigen Brüggemann.

„Lena!“

Keine Antwort.

Wohin sollte ich mich jetzt wenden?

Nach einem weiteren Blick in die Runde entschied ich mich für das Tor des Lagerhauses, aus dem der Bär gekommen war, um mich auf die *Hoek van Holland* zu treiben. Ich drückte die Klinke herunter, und die in das Tor eingelassene Tür ließ sich ohne Widerstand öffnen. Vorsichtig streckte ich meinen Kopf ins Innere des Lagerhauses.

Einen Moment lang lauschte ich in die Dunkelheit, dann rief ich erneut Lenas Namen. Wieder erhielt ich keine Antwort. Auch sonst war nichts zu hören. Ich schloss die Tür und trabte zu der mir am nächsten gelegenen Gasse zwischen den Lagerhäusern. Auch hier gab es keinerlei Anzeichen dafür, dass Lena oder Brüggemann in der Nähe waren und sich ein letztes großes Gefecht lieferten.

Ich musste mich wohl damit abfinden, dass ich zu lange für meine Entscheidung gebraucht hatte, ihnen zu folgen. Und nun waren sie auf Nimmerwiedersehen verschwunden.

Blieb nur noch das Auto. Vielleicht würde ich sie ja finden, wenn ich die Gegend abfuhr und nach ihnen Ausschau hielt. Unter den gegebenen Umständen schien mir das die sinnvollste Lösung zu sein. Außerdem käme ich auf diese Weise sogar indirekt Lenas Aufforderung nach, mich in meinen Wagen zu setzen. Zwar würde ich nicht aus der Gegend verschwinden, wenn ich hier in Ruhrort herumfuhr und nach ihr suchte, aber die Erfüllung einer von zwei durchzuführenden Aufgaben war meiner Ansicht nach auch schon nicht schlecht.

Zufrieden mit dieser Idee rannte ich zu meinem Auto.

Unterwegs fiel mir auf, dass es bereits beträchtlich heller geworden war. Die Färbung des Himmels hatte sich von einem sehr dunklen in ein erstaunlich luftiges Grau verwandelt, und hier und da riskierten es die ersten roten Farbtupfer und gewagten Pinselstriche, sich unter das blasse Licht des frühen Morgens zu mischen.

Ein kurzer Blick auf meine Uhr verriet mir, dass es fast sechs war.

Eigentlich Zeit für einen Kaffee, wenn man schon auf sein musste, dachte ich.

Wenig später erreichte ich meinen Wagen. Er stand unberührt und so, wie ich ihn zurückgelassen hatte, in der Gasse, und fast schien es mir, als habe er meine Rückkehr erwartet.

Als ich den Schlüssel aus der Hosentasche ziehen wollte, fiel mir auf, dass ich noch immer Schefflers Automatik in der Hand hielt, und so steckte ich sie mir hinten in meinen Hosenbund, um die Hände freizuhaben und die Fahrertür leichter aufschließen zu können.

Watson, der sich auf dem Fahrersitz zusammengerollt hatte, hob den Kopf von den Pfoten und blinzelte, als er hörte, wie ich die Tür öffnete.

„Schön, dass du es dir in aller Seelenruhe gemütlich gemacht hast, während wir fast draufgegangen sind", sagte ich grinsend. Watson gähnte und streckte mir dabei die Zunge heraus. „Unverschämtheit."

Ich ergriff ihn und hob ihn hoch, bevor er in einen Begrüßungstaumel verfallen konnte. Eigentlich wollte ich ihn so schnell wie möglich auf der Rückbank absetzen, damit ich mit meiner Suche nach Lena und dem Mistkerl Brüggemann beginnen konnte. Allerdings hatte ich mich kaum halb aufgerichtet, als sich eine schwere Hand auf meine Schulter legte und mich nach oben riss. Gleichzeitig spürte ich den Druck von etwas Kaltem, Harten in meinem Nacken, das eine ganze Armee Gänse meine Wirbelsäule hinunter in Marsch setzte.

„Überraschung", flüsterte der Bär.

Das konnte man wohl sagen.

Mit der Hand auf meiner Schulter wirbelte er mich herum und drückte mich gegen den Wagen. Ich hörte ein knirschendes Geräusch hinter mir, als der Stahl von Scheffiers Pistole mit irgendeinem Metall- oder Glasteil meines Autos in Berührung kam, und dachte: „Jetzt hat der Wagen die ganze Nacht ohne eine Delle überstanden und in der letzten Minute kommt dieser Idiot und macht mir einen Kratzer rein."

Was derzeit wirklich nicht mein größtes Problem war, denn in der nächsten Sekunde presste mir der Bär die Mündung seiner Pistole gegen die Stirn, wo sie sich immer noch hart und kalt anfühlte. Ein schneller Blick nach oben ließ ihren Lauf wie das Rohr einer Kanone aussehen.

Das würde eine schöne Sauerei geben, wenn er abdrückte.

Erstaunlicherweise fühlte ich mich völlig ruhig. Das war vermutlich nichts anderes als das Ergebnis des Schocks, doch noch erwischt worden zu sein, kurz bevor ich ungeschoren davonkommen konnte.

Hinter der ausladenden Form seiner Waffe sah ich das Gesicht des Bären. Die rechte Seite, an der ihn der Haken getroffen hatte, war geschwollen und mit Blut bedeckt, das aus einer hässlichen Platzwunde an seiner Stirn strömte. Seine Augen waren zusammengekniffen, weniger aus Wut, wie ich annahm, als vielmehr in dem Versuch, sich zu konzentrieren, denn die Kollision mit dem Haken musste seinen Schädel ganz schön durchgerüttelt haben. Er war zwar immer noch bedrohlich und das Blut, das sein Gesicht in eine weiße und eine rote Hälfte unterteilte, verlieh ihm ein maskenhaftes, fast wahnsinniges Aussehen, doch wirkte er gleichzeitig schwer angeschlagen und so, als koste es ihn all seine noch verbliebene Kraft, die Waffe auf mich zu richten. Ich konnte es ihm nicht verdenken. Jeder andere wäre nach dem Schlag, den er gegen den Schädel bekommen hatte, erst einmal liegen geblieben und hätte sich die nächsten acht Tage von einer Krankenschwester verwöhnen lassen.

„So, mein Freund", sagte er, und seine Stimme klang nach Höhlenleben und Prankenhieb, „du hast mir das letzte Mal dazwischengefunkt."

Mein Magen krampfte sich auf die Größe einer Walnuss zusammen.

Gleichzeitig begann Watson, den ich immer noch auf meinen Armen hielt, sich zu regen. Angestrengt versuchte er, sich aus meinem Griff zu winden.

Ich sah ihn seinen Hals recken und den Kopf heben und gleichzeitig meine letzte Chance.

Mit entschlossenen Fingern griff ich nach der provisorischen Halskrause des Hundes und drückte zu.

Ein erschrecktes, schmerzgepeinigtes und vor allem wütendes Jaulen zerriss die morgendliche Idylle, und ein ziemlich saurer Watson schnappte nach dem Erstbesten, das sich seinen Kiefern darbot – der Hand des Bären.

Dic Milchzähne eines nur wenige Monate alten Welpen sind zwar nicht mit dem Gebiss eines Säbelzahntigers zu vergleichen, doch wenn sie einen unvorbereitet erwischen, können sie schon dazu führen, dass man seine Hand in einer unwillkürlichen Zuckung aus ihrem Einflussbereich fortreißt.

Und genau das tat der Bär.

Hand und Pistole flogen himmelwärts. Gleichzeitig riss ich meinen Kopf zur Seite, und so machte sich die Kugel, die sich aus der Pistole löste, als er seinen Zeigefinger reflexartig um den Abzug krümmte, auf den Weg durch die laue Morgenluft, ohne dabei vorher mein Gehirn zu durchschlagen.

Ebenso instinktiv, wie der Bär abgedrückt hatte, ließ ich Watson fallen und hieb meinem Widersacher mit voller Kraft gegen seine Platzwunde.

Der Bär schrie auf und taumelte unwillkürlich einen Schritt nach hinten, wobei ihm der Welpe zwischen die Füße geriet. Für einen Moment sah es so aus, als legten die beiden ein Tänzchen aufs Parkett, dann verlor der Bär die Kontrolle und den Boden unter den Füßen. Unsanft schlug er auf dem Pflaster auf. Seine Pistole klapperte über die Steine.

Wütend wälzte er sich zur Seite, um nach der Waffe zu greifen, doch ich unterbrach ihn in seiner Bewegung.

„Lass es!"

Er drehte sich zu mir und erstarrte.

Ich hatte Schefflers Pistole aus dem Hosenbund gezogen und richtete sie auf den Bären. Meine Hand zitterte nicht, als ich den Hahn mit einem Klicken zurückzog.

„Das traust du dich doch sowieso nicht", sagte der Bär betont ruhig.

Ich schwieg.

Er lachte. „Keine Chance. Dazu hast du nicht den Mumm. Niemals."

Seine Hand streckte sich nach seiner Waffe.

„Bist du dir da so sicher?"

Er zögerte.

Vom Ende der Gasse erklangen eilige Schritte. Blitzschnell drehte ich den Kopf, doch es war keine zusätzlich Bedrohung, die da auf mich zukam. Es war Lena.

„Nicht, Tom!" Sie wurde langsamer, näherte sich uns vorsichtig.

Ich wandte mich wieder dem Bären zu. Seine Finger hatten sich ein wenig weiter auf seine Waffe zubewegt.

Er sah, dass ich es bemerkte, und ich lächelte.

„Na, komm schon", forderte ich ihn auf. „Greif danach. Dann

werden wir beide herausfinden, ob ich den Mumm habe oder nicht. Das interessiert mich auch."

Eine kleine Ewigkeit lang starrten wir uns an, dann flackerte Unsicherheit in seinen Augen auf.

Langsam zog er die Hand zurück.

Sofort war Lena heran, trat seine Waffe auf die andere Seite der Gasse, sodass sie scharf über den Boden klackerte, und richtete ihre Pistole auf den Bären.

„Okay, auf die Füße, Wollinski! Hände aufs Autodach." Sie wies auf meinen Wagen. „Beine auseinander."

Brav befolgte der Bär all ihre Anweisungen.

Watson tanzte um uns herum über das Pflaster und kläffte aufgeregt.

Aus der Ferne erklangen Polizeisirenen, die rasch näher kamen.

Mir wurden die Knie weich.

18.
7.02–7.20 Uhr

Die Sonne war aufgegangen, und schon ihre ersten Strahlen ließen einen die Nacht vermissen, egal wie heiß diese auch gewesen sein mochte. Die rasch ansteigende Wärme trieb mir den Schweiß aus den Poren, aber ich nahm an, dass ich nach den Anstrengungen der letzten Stunden ohnehin nicht wie ein Veilchen duftete. Mein Körper tat mir an bis dato unbekannten Stellen weh, und meine Kleidung war nach dem ausgiebigen Kontakt mir dem öligen Metalldeck der *Hoek van Holland* allerhöchstens noch als Putzlumpen zu gebrauchen. Doch mir war das alles egal. Was zählte, war, dass ich die Nacht überlebt hatte und nun mit Lena oben auf der Hafenmauer saß und auf die *Hoek van Holland* hinunterblickte. Watson lag zwischen uns, vor sich eine kleine Schüssel mit Wasser, die ihm ein netter Polizist besorgt hatte. Zuvor hatte ebenjener tierfreundliche Polizist einen ihm bekannten Veterinär gerufen, der die Schnitte, die ich dem kleinen Hund zugefügt hatte, ambulant in einem Mannschaftswagen vernäht hatte. Der frische Verband leuchtete und strahlte in der Sonne, und Watson schien ziemlich stolz auf seinen neuen Halsschmuck zu sein.

In meiner Freude über das Leben an sich und diesen Morgen im Besonderen griff langsam, aber sicher die Erschöpfung nach mir, und mir wurde bewusst, dass ich seit ungefähr 24 Stunden nicht geschlafen hatte. Eine Erkenntnis, die ich den Großteil der Nacht erfolgreich zu verdrängen in der Lage gewesen war.

Träge drehte ich den Kopf. Auf der freien Fläche hinter uns standen ein paar Rettungswagen und ein Hubschrauber, der vor einer guten Viertelstunde gelandet war und drei Beamte des LKA aus Düsseldorf abgeliefert hatte.

„Bei dem Älteren handelt es sich um Schefflers direkten Vorgesetzten – einen von den Herren, die die genauere Untersuchung der BImEx angeordnet haben. Einer der anderen beiden ist Kriminalrat

Lohmann von der Inneren Abteilung", hatte Lena erklärt. „Ermittlungen wegen Korruption und anderer Vergehen und Verbrechen in den Reihen der Polizei und so."

„Ich weiß", sagte ich. „Die Polizei der Polizei."

„Das ist doch schon wieder aus irgendeinem Film, oder?"

Lethal Weapon 3, dachte ich, konnte mich aber zu einer Erwiderung nicht aufraffen. Daher nickte ich nur. Lena nahm es zur Kenntnis, sagte jedoch auch nichts.

Unten auf dem Schiff waren ein paar Leute von der Spurensicherung dabei, den Tatort zu sichern und zu untersuchen – ganz so, wie es ihr Job war –, und vier kräftige Sanitäter schleppten eine Bahre mit dem halb bewusstlosen Geller die Treppe hinauf. Ein Notarzt ging ihnen voran. Lena winkte ihn zu uns herüber.

„Kommt er durch?"

Der Notarzt nickte. „Nur eine Kugel in der Schulter. Allerdings hat er Pech, denn sie ist im Knochen stecken geblieben. Da werden wir wohl noch ein bisschen an ihm rumschnippeln müssen."

Lena sah kurz zu mir herüber und senkte die Augen. „Na, so ein Ärger", hörte ich sie murmeln. Dann schaute sie wieder zum Notarzt auf. „Und der andere? Der mit den Schusswunden im Brustbereich?" Natürlich meinte sie den Assistenten.

Der Doktor wiegte den Kopf hin und her. „Den hat es wesentlich übler erwischt. Ein Lungendurchschuss, ein Steckschuss im Oberarm und ein Streifschuss am Hals. Alles dabei, was das Lehrbuch an Schussverletzungen hergibt. Da hat wohl jemand nicht so besonders genau gezielt."

Lena wandte den Blick auf den Rhein hinaus und schwieg.

„Ich denke aber, den kriegen wir auch wieder hin. Er ist mittlerweile schon auf dem besten Wege auf den OP-Tisch, und die Jungs, die gerade Dienst haben, verstehen ihr Handwerk." Er zögerte. „Haben Sie ihn angeschossen?"

Lena nickte.

Der Arzt legte ihr eine Hand auf die Schulter und drückte sie kurz. „Das wird schon."

Lena schenkte ihm ein dankbares Lächeln und schaute zurück auf den Fluss. Der Arzt nickte mir zu und folgte den Sanitätern.

Ich schaute wieder zur *Hoek van Holland.* Beim vorderen Laderaum war man gerade damit beschäftigt, Schefflers Bahre mithilfe des Krans an Deck zu hieven. So, wie er schimpfte und jammerte, würde er es wohl auch überleben.

Ich sah zu Lena hinüber, die immer noch einfach nur dasaß und selbstvergessen mit Watsons Fell spielte. Meine Augen blieben wie die ihren auf der Oberfläche des Flusses hängen, und das sanfte Schaukeln der Wellen lullte mich ein.

Viel war passiert, seit wir den Bären aus dem Verkehr gezogen hatten.

Kurz nach seiner Festnahme waren die ersten Polizeiwagen aufgetaucht und hatten mit quietschenden Reifen die Zugänge zu unserem Teil des Hafens blockiert, da ein anonymer Anrufer Schüsse gemeldet hatte. Es hatte einige Zeit gedauert, bis Lena die Beamten, die uns als erste Amtshandlung entwaffnet und in Ketten gelegt sowie Verstärkung und mehrere Rettungswagen alarmiert hatten, dazu überreden konnte, mit dem LKA Verbindung aufzunehmen.

Danach geschah alles in einem schwindelerregenden Tempo.

Die Rettungswagen und noch mehr Polizisten trafen ein, und schon bald brummte die ganze Gegend vor Geschäftigkeit. Man sicherte die *Hoek van Holland,* und schon 20 Minuten nach dem ersten Anruf in Düsseldorf landete der bereits erwähnte Hubschrauber und spie drei Männer in dunklen Anzügen aus, die an ihnen wie Uniformen wirkten. Sie begrüßten Lena, von der sie eine Kurzfassung unserer Geschichte bereits während des Fluges über Funk geliefert bekommen hatten, nur kurz. Dann schrieben sie Brüggemann, der Lena entwischt war, zur Fahndung aus, und man entsandte Beamte sowohl zu seiner Villa als auch zu seinem Unternehmen, in der Hoffnung, ihn an einem der beiden Orte stellen zu können.

„Es ist sehr wahrscheinlich, dass er, falls er vorhat, sich abzusetzen, noch irgendwelche wichtigen Papiere in seinen Besitz zu bringen versucht“, sagte Lena. „Oder er versucht, die belastenden Dateien vom Firmenserver zu löschen. Möglich, dass wir ihn bei einer dieser Aktionen schnappen.“

Sobald das geklärt war, begaben sich ihre Kollegen zum Schiff hinunter, um sich um die Bergung der Verletzten zu kümmern, wobei sie offensichtlich ein besonderes Interesse an Scheffler hatten. Nach einer Notversorgung vor Ort wurden dann auch Brüggemanns Assistent und Geller abtransportiert. Der Bär war schon vor dem Eintreffen der LKA-Beamten in die Untersuchungshaft überstellt worden.

Und nun saßen wir im Auge des ermittlungstechnischen Sturms allein und von allen unbeachtet auf der Hafenmauer und starrten Löcher in den Rhein.

Vom Schiff her erklangen ausdauernde und immer lauter werdende Schimpfkanonaden. Scheffler war mittlerweile an Deck und tobte auf seiner Trage herum. Einzelheiten konnte ich nicht verstehen, aber das war auch nicht nötig. Hier machte der Tonfall eindeutig sehr viel Musik, und es stand fest: Scheffler was not amused. Besonders dann nicht, als Lohmann von der Inneren Abteilung auf ihn deutete und ein Rettungssanitäter, der dem Bären figurmäßig in nichts nachstand, ihn an den Armen auf der Bahre festschnallte. Dann stemmte er zusammen mit einem weiteren Sani die Trage hoch und trabte los in Richtung Treppe, gefolgt von dem inneren Ermittler.

Ich stieß Lena an und deutete mit dem Kopf auf die sich nähernde Gruppe. Ich konnte spüren, wie sie sich versteifte. Vorsichtig legte ich meine Hand auf ihren Unterarm, doch sie schüttelte sie ab und stand auf, um Scheffler und seine Begleiter oben an der Treppe abzufangen. Ich folgte ihr, allerdings nur zögerlich. Scheffler war nicht gerade mein Favorit, was die Menschheit anging.

Auf dem Weg die Treppe hinauf hatte er laut und vernehmlich vor sich hin gestöhnt, denn das Geschaukel und Geholpere musste seine ohnehin schon höllischen Schmerzen noch vervielfacht haben. Als er uns jedoch näher kommen sah, lief sein bis dahin kalkweißes Gesicht hochrot an.

„Sie!“, fauchte er lautstark. Sein Kinn wies wütend auf Lena. „Mit Ihnen bin ich noch nicht fertig! Sie können sich schon mal nach einem neuen Job umsehen, denn wenn das Ganze hier vorbei ist, werden Sie nicht mal mehr auf einer Kreuzung den Verkehr regeln dürfen.“

Ich sah, wie Lena vor Wut die Fäuste ballte. „Dafür, dass Sie bis zum Hals in kriminelle Machenschaften verstrickt sind, nehmen Sie den Mund ganz schön voll“, feuerte sie zurück. „Beihilfe zum Mord an Oberkommissar Diefenbach, versuchter Mord an Herrn Heine, Entführung, Beteiligung an illegalem Waffenschmuggel – und wenn wir weitergraben, kommt sicher noch eine ganze Latte weiterer Straftaten hinzu. Ich an Ihrer Stelle würde mir für die nächsten Jahrzehnte nichts außerhalb einer JVA vornehmen, Herr Kriminaloberrat.“

„Was? Was soll ich getan haben?“ Er lachte fassungslos, und ich konnte nicht umhin, sein Spiel zu bewundern – besonders in seinem Zustand. „Sie sind es doch, die sich mit einem Haufen von Schwerstkriminellen verbrüdert hat. Und dann schießen Sie mich an, als ich Ihren Ring auffliegen lassen will, und versuchen auch noch zu allem Überfluss, mir die Sache in die Schuhe zu schieben. Das ist ja wohl ein starkes Stück!“

Ich schob mich neben Lena. „Sie sind doch bloß neidisch, dass Frau Craemer besser zielen kann als Sie“, sagte ich und deutete auf seine Kniescheibe. „Die war wesentlich schwerer zu treffen als mein Kopf.“

Eine billige Retourkutsche, ich weiß, aber ich muss zu meiner Schande gestehen, dass ich jede Sekunde davon genoss.

Er stieß einen Fluch aus und warf sich in seine Armriemen, doch die hielten.

„Sie haben auch noch nicht das letzte Wort gehört, Sie Knallcharge!“

„Ah!“, sagte ich verträumt. „Ein stiller Bewunderer. Keine Sorge, Scheffler, ich schicke Ihnen auch eine Autogrammkarte mit persönlicher Widmung ins Krankenhaus.“

Lohmann trat vor.

„Ja, ja, jetzt ist ja gut.“ Er blickte auf Scheffler hinunter. „Nun geht es erst mal in die Klinik, Herr Kriminaloberrat, und dann nehmen wir in aller Ruhe von allen Beteiligten die Aussagen auf.“

Scheffler warf sich wieder in die Riemen. „Aber vorher nehmen Sie mir diese Fesseln ab!“, keifte er.

Der LKA-Mann warf Lena einen schnellen Blick zu und wandte sich wieder an den zukünftigen Kriminaloberrat a. D. „Die sind doch nur zu Ihrem eigenen Schutz“, erklärte er. „Wir wollen tunlichst vermeiden, dass Sie Ihre Verletzung durch zu viel Bewegung verschlimmern.“ Er nickte den Sanitätern zu, und die setzten sich wieder in Bewegung. Dann wandte er sich an Lena. „Und Sie halten sich zu meiner Verfügung, Frau Craemer. Es gibt hier noch einiges, das geklärt werden muss. In Ihrem Interesse hoffe ich, dass Sie dazu in der Lage sein werden.“

Lena nickte stumm, und Lohmann marschierte davon.

Ich fasste sie am Ellenbogen und führte sie zu unserem alten Platz und dem dösenden Watson zurück. Ohne ein Wort zu wechseln, nahmen wir unsere Wellenbeobachtung wieder auf, diesmal im Stehen. Nach ein, zwei Minuten brach ich das Schweigen.

„Wie wahrscheinlich ist es eigentlich, dass sie Brüggemann erwischen?“

Lena zuckte die Achseln. „Keine Ahnung, aber wie ich schon sagte, halte ich es für sehr gut möglich, dass wir ihn fassen können, wenn er versucht, sich auf seine Flucht vorzubereiten.“

„Du glaubst also, dass er fliehen wird?“

„Ich denke schon. Immerhin gibt es zwei Zeugen, die ihn bei einer kriminellen Aktion beobachtet haben.“ Sie zögerte. „Die er natürlich einfach leugnen kann. Die einzigen Zeugen außer uns waren seine Helfershelfer, und die werden ihn vermutlich decken. Scheffler wird sicher nichts zugeben. Der will nur seinen Hintern retten. Das wären dann die Aussagen Schefflers, Wollinskis, Gellers und eventuell die von Brüggemanns Assistenten gegen unsere. Vier zu zwei für die Bösen, wenn Brüggemann noch dazukommt, fünf zu zwei. Damit verliert man in der Regel jedes Spiel.“

„Wobei sich selbstverständlich immer noch die Frage der Glaubwürdigkeit stellt“, gab ich zu bedenken.

Sie zog die Augenbrauen hoch. „Glaubwürdigkeit? Bei dieser Geschichte? Außerdem sind Scheffler und Brüggemann durchaus glaubwürdig – ein Kriminaloberrat und ein reicher Wirtschaftsboss.“

Ich verzog das Gesicht zu einem schiefen Grinsen. „Schon, aber überleg doch mal. Wie sonst hätte es zu alldem hier kommen sollen, wenn nicht so, wie wir es erzählen?“ Ich deutete mit einer weitausholenden Bewegung auf das Hafenbecken.

„Auf Anhieb kann ich dir das nicht beantworten, aber gib mir etwas Zeit, und ich bin sicher, dass ich mir eine mindestens ebenso plausible Geschichte ausdenken könnte wie die, die uns passiert ist.“

Natürlich wusste ich, dass sie recht hatte, und das sagte ich auch – nach einer Weile.

Müde zog sie die Schultern hoch. „Bleibt uns wohl nur, abzuwarten, wie das jeweilige Gericht die Sache sehen wird.“

„Ja“, sagte ich. „Oder was es sehen wird.“

Verwirrt schaute sie mich an.

„Na, die Beweiskopien würden Brüggemann doch das Rückgrat brechen, oder?“

Ihr Blick wurde mitleidig. Wahrscheinlich dachte sie, dass nun doch alles zu viel für mich geworden und ich endgültig übergeschnappt war.

„Also?“, drängte ich.

„Schon“, gab sie zu. „Daran hat sich nichts geändert. Sonst wäre Carlo nicht erschossen worden, und wir hätten wohl auch kaum die ganze Nacht diese Verbrecher im Nacken gehabt. Schon vergessen, wie wir hierhergekommen sind?“

Ich schüttelte den Kopf.

„Gut. Dann wirst du dich sicher auch noch daran erinnern, dass Brüggemann die Kopien hat. Du hast sie ihm schließlich selbst übergeben.“

Ich kratzte mich am Kopf und grinste wie ein Schaf. Lena sah mich an, als hätten sich meine mentalen Fähigkeiten in etwa denen Dustin Hoffmans in *Rain Man* angenähert. Und wenn schon. Sollte mir recht sein. Dafür war immerhin ein Oscar abgefallen. Und dessen polizeilichen Gegenstücks war ich mir ziemlich sicher.

„Das ist nicht ganz richtig so", sagte ich.

„Ich verstehe nicht."

„Na ja." Ich räusperte mich. „Brüggemann sagte mir zwar, ich solle ihm die Kapsel mit den Kopien geben. Was er kriegte, war aber bloß Watsons Identitätschip."

„Was?" Große, staunende Mädchenaugen. Immer wieder ein schöner Anblick.

„Also, das war so", begann ich. „Nachdem ich Watson ‚operiert' hatte, habe ich mir beide Röhrchen – also die Kapsel mit den Kopien und den Chip – in unterschiedliche Hosentaschen gesteckt, um sie bei der Übergabe nicht zu verwechseln. Schließlich wollte ich es nicht riskieren, von Brüggemanns Leuten über den Haufen geschossen zu werden, bloß weil ich ihnen in meiner Aufregung aus Versehen etwas Falsches übergab. Den Mikrofilm rechts, den Hundechip links. War ja nicht so schwer, das auseinanderzuhalten. Nachdem Brüggemann mir die Kapsel mit den Kopien nach der Kontrolle übergeben hatte und mich aufforderte, sie wieder zu verschließen, steckte ich zunächst die Hände in die Hosentaschen. Aus Trotz, wie es scheinen sollte." Ich unterbrach mich. „Ich hoffe, das ist rübergekommen."

Lena nickte wortlos.

„Gut." Ich lächelte erfreut. „Als er dann damit drohte, dass der Assistent mich erschießen würde, wenn ich seinem Befehl nicht nachkäme, zog ich die Hände wieder hervor. Diesmal hielt ich die Kapsel jedoch nicht in der rechten, sondern in der linken Hand."

„Mit anderen Worten ..."

„Mit anderen Worten, ich hielt nun den Identitätschip in den Fingern. Jetzt brauchte ich nur noch so zu tun, als schraubte ich den Deckel – den der Identitätschip natürlich gar nicht besaß – darauf fest, und fertig war die Laube."

„Und die Kopien?“

Ich schob meine Hand in die Hosentasche. Die rechte. Im Film wäre das ein guter Zeitpunkt für das dramatische Anschwellen der Musikuntermalung gewesen, zumindest aber für einen Tusch. Da jedoch keiner ertönen würde, sorgte ich für stimmlichen Ersatz.

„Tadaa!“ Ich zog meine Hand hervor und hielt die Kapsel, die ich in der Zwischenzeit wieder zugeschraubt hatte, in die Luft. „Keiner hat was gemerkt. Die waren alle viel zu zufrieden mit sich und der Welt. Brüggemann hat das Röhrchen nicht mal mehr eines Blickes gewürdigt, als ich es ihm übergeben habe.“

„Aber ...“ Lena stockte. „Bist du denn von allen guten Geistern verlassen?“ Sie wedelte wild mit den Händen. „Die hätten dich erschießen können, wenn sie das gemerkt hätten, du Trottel! Das kann doch wohl nicht wahr sein!“

Sanft ergriff ich ihre Handgelenke und hielt sie fest. Sie wandte ihr Gesicht von mir ab, doch ich zwang sie dazu, mir in die Augen zu sehen, indem ich sie so lange mit meinem Blick fixierte, bis sie ihn erwiderte. Als sie es endlich tat, lief eine Träne an ihrer Wange hinunter.

„Du Idiot“, flüsterte sie.

Ich legte meine Hand an ihr Gesicht und strich die Träne fort, doch sie wurde sofort durch neue ersetzt. Der Schock brach sich endlich Bahn. So ruhig wie möglich sagte ich: „Die hatten doch ohnehin nicht vor, uns gehen zu lassen. Das hast du mir selbst mehrmals gesagt. Ich wollte wenigstens verhindern, dass sie einfach und kampflos an die Beweismittel kamen. Die hätte man auf diese Weise vielleicht später wenigstens bei meiner Leiche gefunden, und Brüggemann wäre auch erledigt gewesen. Es war eine Art Reflex, nichts anderes. Kein ausgefeilter Plan oder so etwas. Einfach nur ...“

„Sturheit“, sagte sie und lachte durch ihre Tränen. „Du bist ein gottverdammter sturer Hund, Tom Heine.“

Ich lachte mit. „Das sagt meine Mutter auch immer.“

Immer noch lachend nahm sie mir die Kapsel aus der Hand und strahlte mich an. „Damit kriegen wir sie“, sagte sie. „Selbst wenn

Brüggemann, Scheffler und Konsorten losfabulieren wie die Weltmeister, damit kriegen wir sie auf jeden Fall. Und wenn ein Typ wie Geller erst mal sieht, was wir in den Händen haben, dann fällt der um wie ein morscher Baum."

Unsere laute Freude hatte Watson aus seinem Nickerchen gerissen, und er begann aufgeregt zwischen unseren Beinen umherzuhüpfen. Die morgendliche OP an seinem Hals schien er dabei völlig vergessen zu haben. Lena und ich gingen in die Hocke und taten so, als hätten wir alle Hände voll zu tun, seine knurrenden Attacken abzuwehren.

„Und jetzt?", fragte ich und gähnte, während der Welpe meinen Unterarm mit seinen scharfen Zähnchen traktierte.

„Jetzt?", fragte Lena und richtete sich auf. „Jetzt machen wir unsere Aussagen!"

„Hörte ich da gerade das Wort ‚Aussagen'?", erklang hinter uns eine Stimme. Es war Lohmann. Zum Schutz gegen die noch niedrigen Strahlen unseres Zentralgestirns hatte er sich eine Sonnenbrille aufgesetzt und sah aus, als sei er gerade der Matrix entsprungen. „Das ist Musik in meinen Ohren."

Er winkte seinen beiden Kollegen zu, die ins Gespräch vertieft auf der *Hoek van Holland* verblieben waren, und bedeutete ihnen, zu uns heraufzukommen. Als sie sich zu uns gesellt hatten, sagte er: „Frau Craemer und Herr Heine sind bereit für ihre Aussagen."

Die beiden nickten enthusiastisch.

„Vielleicht möchten Sie anfangen, Frau Craemer?", sagte der ältere der beiden Neuankömmlinge, der mit seinem Auftauchen auch gleich das Kommando zu übernehmen schien. Sogar Lohmann nahm sich angesichts des Dienstalters des anderen zurück. Der Alte musste ein wirklich hohes Tier sein.

Lena nickte mit strahlenden Augen. Nun konnte sie alles beweisen. Vielleicht nicht gerade Schefflers Verwicklung, aber die würde sich im Laufe der weiteren Untersuchungen auch noch aufklären. Brüggemann, wenn sie ihn denn je erwischen sollten, Geller, den Assistenten und den Bären hatte sie jedoch jetzt schon am Kanthaken.

Ebenso die BImEx GmbH. Und wenn es denn überhaupt möglich war, Carlos Tod durch den Sieg über diese feinen Zeitgenossen aufzuwiegen, dann nahm ich an, dass es Lena mit mehr als nur etwas Genugtuung erfüllte, dass er nicht völlig umsonst gestorben war.

Die vier LKA-Leute setzten sich in Bewegung. Lena redete auf ihre Kollegen ein, gestikulierte ein wenig und hielt die Kapsel hoch. Die Stimmen, die zu mir herüberdrangen, klangen immer aufgeregter. Ich blieb stehen. Nachdem ich meinen letzten Trumpf ausgespielt hatte, fühlte ich mich nur noch müde und hätte mich am liebsten an Ort und Stelle hingelegt, um endlich zu schlafen. Also wartete ich, Watson zu meinen Füßen, bis sie ein paar Schritte zurückgelegt hatten. Dann räusperte ich mich.

Sie drehten sich um.

Ich hob die Hand.

„Hören Sie, geht das mit der Aussage nicht später? Ich bin total erledigt. Bei Ihnen mag das ja zur Jobbeschreibung gehören, aber ich bin einfach nicht daran gewöhnt, dass man dauernd versucht, mich umzulegen."

Der älteste der LKA-Männer warf mir ein leichtes Lächeln zu. „In den Filmen wird doch dauernd auf Schauspieler geschossen", sagte er.

Ich nickte bedächtig. „Schon, aber nur mit Platzpatronen. Und wenn der Drehtag zu Ende ist, gehen wir ins Bett und schlafen uns ordentlich aus, damit wir für die Dialogszenen wieder richtig fit sind."

Er musterte mich kurz, spitzte den Mund, als dächte er angestrengt nach, und nickte endlich.

„Na, dann bereiten Sie sich mal auf die Dialogszenen vor, Herr Heine. Ihre Personalien haben wir ja. Fahren Sie nach Hause, und wir holen Sie dann im Laufe des Tages dort ab, damit Sie eine ausführliche Aussage machen können."

„Okay." Mir fiel etwas ein. „Aber wenn es geht mit einem Zivilfahrzeug. Den Nachbarn ist es ohnehin schon nicht geheuer, dass in ihrem Haus ein Schauspieler wohnt, und wenn Sie dann auch noch in einer grünen Minna auftauchen, um mich nach Düsseldorf zu bringen, ist meine Reputation ganz im ..." – ich zögerte – „... Eimer."

„Ich kann Herrn Heine ja abholen", schlug Lena vor, und ihr Vorgesetzter nickte.

„Gute Idee", sagte er.

Sie lächelte mich an. Ihre Kollegen wandten sich wieder ab, doch sie hielt sie zurück. „Einen Moment noch, bitte. Ich komme gleich nach."

Wieder nickte der ältere Beamte, und die drei machten sich auf den Weg zu den vor den Lagerhäusern geparkten Einsatzfahrzeugen. Lena kam zu mir herüber.

„Nur noch eine Kleinigkeit, bevor ich gehe. Etwas, das ich dir sagen wollte, damit ich es nicht später vergesse."

Ich sah sie fragend an.

„Das war eine ganz hervorragende Vorstellung heute Nacht", sagte sie. „Wirklich. Ein oder zwei Stellen waren vielleicht ein bisschen zu dramatisch, aber ..."

Sie schmunzelte.

„Ach ja?", sagte ich unschuldig. „Welche denn zum Beispiel?"

„Na ja, du weißt schon, als du Wollinski in Schach gehalten und aufgefordert hast, er solle nach seiner Waffe greifen, damit ihr beide erfahren könnt, ob du wirklich Mumm hast. Das war schon ein klein wenig dick aufgetragen." Sie kicherte. „Einen Moment lang glaubte ich schon, du würdest so etwas Unsinniges wie ‚Make my day' sagen."

„Ehrlich gesagt ... ich habe darüber nachgedacht."

Lena lachte und legte ihre Hand auf meine Schulter. „Das dachte ich mir. Aber weißt du was? Ich habe das Gefühl, es hätte sich aus deinem Munde nicht einmal schlecht angehört."

Mit einer schnellen Bewegung beugte sie sich vor und küsste mich auf die Lippen. Ich war noch völlig perplex, da trat sie auch schon wieder langsam einen Schritt zurück. Ihre Hand jedoch lag nach wie vor auf meiner Schulter.

Wieder lächelte sie.

„Wir sehen uns später, Clint."

Und dann war auch ihre Hand verschwunden, sie drehte sich um und ging in Richtung Einsatzfahrzeuge.

Wie in Trance sah ich ihr hinterher.

„Ja", murmelte ich in den Morgen hinein. „Bis später."

Die Sonne strahlte mit geballter Kraft vom Himmel.

Etwas zupfte an meinem Hosenbein. Watson, dem es langweilig geworden war.

Ich sah den kleinen Hund an. Er blickte über seine feucht glänzende Lacknase zurück, auffordernd, wie es mir schien, und voller Vertrauen.

Ich zuckte die Achseln und grinste.

„Na los", sagte ich. „Gehen wir nach Hause."

ENDE